O LUGAR MAIS SOMBRIO

LIVRO II

MILTON HATOUM

Pontos de fuga

1ª reimpressão

Copyright © 2019 by Milton Hatoum

Grafia atualizada segundo o Acordo Ortográfico da Língua Portuguesa de 1990, que entrou em vigor no Brasil em 2009.

Capa
Alceu Chiesorin Nunes

Imagem de capa
Pontos de fuga III, Guilherme Ginane, 2019, óleo sobre papel, 65 × 50 cm.
Coleção particular. Reprodução de Marcos Vilas Boas.

Preparação
Márcia Copola

Revisão
Márcia Moura
Ana Maria Barbosa

Os personagens e as situações desta obra são reais apenas no universo da ficção; não se referem a pessoas e fatos concretos, e não emitem opinião sobre eles.

Dados Internacionais de Catalogação na Publicação (CIP)
(Câmara Brasileira do Livro, SP, Brasil)

Hatoum, Milton
      Pontos de fuga / Milton Hatoum. — 1ª ed. — São Paulo :
Companhia das Letras, 2019.

      ISBN 978-85-359-3288-1

      1. Ficção brasileira I. Título II. Série.

19-30482   CDD-B869.3

Índice para catálogo sistemático:
1. Ficção : Literatura brasileira   B869.3

Iolanda Rodrigues Biode — Bibliotecária — CRB-8/10014

[2020]
Todos os direitos desta edição reservados à
EDITORA SCHWARCZ S.A.
Rua Bandeira Paulista, 702, cj. 32
04532-002 — São Paulo — SP
Telefone: (11) 3707-3500
www.companhiadasletras.com.br
www.blogdacompanhia.com.br
facebook.com/companhiadasletras
instagram.com/companhiadasletras
twitter.com/cialetras

O Lugar Mais Sombrio

VOLUME I —— A NOITE DA ESPERA

No primeiro volume da trilogia O Lugar Mais Sombrio, intitulado *A noite da espera*, o jovem paulistano Martim muda-se para Brasília com o pai, Rodolfo, em janeiro de 1968, depois da separação brusca e inesperada da mãe, Lina, que se envolveu numa relação amorosa com um artista e deixou o marido.

Na cidade recém-inaugurada, Martim trava amizade com um variado grupo de adolescentes: Fabius (filho do embaixador Faisão, perseguido pela ditadura) e sua namorada, Ângela; Dinah, o Nortista, Vana e Lázaro (o único que mora numa cidade-satélite). Desse grupo de estudantes — e atores amadores dirigidos por Damiano Acante — destaca-se Dinah, por quem Martim se apaixona.

Nos cinco anos que passa em Brasília, Martim faz anotações intermitentes sobre sua vida de estudante no colégio e, depois, na universidade. No contexto turbulento da ditadura, a expectativa de rever a mãe forma um arco crescente de tensão, envolvendo não apenas o protagonista, mas também seus amigos e outras personagens num ambiente de delação, desconfiança, violência e perseguição política.

No desfecho de *A noite da espera*, quando muitos dos amigos de Martim são presos, ele foge para São Paulo, deixando em suspenso sua história de amor com Dinah.

PONTOS DE FUGA

That generation's dream, aviled
In the mud, in Monday's dirty light
[O sonho dessa geração, aviltado
Na lama, na luz suja da
segunda-feira...]
Wallace Stevens,
The Man with the Blue Guitar

We are born rovers!
Joseph Conrad, *Victory*

A arquitetura como construir portas,
de abrir; ou como construir o aberto;
construir, não como ilhar e prender,
nem construir como fechar secretos;
João Cabral de Melo Neto,
"Fábula de um arquiteto"

1.

**Colégio Marista, Vila Mariana, São Paulo,
14 de dezembro, 1972**

"O peregrino procura abrigo?", perguntou o professor Verona, observando a sacola da Dinah.

O cabelo loiro, agora ralo e sem brilho, parecia palha seca. Antonio Verona sofrera um infarto em setembro, mas em março ia retomar as aulas de história.

Contei por alto o rompimento com meu pai e a fuga de Brasília, queria prestar exames para ingressar na USP e procurava um lugar para passar uns dias.

Pediu que o esperasse ali mesmo, perto da escada: ele ia conversar com o diretor do colégio.

Viagem insone de Goiânia a São Paulo. Amanhecia sob o céu baixo e sem inocência da rodoviária. A cobertura de acrílico colorido refletia uma luz difusa na plataforma. O cheiro de óleo e fumaça, os mendigos largados no chão, as chamadas de embarque e as palavras de despedida da minha mãe na Flor do Paraíso lembravam a noite da viagem com meu pai a Brasília.

Ainda era muito cedo para falar com Antonio Verona. Numa tarde de 1967, quando ele levou os alunos a um "passeio histórico" pelo centro da capital paulista, visitamos o Pátio do Colégio e o mosteiro dos beneditinos, andamos até a Estação da Luz e, a caminho da Estação Júlio Prestes, o professor Verona apontou a fachada velha, desbotada de um edifício: "Essa imitação do estilo vitoriano é uma das sedes da polícia política".

Na rodoviária li as anotações da última noite no apartamento do embaixador Faisão: o bate-boca com Fabius na presença do diplomata desnorteado, bebendo vinho francês, oferecendo uma taça ao filho, pedindo-lhe calma: "Um pouco de razão na tormenta, filho, um brinde a todos os poetas", e a voz do Fabius me acusando de ter feito uma orgia com Ângela na cama dos pais dele. "Dinah sabe disso? Você enganou todo mundo, Martim, e ainda sugou a inteligência do meu pai. Sabe o que Ângela escreveu na carta? Leu as palavras sujas, o erotismo de puta insaciável? Cai fora amanhã cedo, minha mãe não quer te ver mais aqui. A gente vai conversar sobre isso na reunião da *Tribo*."

Fabius jogou o vinho na pia, puxou o pai pelos braços, queria arrastá-lo à força para o quarto, mas o diplomata resistiu, desgarrou-se do filho, encheu a taça, fez um brinde às palavras eróticas e sujas da Ângela e chamou o filho de covarde. Passei a tarde da segunda-feira com a Dinah e não me reuni com o pessoal da *Tribo*. Agora Fabius deve estar em cana, não sabe que eu furtei do embaixador duas garrafas de tinto, livros... Tomei o vinho com a Dinah, antes do amor na tarde de tempestade; agora parecem longe essa tarde e a fuga na quarta-feira para Goiânia, ainda sinto culpa por ter faltado à reunião da *Tribo*, mas nenhum remorso por não ter falado com meu pai.

De noitinha vim de táxi à Vila Mariana, telefonei para o professor Verona, eu estava perto do colégio e queria conversar com ele. Sugeriu que eu entrasse pela porta lateral.

Voltou em menos de meia hora: eu podia dormir e comer na ala dos internos, onde moravam dois estudantes da Escola Politécnica. Subimos ao último andar, atravessamos um longo corredor espaçoso, com janelões para o pátio. O jantar seria servido às sete. Verona me apresentou aos dois estudantes: um baixinho imberbe, sério; as sobrancelhas peludas, com longos fios em desalinho, lembram as do pai da Dinah. O outro, cabelo fino e amarelo até os ombros, sorriso persistente no rosto espinhento, é alto, desconjuntado, corcunda. Braços longos: as mãos ossudas e inquietas tocavam o joelho. Olhos de cavalo.

Ambos pareciam perplexos com a minha fome ou aparência. O Corcunda risonho não revelou sua origem; o outro vinha de São José do Rio Preto. Estagiavam numa construtora e passavam o dia fora; o Corcunda quis saber de onde eu era e o que estudava. Disse poucas palavras e saí do refeitório.

Uma e vinte da madrugada. Os quartos dos dois estudantes estavam escuros, arrumei os livros de Brasília na estante de fórmica, deixei a roupa e os objetos na sacola da Dinah. Como é estranho voltar cinco anos depois a minha cidade e ocupar um quartinho deste colégio. Quando estudava aqui, o dormitório era inacessível aos externos; o refeitório e o banheiro são coletivos, os cubículos, alinhados entre corredores. Os internos eram os mais temíveis, andavam em bandos, brigavam, recebiam punições severas; dois deles, depois de uma luta com canivetes, foram expulsos e retornaram a uma cidade do interior. Contei isso quando a gente morava no apartamento da rua Tutoia, os dois eram da minha sala. Meu pai fez um sermão: aqueles alunos eram vândalos, e os pais, irresponsáveis. Minha mãe apenas olhava Rodolfo, talvez pensando no amante, o artista.

Uma única lâmpada, fraca, acesa no saguão; o relógio iluminado da torre da igreja parou ao meio-dia ou à meia-noite.

Meus amigos dormem numa cela de Brasília.

Onde estaria o Nortista?

Colégio Marista, São Paulo, janeiro, 1973

"Por pouco a polícia não prendeu minha filha. Foi interrogada e humilhada por sua causa. Não telefone mais para cá."

Voz raivosa do pai da Dinah. O Nariz de Berinjela deve fazer plantão noturno ao lado do aparelho; nas outras tentativas, em noites alternadas, ele escutava minha voz e ficava mudo. Um rato escondido. Depois batia o telefone.

Macuco, Santos, janeiro, 1973

Cheiro de maresia, lodo e escamas no ar úmido. O canal, as casas do Macuco e as serras escurecem. A mesma castanheira no jardinzinho, a mesma palmeira-imperial espichada no quintal dos fundos; as tábuas da fachada do chalé, pintadas de azul, descoraram; agora uma grade com pequenas argolas de ferro protege a janela da sala. No canto do pátio um gato amarelo e preto saltou de uma cadeira de vime. Toquei a campainha: o corpo da Delinha surgiu por trás da grade e ela gritou o nome da patroa; minha avó passou pela sala: vi no pátio um rosto sério, que aos poucos se enterneceu e sorriu. A mão magra da Ondina apalpou meu rosto, como se o olhar não bastasse para reconhecê-lo, depois Delinha e a patroa me abraçaram e choraram.

A bússola prateada alemã sobre uma mesinha; na parede, o mapa da ilha de Santos e uma fotografia: o menino e o avô abraçados diante do aquário da Ponta da Praia. Falei um pouco da minha vida em Brasília e do curso de arquitetura na UnB, agora queria continuar os estudos na USP.

"E o teu pai?", perguntou Ondina, ansiosa, fingindo desprezo pelo ex-genro.

"Rodolfo vai ficar por lá. Ele e um sócio constroem casas na beira do lago."

"Lago em Brasília?"

"Um lago artificial..."

Ondina riu: "Essa é boa! Constrói casas na beira desse lago artificial. Minha filha largou teu pai, mas ele acabou lucrando com a separação".

Delinha serviu a sopa de couve com pedaços de toucinho e pão torrado, depois rondou a mesa até encostar na parede.

"Esse teu pai sempre foi muito esperto. Um espertalhão e uma ingênua não podiam viver juntos. Mas a ingênua fez das suas."

Ela envelhecera menos do que eu imaginava; no seu rosto ressurgia o olhar da Lina, como se eu visse minha mãe aos sessenta e sete anos, fazendo perguntas com uma voz que eu gostava de ouvir, diferente da voz da Ondina, que às vezes falava em francês e olhava de viés para Delinha, de pé ao lado do mapa de Santos, mãos entrelaçadas, à espera de uma ordem.

Ondina me deu a bússola alemã e fotos com meu avô no chalé, nas ruas e no porto do Macuco, talvez as mesmas que Lina prometera enviar para mim.

"Minha filha e aquele sujeito ainda andam por Minas? Quando você recebeu a última carta?"

Na cama do quarto onde eu dormia com minha mãe, me senti mareado pela emoção do encontro com as duas mulheres, a quem não via desde o Natal de 1967. Não tinha resposta para todas as perguntas da Ondina, nem podia falar da última carta da Lina, roubada pelos policiais. Ondina entenderia a suposição da Dinah, que atribuía a Rodolfo a invasão da casa da W3? Uma suposição falsa ou uma imaginação em busca da verdade? Recordei uma tarde no Poço Azul, o sonho de viver com a Dinah numa casinha de caiçara na praia dos Pescadores, em Itanhaém; escutei um riso de mulher na Kombi calorenta, podia ver o rosto da Dinah e escutar o sussurro no meu ouvido: "A ingenuidade é uma das fraquezas da juventude, Martim".

De madrugada, os passos da Delinha no corredor e o ruído da chuva me acordaram.

"Tua vó não quis dormir sozinha", ela disse no café da manhã. "Quando chove muito, ela tem medo de morrer afogada. Deito do lado dela, a gente reza de mãos dadas, pra afastar sonho ruim."

Quando Ondina voltou da missa, me levou para visitar o túmulo do meu avô; mais tarde, no Café Paulista, falou de um almoço na casa de uma amiga, uma armênia que chegara com os pais ao porto de Santos em 1916; elas se conheceram no Colégio Stella Maris, uma década depois. "Minha amiga se casou com um advogado e foi morar em São Paulo. Você e tua mãe estavam naquele almoço."

Lembrava sons de uma língua estranha na conversa da armênia com sua filha e, com mais nitidez, a comida e a sobremesa: bolinhos de grão-de-bico e cebola, folhas de uva recheadas com carne moída, compotas de rosas e figos, um pão delicioso com nome de santo.

"Você tinha doze anos? Onze?"

Deu boa-tarde a um casal de velhos e falou baixinho: "Você não se lembra de mais nada? Nem do que aconteceu quando saímos da casa da minha amiga?".

"A gente desceu a serra…"

"E aqui em Santos tua mãe padeceu… Teus pais se desentenderam na véspera daquele almoço. Lina me contou que foi agredida por Rodolfo, não quis me dizer o motivo."

Não lembrava: talvez estivesse no colégio, não tinha certeza.

"Tua memória sabe esconder certas coisas. Quando teu avô faleceu, Lina passou uns dias no chalé. Eu disse que ela e o amante já estavam juntos antes da separação, traía o marido com o amigo do teu tio Dacio. Nunca vi esse artista. E, quando ela negou, eu disse que meu marido tinha me contado tudo. Eles eram cúmplices, e teu avô concordou com Lina. Ele não gostava do genro. Aceitou o casamento porque aceitava tudo. Mas não tinha criado uma filha para andar com qualquer um. Ela não esperou a missa do sétimo dia do teu avô, e só voltou para cá quando eu fiquei seca e adoeci. Sinto pavor de tempestade e de pesadelo, não sei o que é pior para minha cabeça. No hospital eu disse coisas absurdas para tua mãe, troquei a cabeça pelos pés, só para Lina passar um tempo perto de mim. Ela ia te ver em Goiânia, cancelou a viagem para ficar comigo, mas ficou poucos dias em Santos e foi pro interior de São Paulo."

"Mas é verdade", eu disse, confuso, tentando convencer minha avó a acreditar na minha mãe.

"Verdade de uma circunstância. A doença, minha tristeza. Tua mãe se aproveitou dessa circunstância para não ir te ver. Por que não viajou antes ou depois para Goiânia ou Brasília? Ela esconde alguma coisa que eu quero descobrir antes de morrer."

Bebeu um pouco de chá de hortelã e pôs os óculos para enxergar o valor da conta.

"Posso viver com a pensão do meu finado marido. Delinha me ajuda a fazer doces portugueses, vendo tudo para as padarias de Santos, São Vicente, Guarujá. Economizo para procurar tua mãe. Antes, ela pelo menos telefonava de vez em quando. Vou gastar com advogado, e até com a polícia, se for preciso. Mas não é só o dinheiro. Rezo todos os dias. Hoje mesmo, na missa, conversei com uma professora de francês do Stella Maris, ela me disse que eu ia encontrar minha filha."

Beijou o pequeno retrato do pai dela e o crucifixo de ouro enganchados ao colar. Eu ia dizer que aquela professora tinha morrido, mas a fé e o amor de mãe são mais fortes que qualquer argumento.

Tirou da bolsa um envelope dobrado e entregou-o para mim. Carimbo postal de Brasília. Dei uma olhada nas folhas do histórico escolar, com a lista de disciplinas cursadas na UnB. Li o bilhete datilografado: "Os amigos ainda estão no 'internato'. Nenhuma notícia sobre o ator do Norte. Um beijo. Saudades. D.".

Ondina me deu o dinheiro da passagem de volta para São Paulo e mostrou o cartão-postal de Boston, enviado por tio Dacio.

"Por que você está com essa cara? Essa moça é tua namorada?", perguntou, apontando o nome do remetente.

Nome e endereço falsos.

São Paulo, fevereiro, 1973

Antes do jantar, Verona apareceu no refeitório; sentamos no banco de uns oito metros de comprimento, um pouco menor que a mesa. Li na superfície de madeira palavras em baixo relevo: "O espírito torceu os pés... Diogo e o Bagre se amam pelo avesso... Peludo (primeiro colegial B) deu o rabo pro irmão AV".

"Não adianta lixar a mesa, Martim. Os internos usam faca ou canivete para gravar o ódio e o preconceito."

Uma cruz prateada brilhava no centro de uma parede cor de zinco, repleta de rabiscos e desenhos; um ventilador velho pendurado no teto emitia gemidos.

"Falei para o irmão diretor que você passou nos exames de seleção da FAU. Ele conheceu teus pais quando você estudou aqui. Lina não era muito católica. Teu pai, sim, era um crente fiel até quando dormia. Por isso se separaram? Também por isso?"

"Minha mãe se apaixonou por um artista. Foram viver juntos num sítio no interior de São Paulo. Ela não quis que eu morasse com eles. Nem me deu o endereço."

"Por quê? O que pode ter acontecido?", perguntou Verona em voz baixa.

Ficou uns segundos à espera de uma resposta, olhando com desprezo as palavras entalhadas na madeira. Levantou e, enquanto se afastava da mesa, pediu que eu saísse do dormitório depois do Carnaval, quando chegariam os demais internos.

Mais tarde, vi na luz fraca do refeitório os dentes amarelados e o risinho diabólico do Corcunda. Cortou a carne dura e fria com uma faca do tamanho de um punhal, encheu o prato de arroz e feijão; mastigava afobado e falava: "Vou a uma boate na rua Major Sertório. Quer ir comigo?".

Desviei o olhar do rosto esburacado, temendo revê-lo em algum sonho.

"A USP tá cheia de agitadores. Até no curso de geologia tem um líder subversivo. Na UnB tinha muitos grevistas?"

Levei o prato à cozinha e, quando voltava para o quarto, a voz do Corcunda ecoou no dormitório: "Tem muito veado e agitador na FAU, mas as meninas são lindas".

Os passos do Corcunda trepidaram na escada. Eu imaginava sombras no corredor comprido, escutava estalos nas vigas e tesouras de madeira, murmúrios no pátio interno; fui até a janela: o pátio parecia um fosso. Ninguém lá embaixo. O relógio da torre da igreja, apagado. Recordei a única namorada que tive antes de me mudar para Brasília, ela morava no Jabaquara e a gente se encontrava de noitinha na praça da Árvore. Beijava o biquinho dos seios dela quando a gente se despedia no escuro, depois ela ajeitava a blusa, corria para casa, e eu me masturbava sentado num banco da praça. Ri desse namoro, senti raiva do empenho militante da Dinah, dos fins de semana que ela passava entre Taguatinga e Ceilândia. Uma vez, quando encenou quase nua no Auditório Dois Candangos, foi ovacionada por centenas de marmanjos. Na última noite em Brasília, amanhecemos em silêncio, eu pensava nos amigos presos e na véspera, uma segunda-feira de escuridão e trovoadas, o sexo sem contorcionismo, os gestos e toques da mulher que me ensinara a amar.

Dinah havia escolhido a política e o teatro; dizia que era preciso evitar a desordem mental, a confusão de ideias, a ausência de rumo na vida, o vazio...

2.

Rue d'Aligre, Paris, janeiro, 1979

Evitar a confusão de ideias, o vazio...

O volume da voz diminuiu, até sumir na reticência. Mas nada escapa ao olhar atento do rosto da Dinah, alfinetado no papel de parede.

Damiano Acante é que não parecia atento na última visita, quando me perguntara: "Você se lembra do Jaime Dobles?".

Estranhei a pergunta: ele mesmo, Damiano, me telefonara no dia 31 de dezembro chamando-me para festejar o Ano-Novo no apartamento do diplomata Jaime Dobles, em Nation. Damiano, o observador atento a tudo, é também um mestre do disfarce. Por que se ausentara naquela noite festiva, a última do ano passado? Eu me lembrava do diplomata cubano: um cara alto, olhos um pouco puxados, herdados de algum descendente indígena ou oriental. A mesma insolência no rosto acobreado. Fumava um Gauloise perto da janela aberta, ignorou uma francesa incomodada com a corrente de ar gelado e me viu no meio da sala. Só me reconheceu quando mencionei nosso breve encontro em Brasília.

"Sim, na livraria do Jorge Alegre", confirmou em francês, com um meio sorriso. "Naquela noite eu ia falar sobre o cinema cubano, mas havia um delator na plateia. Jorge cancelou a palestra e a projeção do filme... Ninguém viu *A morte de um burocrata*. Uma belíssima noite fracassada... E que cidade estranha, insuportável."

Talvez Brasília seja estranha, pensei, mas não insuportável. Não para mim.

Disse que Damiano Acante me convidara para festejar o Ano-Novo, mas ele não estava no apartamento.

"Acante também é estranho", observou Jaime Dobles, sério, erguendo o queixo e expelindo fumaça pela boca quase fechada. "Ainda não me contou o que aconteceu com Jorge Alegre. Quer dizer, não quis revelar tudo. Acante mora longe de Nation, ele se esconde numa *banlieue* de desvalidos, onde Paris não é mais Paris."

O meio sorriso voltou ao seu rosto: "Você sabe que eu sou um diplomata, e os diplomatas só podem falar meia verdade, mas querem saber tudo. Às vezes Damiano parece um diplomata".

Pouco antes da meia-noite, Jaime Dobles jogou o cigarro pela janela, me apresentou a três amigos e se dirigiu ao centro da sala. Quase todos os convidados o rodearam, com uma taça de champanhe nas mãos. Lá fora, enquanto os fogos de artifício iluminavam a Place de la Nation, Jaime Dobles disse que 1979 seria o ano da libertação dos povos da América do Sul e da América Central, e que Angola, com o apoio militar e político de Cuba, seguiria o mesmo caminho. Todos brindaram pela liberdade. Levantei a taça, mas a outra mão, vazia, pesava de tanta dúvida. Ou era o peso do pessimismo?

3.

FAU, Cidade Universitária, São Paulo, 22 de fevereiro, 1973

Escolhi duas optativas na lista de disciplinas e colei uma folha no mural da cantina: "Ex-aluno da UnB procura quarto para alugar. Martim, sétimo semestre".

Na rampa para o térreo, o professor de história da arte apontava um guarda-chuva para um volume esférico preto no Salão Caramelo, onde três estudantes acabavam de montar uma exposição de fotos. Segui o professor até o salão, vi fotografias da Amazônia e dei uma folha para cada estudante. Um deles ia fazer um desenho, depois conversaria comigo. Os outros riram quando o professor abriu o guarda-chuva e, de cócoras, entrou na esfera por uma abertura oval. Uma voz veio lá de dentro: "Quem projetou essa geodésica, não conhece a arquitetura indígena".

Quando o professor saiu, fechou o guarda-chuva e enxugou o suor do rosto: "Não tem ventilação, nenhuma abertura, nem zenital. Não se vê nada... É uma caverna invertida".

"Essa esfera fúnebre é mais sufocante que a capela de Ronchamp", disse uma voz grave.

"Você sempre exagera, Ox", protestou o professor. "Ronchamp só não é mais bela que a igreja da Pampulha."

"Por que a gente não visita uma aldeia indígena?"

"Vamos fazer isso neste semestre, Mariela, mas não na Amazônia. Uma aldeia aqui mesmo, na taba cosmopolita. Agora vamos ver o desenho do Sergio San, nosso Hokusai."

Era um desenho do interior da FAU: a geodésica preta e os painéis da exposição de fotos no Salão Caramelo, as muretas dos ateliês nos pisos superiores e os gomos de fibra de vidro da cobertura. Figuras pequenas, mas reconhecíveis: o professor Flávio, gorducho e de óculos, segurava um guarda-chuva aberto e flutuava no espaço. Mariela e Ox olhavam o professor voador; eu olhava para Sergio San, que desenhava na rampa do último piso.

"O milagre da perspectiva", riu Ox. "Sergio San aprendeu alguma coisa com os mestres renascentistas e com Chagall, mas foi fiel demais à forma da geodésica. Eu teria implodido essa bolha enlutada. Pensando bem, a capela de Ronchamp não é mais sufocante que o nosso doce lar, uma casa de infiéis, condenada..."

"Não é preciso esculhambar nossa república", afirmou Sergio San, oferecendo o desenho ao professor. "Martim é um candidato pra ocupar o quarto de cima. Se ele quiser conhecer a casa, vamos agora pra lá."

Entramos num Fusca vermelho estacionado perto do laguinho. "Sergio San é o dono do carro", disse Ox. "Os outros moradores podem dirigir essa lata-velha, mas San é o único camicase da nossa república."

"Laísa e Marcela dividem um quarto... O Ox e a Mariela moram na casinha dos fundos. Ele também ocupa um quarto no andar de cima. O escritório do poeta, por isso paga o dobro."

"Pago também outras coisas, San. Nosso provável novo inquilino tinha carro na capital? Não? Vida dura, meu. Brasília não é cidade para andarilhos."

"Ele devia andar de ônibus. Só você anda de táxi, Ox."

"Nem sempre, Mariela. Depende do dia e da conversa com mamãe. Quando ela está com pena de mim, evito pegar ônibus, esse sofrimento coletivo das cidades brasileiras."

O carro atravessou a ponte da Cidade Universitária, contornou a praça Panamericana e seguiu por uma avenida larga e silenciosa, com casas grandes e ajardinadas.

"Brasília... No ano passado estudamos o projeto do Plano Piloto. Um projeto realizado, um sonho interrompido."

"Qual sonho é esse, San?"

Os gestos e a voz do Ox lembram os do embaixador Faisão, os olhos da Mariela são ambarinos, graúdos e mansos, mas de uma serenidade alerta. Ela pegou no cabelo cacheado uma pena de arara e espetou-a na nuca do Ox; um gemido veio do banco da frente, Sergio San riu, Ox pôs a mão na nuca e virou a cabeça para o lado: "Você queria furar minha jugular? Péssima pontaria. Mariela e San ficam nervosinhos quando eu critico o projeto da capital".

No alto da avenida o carro dobrou à direita e desceu uma rua de pedras: casas pequenas, sobrados geminados, uma borracharia, um sapateiro trabalhando na entrada de uma garagem, um vendedor de botijões de gás.

"Acho que o Martim não quer falar de Brasília."

"Um bom sinal do candidato a inquilino, San", afirmou Ox. "Brasília merece silêncio."

Passamos ao lado de um campo de futebol de várzea, o

carro penou para subir uma rua esburacada, pouco depois entrou numa rua silenciosa e estacionou em frente a um pequeno sobrado amarelo.

Sergio San me mostrou os dois quartos do andar superior: à direita, o escritório do Ox; o outro, vazio, dava para a rua Fidalga. A sala no térreo fora diminuída por dois cômodos contíguos, portas de correr teladas; na área pequena e retangular da sala havia uma poltrona preta, uma estante com livros, discos e um aparelho de som; um tapete persa, um tatame e almofadas vermelhas cobriam os tacos do piso. Sergio San abriu devagar a porta de um quarto e me apresentou a duas moças: Marcela manuseava um alicate e fios de metal prateados; Laísa acendeu um bastão de incenso e me encarou com ar de desafio.

"A gente vai fazer uma reunião para aprovar o novo inquilino", avisou Sergio San.

Ox chamou os moradores para beber vinho na copa; era a voz do embaixador, um Faisão quarenta e poucos anos mais novo, alto e robusto, corpo um pouco flácido, rosto altivo. Como o embaixador teria reagido à prisão do filho? Quanto tempo meus amigos ficaram detidos? Fui com o Ox a uma casinha branca rodeada por goiabeiras e romãzeiras. "A saleta é o laboratório fotográfico da Mariela", ele disse. "O casal de gigantes dorme no quarto."

No fundo do quintal uma cortina de bambus finos cercava o tronco de uma mangueira baixa; Ox arrancou uma romã rosada do vizinho, um resmungo rouco veio de lá. "A velha que mora ao lado é meio pancada. Essa é uma das poucas alegrias da nossa republiqueta. Você sabe, a alegria e a loucura são separadas por um muro muito baixo."

Os moradores nos esperavam na copa, Ox serviu vinho para todos, Marcela disse que o inquilino do quarto de cima tinha sido expulso em novembro do ano anterior.

"Foi advertido várias vezes", acrescentou Sergio San. "Desprezava as normas de conduta da república, nunca fez a feira nem ajudou na limpeza. Mas fazia a maior sujeira..."

"Quando ficava de porre, virava um arruaceiro", interrompeu Marcela. "As namoradas dele zoneavam a casa e mexiam em tudo. Meteram a mão nos discos do Ox, nas bijuterias da Laísa e nas fotografias da Mariela. Ele também era ladrão."

"A maior sujeira desse cara era outra", continuou Sergio San. "Fez pouco-caso dos últimos crimes. Os dois estudantes da USP, assassinados pela polícia no ano passado..."

"Não é o momento pra falar disso."

"Não é o momento, o cacete, Ox", protestou Mariela.

Ox olhou para mim, como se estivesse refletindo, ou examinando minha reação calada às palavras dele e da Mariela.

"O ex-inquilino era um misógino execrável. Isso perturbou as donzelas da Fidalga e o senhor San, autor das normas bizarras e mal escritas da nossa república. Foi expulso porque era um provocador perigoso. Se trabalhasse num jornaleco ou numa estação de rádio fajuta, teria muitos leitores e ouvintes. Talvez um dia ele encontre esse destino. O cara não ouvia Mozart, Berlioz, Schumann, Gluck, ópera nem MPB. O gosto do sátiro por músicas horrorosas não me irritava. O problema era a privacidade... O volume do rádio, bem ao lado da minha torre. O pobre nunca lia. Devia achar que Schoenberg era uma marca de cerveja alemã, e Puccini, a melhor pizzaria do Brás. Eu me divertia com tanta ignorância, mas vocês levavam o cara muito a sério. Um estupendo faquir de espírito, boçal e ignaro. Se ele fosse a Françoise da minha leitura proustiana, ia confundir Argel com Angers, mas a personagem Françoise é uma iletrada sábia. O faquir confundia Lévi-Strauss com uma marca de jeans. Uma vez perguntei se conhecia John Lee Hooker, ele me respondeu no ato: 'Um ator de seriado do Velho Oeste americano'."

"Ainda não li nada de Lévi-Strauss", sussurrou Laísa, envergonhada.

"Que incrível antropóloga você vai ser. Ainda bem que aprende francês e inglês comigo. Aulas de graça, embaladas pelo tinto da Borgonha. Sem vinho e sem as massagens da Marcela, minha missão civilizadora nesta triste república seria um fracasso."

"Deixa o novo inquilino falar, Ox", disse Mariela.

"Pelo menos Martim é mais silencioso que o inquilino expulso", prosseguiu Ox. "Ou será esse o silêncio de um ser capcioso?"

Sergio San pegou na porta da geladeira uma folha com um texto datilografado: "Regras de conduta da República da Fidalga". Li as nove regras, depois Marcela e Mariela fizeram perguntas.

"Cinco anos em Brasília", eu disse. "Meus amigos foram presos, escapei por um triz e voltei pra São Paulo."

Contei vagamente sobre minha mãe; queria sair do dormitório de um colégio na Vila Mariana; se o aluguel do quarto não fosse caro, me mudaria no dia seguinte. Sergio San disse o valor do aluguel e das despesas, e perguntou onde eu trabalhava.

"Vou procurar emprego num escritório de arquitetura ou numa construtora."

Uma votação rápida aprovou minha entrada na casa; Laísa me convidou para jantar, mas eu queria andar por São Paulo: dei um giro na Vila Madalena e em Pinheiros, subi a Rebouças e continuei pela Paulista; no Conjunto Nacional, parei diante das vitrines da Livraria Cultura. Nenhuma notícia do Jorge Alegre, do Jairo, da Celeste. Não havia mais Encontro. Percorri toda a Paulista, vi as igrejas do Paraíso, frequentadas pelo meu pai, atravessei o viaduto da Vinte e Três de Maio, ia dar uma olhada no prédio da rua Tutoia mas preferi seguir até o colégio. Sorte ter encontrado Sergio San no Salão Caramelo. Reli as nove regras da Fidalga. Número quatro: "Quem não sabe ou não quer cozinhar, deverá limpar o banheiro duas vezes por semana". Vários internos conversam no refeitório, alguém no corredor assobia uma musiquinha besta. O Corcunda. A mesma melodia depois da visita a uma boate na Major Sertório. Parou de assobiar na entrada do refeitório. "Os veadinhos do interior já chegaram? O trote dos calouros vai ser animado. Quem dedurar pro bedel, vai levar uma canivetada na bunda." Risadinhas, cochichos, silêncio. Número seis: "Gastos desnecessários com alimentos, bebida e objetos de decoração não serão divididos pelos moradores". Acordaria cedo, agradeceria ao professor Verona, sairia do dormitório, não veria mais o Corcunda. Dois: "Nenhum assunto é proibido na Fidalga. Respeito irrestrito aos religiosos, ateus e agnósticos, e a todas as posições políticas e ideológicas...".

Vou dormir com fome e com as lembranças de Brasília, mas sem o medo nos últimos dias na capital.

Alguém se livra do medo?

Uma pessoa totalmente livre do medo está condenada?

Vila Madalena, São Paulo, março, 1973

Hoje, às 21h25, consegui falar com a Dinah; dei o endereço da comunidade na Vila Madalena: "Quase todos são estudantes da USP".

Silêncio.

"Você me ouviu?"

"Sim, estudantes. Quase todos. Mandei o histórico escolar e um bilhete pro endereço da tua avó."

"Já recebi... Às vezes me arrependo de ter saído de Brasília."

"A Baronesa acertou, Martim. Você escapuliu no momento certo. A polícia baixou por aqui, meu pai ficou inquieto mas minha mãe contornou a situação. Citou amigos no ministério e até o ministro. Disse que não sabia onde você estava. Os policiais ficaram a noite toda no estacionamento do nosso bloco. Acendiam o farol alto da viatura e ligavam a sirene. Não voltaram mais. Quando você foi embora, esqueci de trocar a porra do lençol da cama de casal. Levei duas broncas do meu pai, uma pelo amor, outra pela política. Minha mãe deu uma boa risada..."

"E os nossos amigos?"

"Já saíram do internato, mas ainda não falei com eles. Só me encontro com o Lázaro, parece que ele vai abandonar..."

"Lázaro é meu amigo?"

"O livreiro alegre está sumido. O professor de artes cênicas perdeu o emprego, o curso de teatro já era. Minha mãe tinha razão. Tudo está piorando e eu não sei... Não posso falar muito."

"O Nortista..."

"Parece que escapou, mas não apareceu. É melhor a gente desligar, Martim, meu pai..."

"Quando você vem pra São Paulo?"

"Já vou, pai."

"Quando?"

4.

Café Le Sévigné, Marais, Paris, janeiro, 1979

"Será o acaso objetivo dos surrealistas?", perguntou Évelyne Santier.

"Há quantos anos...?"

"Quase seis, Martim. Um sábado de março... Saímos da Livraria Duas Cidades e fomos a um bar na Consolação. Depois o Ox me levou pra passear. Vimos os casarões antigos do Bexiga, do Cambuci e dos Campos Elíseos. Ele falou desses bairros, dos rios aterrados, dos cortiços, e recitou *par coeur* poemas de Mário de Andrade. Recebi várias cartas dele, mas você ficou na promessa."

"Mas você sumiu em São Paulo. E, quando reapareceu, não quis me ver."

"Um dia vou falar sobre isso, Martim. Você está há muito tempo em Paris? Eu te olhava de soslaio. Você lia "Lettre-Océan", largou o livro de Apollinaire e começou a escrever nessa maquininha. Estava traduzindo um texto? Parecia chateado... Quer uma ajuda?"

Depois me convidou para tomar vinho em seu apartamento na Rue du Temple, ela publicara sua primeira tradução literária, e ia comemorar com umas amigas.

Não mora mal, a mocinha. É tradutora, fala português com muita fluência, é preciso aguçar os ouvidos para notar um deslize. O pai de Évelyne era um militar francês, e a mãe, uma brasileira. Mortos. Melhor saber que já morreram, assim não há lugar para dúvidas.

As amigas de Évelyne chegaram quase ao mesmo tempo. Maryvonne e Marie-Thérèse são francesas; Adriana e Gabriela, argentinas. "Jornalistas", disse Évelyne. "Elas tentam driblar a censura para não mentir muito."

Marie-Thérèse riu, Maryvonne não gostou da provocação: "Ninguém censura nossos textos, Évelyne".

"Mas na América Latina as notícias são filtradas, distorcidas ou simplesmente censuradas", opinou Adriana. "Uma reportagem política pode se tornar uma ficção."

"Contos de fada substituem relatos de horror", acrescentou Gabriela.

Enquanto conversavam sobre jornalismo e ficção, eu devorava queijo, e pão com patê. Évelyne notou minha fome e trouxe mais queijo e meia baguete. Marie-Thérèse falou de suas viagens pelo mundo da moda, depois sugeriu um brinde à primeira tradução de Évelyne, publicada numa revista francesa. Era um conto de um escritor cubano, exilado em Londres. Ela leu trechos do texto traduzido, Adriana e Gabriela conheciam e admiravam a obra do cubano, Maryvonne gostava do conto mas o escritor era detestável, um grande oportunista no exílio. Minha fome diminuiu, uma taça de vinho me acalmou, vi um ateliê de pintura no outro lado do pátio, de repente a conversa saltou da literatura para Cuba: parecia o começo de um incêndio sem fim e, quando as labaredas da política incendiavam os rostos e alteravam as vozes, o interfone tocou, interrompendo a discussão. Era quase meia-noite. "Uma visita a essa hora?", perguntou Maryvonne. Évelyne atendeu, olhou as amigas e sussurrou: "Céline".

As quatro visitantes levantaram e se despediram. "Vamos descer pela escada, e bem devagar", sugeriu Marie-Thérèse. As outras riram, menos Maryvonne, que ainda fez um brinde solitário à Revolução Cubana.

Eu também ia embora, mas alguma coisa me reteve, talvez a visão do ateliê de pintura, aceso no outro lado do pátio: um pintor diante de uma modelo nua. Me lembrei da minha mãe e do artista. Lina posava para ele? Imaginei os dois corpos juntos, ávidos de prazer depois das pinceladas. A sala iluminada parecia um quadro de uma aula de pintura. "As atividades do ateliê são também noturnas", disse Évelyne. Artistas notívagos, pensei, quando Céline entrou sem cerimônia na sala, como se fosse natural fazer uma visita à meia-noite. Tirou da bolsa uma garrafa de uísque e, sem olhar para mim, perguntou a Évelyne: "Esse *métèque* é teu amante? De onde ele veio? Da Sicília, Córsega ou Argentina? Ah, do Brasil! Mas alguém sabe mesmo de onde veio? Ninguém sabe. O lugar do nascimento é apenas um acidente. Eu mesma não tenho certeza das minhas origens, Évelyne. Quando penso nisso, lembro que minha bisavó paterna era de origem berbere. Uma mulher do Atlas que se casou com um funcionário colonial. O que eu sou? E você, Évelyne? Teu amigo *métèque* deve ser bisneto de uma africana e de um português. Não seria melhor cortar o tronco e arrancar as raízes da árvore genealógica? A origem não está numa floresta perdida no tempo?".

Céline ia do humor irônico à antipatia; com a bebida, a voz tendia a um pedantismo exasperado, muito próximo da agressão. Citava livros e filmes, num monólogo meio maluco, respondendo perguntas que ela mesma fazia. Na pausa para encher o copo de uísque, me desafiava. Pau de cana das boas, era tomada por uma tristeza mórbida quando mencionava o nome do pai. Conversei, bebi e me diverti com ela, saímos juntos na noite gelada e andamos pelo Marais deserto. Paris demorava a amanhecer. Céline esquecera a garrafa de uísque, e resmungava, irritada com o esquecimento. "Tem um bar aberto no Boulevard Montparnasse, *cher métèque*. Se eu conseguir atravessar a ponte..."

O boulevard parecia ficar no fim do mundo para os passos incertos da Céline. O bar estava fechado, ela quis beber no seu apartamento, na Rue Chevreuse, perto do boulevard. Bebeu calada, até capotar no chão da sala. Acordei com uma voz italiana: um tenor cantava uma ópera, me lembrei da voz do Ox em São Paulo, ele interpretava Cavaradossi, do seu amado Puccini, em noites da Vila Madalena. Na parede à minha direita, vi uma galeria de fotos: as imagens de um menino, de um jovem e de um homem pareciam ser da mesma pessoa. Na cama, um bilhete: "Fui comprar bebida, *cher métèque*. Volto a qualquer hora. Céline".

Dei uma cochilada, despertei com uma frase na mente: "tua voz me alcança apesar da enorme distância", um dos versos de *Ondes*, que eu havia lido no apartamento do embaixador Faisão. Lembro que era meio-dia e pouco, acabara de falar por telefone com a Dinah, passaríamos três noites juntos no apartamento dela. A viagem do desejo, na solidão de Brasília.

O disco girava no aparelho de som; não esperei Céline, fui embora da Rue Chevreuse. Talvez essa história não dure muito. O livro de Apollinaire, meus papéis e a máquina de escrever foram esquecidos no Marais.

Ou é a vida em Paris que não vai durar?

5.

Casa na rua Topázio, Aclimação, São Paulo, março, 1973

"Esperem na sala", disse uma moça vestida de branco. Três quadros pendurados na parede: pinturas de rostos de palhaços, bocas abertas, o mesmo riso. Um espelho grande na parede oposta reproduzia uma abominação de cores e formas. Um lustre dourado, com penduricalhos de vidro, pendia do teto. Sentamos em cadeiras estilo Luís xv, assento de veludo verde.

"O construtor adora esses quadros", cochichou Sergio San. "É um homem doente."

A moça de branco nos chamou para o quarto, onde um homem estava deitado numa cama de casal, o corpo escondido por um lençol azul, só o braço direito e a cabeça descobertos. "Meu amigo estuda arquitetura", disse Sergio San, "ele quer fiscalizar as obras." O homem deitado sorriu, como num disfarce; mas o rosto abatido logo recuperou a expressão severa, o indicador da mão direita mirou minha cabeça: "Quer trabalhar na construtora? Vamos ver se dá certo. As obras são a minha vida, e eu não quero ser enganado. Já basta ser enganado por esse japonês. Arquitetos encarecem uma obra e eu não quero torrar dinheiro com estruturas e detalhes complicados. Tenho que refazer os projetos do japonês e isso é cansativo. Sair da cama, dar dez passos, tudo me cansa. Mas conheço cada casa e galpão que construo".

Cheiro de álcool e iodo; uma seringa sem agulha, duas ampolas vazias e um chumaço de algodão sobre a mesinha de cabeceira. Sergio San lançou um olhar furtivo ao rosto da moça de branco, atenta ao homem deitado.

"Posso pagar um salário mínimo e o dinheiro da condução. Não é pouco. Você vai passar no canteiro de obras duas vezes por semana e comprar os materiais para construção. Depois vai conferir a entrega. Não confio no mestre de obras nem nos operários. Quero todas as notas fiscais, e nada de dez por cento de comissão nas compras, isso é safadeza. O japonês vai te dar os endereços das lojas no Gasômetro e no Butantã."

Suor no rosto amarelado do homem, uma Bíblia aberta ao lado do travesseiro; presa a um gancho de aço na parede, uma bandeira brasileira de cetim roçava o assoalho. A luz da tarde, filtrada por uma cortina verde encardida, ensombrecia o quarto. Perguntei se podia começar na semana seguinte.

"Tem mais uma coisa", o construtor apontou a moça de branco. "Se você mexer com a menina, vai se dar muito mal."

Ela nos acompanhou até a porta. Na calçada da Topázio perguntei a Sergio San se a enfermeira era a mulher do construtor.

"Filha, Martim. Sempre usa roupa branca, mas não é enfermeira. Ela pinta aqueles palhaços tétricos. Quer ser artista."

Campinas, Jundiaí..., março, 1973

Bafo de cão. Visitei uma escola de línguas estrangeiras e três colégios particulares; depois andei pelo centro de Campinas, observando as pessoas, tão lerdas que pareciam anestesiadas pelo calor; comi um bauru, tomei caldo de cana e continuei a busca, caminhando a esmo até as quatro da tarde, quando peguei um ônibus para Jundiaí. A secretária de um colégio disse que uma amiga dela estudava francês com uma professora de São Paulo. Anotei o endereço, bati na porta da casa, a aluna de francês apareceu.

"Não, a professora não se chama Lina. Ela mora na capital. Vem a Jundiaí duas vezes por semana para dar aulas. Deve ter cinquenta e cinco anos. Mas o que você quer saber...?"

Sentei num banco sombreado de uma praça antiga, o rosto e o peito molhados de suor, o coração roído pelo desânimo. Na minha frente, um velho de chapéu de palha segurava com a mão esquerda um cajado claro; a outra mão, fechada, parecia esconder um pequeno objeto. Olhava ansioso para o lado direito e de repente me encarou, como se me conhecesse ou quisesse dizer alguma coisa. Um pássaro piou e pousou na extremidade do banco, o velho esticou o braço direito, abriu um pouco a mão, farelos caíram perto da ave. Imitou o canto do pássaro e me encarou de novo, emitindo sussurros. Assenti com um gesto. Mas ele sussurrava para o sanhaço, não para mim. Quando o pássaro voou, o velho se ergueu apoiado no cajado, olhou uma árvore ou o céu, e sorriu. Depois deu uns passos, o cajado ciscando folhas no solo. Só então notei: era cego.

Na rodoviária li numa placa outros destinos, um deles talvez me levasse a alguma cidade próxima ao maldito sítio onde minha mãe e o artista se escondem. Ainda moram no mato? Vivem juntos? Escolhi ao acaso uma cidade, e embarquei. Casebres esparsos na paisagem verde do subúrbio. Não demorou a escurecer, o recorte fino e curvo da lua brilhava no céu, o cheiro de roça no ônibus lembrava Ceilândia e a mãe do Lázaro. Uma mulher com lenço na cabeça começou a entoar uma canção, outros passageiros aderiram à voz desinibida e melódica, como se fossem parceiros de uma felicidade que eu não sentia.

O coro de vozes na viagem noturna, a lua em forma de foice, o olhar, os sussurros do cego e o pássaro faminto eram sinais de esperança?

"Ninguém pode sumir por dois dias sem dar notícias, Martim", advertiu Sergio San. "Quem vai dormir fora de casa, deve avisar antes, ou telefonar na manhã seguinte. É uma das normas de segurança da Fidalga."

Ox mirava com desdém a carne ressequida na panela. Contei que tinha viajado para a região de Campinas em busca da minha mãe, nas cartas ela contava que lecionava francês nessa cidade e em Jundiaí. Todos ouviram calados, até Laísa dizer: "Queria que tua mãe aparecesse e que a minha mãe sumisse para sempre". Falou sem raiva e me olhou com cumplicidade, como se apenas nós dois sofrêssemos com a ausência e a presença materna. Mais tarde Laísa subiu para o meu quarto. Era filha única e se dava bem com o pai, dono de várias padarias na Zona Norte de São Paulo.

"Minha mãe não queria que eu estudasse na USP, muito menos ciências sociais. Ela nunca aceitou que eu morasse aqui. Me visitou umas cinco ou seis vezes. Visitas de surpresa, pra flagrar sem-vergonhice, coisas ruins que ela pensa de mim. Diz que esta casa é um ninho de vadios, que eu levo uma vida de hippie e só namoro gentinha e pés-rapados. Meu pai acorda às cinco da manhã e trabalha o dia todo. De noite é um marido obediente. Às vezes ele me telefona e pergunta como vai a minha antropologia, e eu digo que vai bem, que tenho bons professores, que um dia vou fazer pesquisa de campo na Amazônia."

Laísa quis ver uma foto da minha mãe, mostrei a única imagem da Lina. Deitou no chão e ficou observando o rosto no papel até fechar os olhos pequenos.

Amanheceu com chuvisco, o rosto da minha mãe, no tatame, olhava para o teto, Laísa não estava ao meu lado.

6.

Café de la Gare, Gare de Lyon, Paris, março, 1979

Damiano Acante me esperava com Gervasio, Huerta e Agustín, membros do Círculo Latino-Americano de Resistência. Os três haviam festejado o Ano-Novo no apartamento do Jaime Dobles, mas Agustín não se entusiasmara com o discurso do anfitrião, ele segurava a taça de champanhe com as duas mãos durante os aplausos ao orador. A fala eufórica do Jaime Dobles enfraqueceu enquanto eu me afastava da sala, ainda ecoava na Place de la Nation, e se apagou de vez na caminhada pelo Faubourg Saint-Antoine.

Ontem à noite, no Café de la Gare, Gervasio me pareceu mais assertivo, às vezes com um humor ofensivo, cínico. Huerta, um sujeito alto e massudo embrulhado numa jaqueta de couro preto, diminuía o espaço do café. De início caladão, espreitava um por um, e só mais tarde exibiu a voz gasguita e a gargalhada ferina. Agustín, o mais jovem, era o mais retraído: falava baixo, sem fazer grandes gestos, e apertava os olhos, como se não quisesse enxergar o interlocutor.

Cheguei no meio de uma conversa animada que, aos poucos, ficou ríspida. Gervasio dizia que o boletim do Círculo devia publicar notícias sobre a resistência armada na América do Sul e Central. A voz baixa do Agustín ponderou: não seria mais sensato divulgar outras formas de resistência, menos violentas?

"Você escapou de um regime totalitário e ficou ingênuo", acusou Gervasio, num tom meio irônico. "Parece um amigo argentino, o Camilo. Mais um pacifista naïf. Sabe muito bem o que aconteceu com os uruguaios que apenas protestaram nas ruas ou publicaram artigos. E agora quer censurar a luta armada no boletim. Por que não envia flores brancas aos generais da República Oriental?"

Damiano Acante, atento à vigilância do Huerta, à voz agressiva do Gervasio e à timidez ou tibieza do Agustín, talvez soubesse o que havia por trás dos atos, das palavras e do silêncio. Não sei de onde Damiano os conhecia, ele calava sobre certos contatos e amizades. Em Brasília, o Nortista dizia que algumas pessoas faziam parte "do círculo secreto de amizades do nosso professor de artes cênicas".

Acante sabe que me sinto deslocado nesse Círculo pequeno; somos amigos desde 1968, no centro da nossa amizade está Dinah, e o empenho obstinado do Damiano em encontrar indícios do destino da minha mãe. Em Paris, dá palestras sobre teatro brasileiro e escreve peças, ignoro as outras atividades dele com o pessoal do Círculo. Sabe dominar a amargura, a angústia, o desespero do exílio; talvez não se sinta angustiado nem desesperado. Certa vez me disse: o exílio é uma aprendizagem, uma prova difícil de adaptação, mas qualquer pessoa pode se sentir no exílio em seu próprio país.

É o mais velho do Círculo, e o mais paciente e sagaz em momentos tensos de uma reunião, como se dirigisse atores de uma peça não escrita, com desfecho imprevisível. "Mensagens de paz onde há terror de Estado?", dizia Gervasio. "Nosso amigo Camilo desapareceu, não sabemos se ele está preso, escondido ou se foi assassinado. Essa é a paz dos ingênuos, a serenidade dos conformistas. Tuas flores brancas vão murchar com cheiro de morte, Agustín."

Damiano abriu as mãos num gesto de calma e se antecipou à réplica do Agustín: os artigos seriam analisados por Jaime Dobles, agora era mais importante selecionar notícias da América Latina, distribuir os boletins aos franceses e escrever uma carta ao Quai d'Orsay.

Gervasio bebeu um gole de *poire*: uma carta ao ministro de Relações Exteriores da França? Para quê?

"Para protestar contra a perseguição de exilados em território francês", disse Damiano. "Os militares e agentes policiais das embaixadas latino-americanas vigiam e ameaçam vários expatriados. Eles fotografam os manifestantes que protestam em frente das embaixadas."

Damiano olhou para mim:

"Meu amigo brasileiro foi detido e fichado no Brasil, mas acho que ainda não foi fotografado na França."

Gervasio quis saber o que eu fazia em Paris.

"Dou aulas de português aqui e na *banlieue*. Passo uma parte do dia no metrô."

"Martim foi meu aluno de artes cênicas em Brasília", esclareceu Damiano. "Ele vai ajudar a distribuir o boletim e a vender o jornal impresso em Turim. Vai também hospedar os pássaros feridos e caçados, os companheiros no exílio."

Huerta, apoiado no balcão, tirou do bolso da jaqueta um isqueiro e um cigarro: uma chama surgiu no topo do monte de músculos e iluminou a barba ruiva. Deu uma tragada, me olhou detidamente, a voz aguda perguntou: "Aulas de português? É isso que você faz em Paris?".

O corpo do brutamonte se sacudiu com uma gargalhada, Agustín olhou com desprezo o rosto enfumaçado, que ainda escarnecia.

"E vocês? O que é que vocês fazem?"

"Não somos atores, muito menos professores de espanhol", afirmou a voz pastosa do Gervasio. "Somos escritores revolucionários no exílio. Mas agora Agustín é só poeta... um poeta sentimental e pervertido que flana no submundo parisiense. Não se interessa mais pela revolução e não sabe o que é o exílio."

Damiano Acante chamou o garçom, ficou de pé e disse em espanhol, com voz e gestos teatrais: "Muito bem, e quem vai pagar a conta? Os revolucionários, o poeta sentimental ou o professor de português?".

7.

Missa de sétimo dia em memória de Alexandre, centro de São Paulo, 30 de março, 1973

Na praça do Patriarca, eu e Sergio San vimos Mariela e, para minha surpresa, Ox.

"Um grupo de quatro pessoas é uma imprudência", advertiu Sergio San. "É melhor a gente se separar, tem polícia saindo pelo ladrão."

Mariela queria ficar sozinha, mas Ox seguiu-a de perto até a praça da Sé. As orações no interior da Catedral ecoavam na praça, as preces e os protestos pareciam rituais misturados; depois da missa os gritos da multidão e as badaladas dos sinos assustaram a cavalaria, um grupo de estudantes vaiou os policiais, os animais soltaram relinchos. Sergio San movia-se agachado e lançava bolinhas de vidro na direção dos cavalos, mãos ossudas distribuíam panfletos, me afastei do sorriso diabólico do Corcunda, segui Sergio San até a extremidade da praça, onde avistei uma cabeça ruiva e outra preta; quando me aproximei dos dois grandalhões, Mariela dizia: "Ninguém te obrigou a vir aqui, Ox. Por que não ficou em casa, lendo teus poetas alemães?".

Ox segurou-a pelos braços, não escutei o que ele disse, a cavalaria invadia a Sé, uma fumaça amarelada surgiu em vários lugares, o cheiro dava náusea e ânsia de vômito. Sergio San disse à Mariela e ao Ox que eles tinham a vida toda pra discutir: por que não iam embora? Um cavalo empinou, cassetetes giraram no ar, Mariela se desgarrou do Ox, na confusão perdi de vista meus amigos, fui até a praça do Patriarca e entrei num ônibus. Na Nove de Julho senti o estômago embrulhado, saltei na parada seguinte, corri até a praça 14 Bis, arriei a calça borrada e me agachei. Um maltrapilho de olhos fechados estava estirado sobre folhas de jornal, peguei um pedaço do papel, o homem não se moveu. Usava uma cueca imunda, o corpo era uma pelanca enrugada e escura; toquei o braço e o peito dele, senti a pele fria, o coração mudo por trás das costelas. Recuei. Vi dois fachos de luz na avenida, vesti a calça e fui até o ponto de ônibus, amaldiçoando aquela tarde-noite de morte.

Vários passageiros dormiam.

Água noturna, noite líquida, afogando de apreensões/ As altas torres do meu coração exausto...

Ox, sentado na poltrona, lia em voz alta um poema; um tapa-olho de papelão preto cobria o buraco da lente direita dos óculos.

"Perdeu uma lente?"

Ox parou de ler e, sem tirar o olho esquerdo da página, respondeu: "Cascos pesados e brutos cometeram a indelicadeza de triturar esse pedacinho de vidro".

"E a Mariela?"

Ele ergueu com altivez o queixo, o olho esquerdo mirou meu rosto: "Posso ler em paz 'A meditação sobre o Tietê'? Não sacou que estou gravando um recital de poesia?".

Na copa, Marcela fazia um curativo no braço esquerdo do Sergio San.

"O teimoso não quis ir a um pronto-socorro, Martim. Levaria uns seis pontos. Vamos ver se essa atadura resolve. Foi um deus nos acuda. Tropecei, caí... Esfolei os joelhos, mas na loucura da fuga a gente não sente nada. Laísa teve mais sorte, telefonou do largo do Arouche e disse que estava ótima, nem um arranhãozinho. Vai dormir na casa do namorado... Deve estar ótima mesmo."

O braço enfaixado do Sergio San ainda sangrava.

"Estava no largo São Francisco e rasguei o braço numa ponta de ferro. Uma estudante de direito ia me levar pra uma farmácia, aí a cavalaria chegou e a moça gritou: 'Corre, lá vêm os animais'..."

Tristeza que timbra um caminho de morte...

"E a batalha recomeçou no largo. Os estudantes fizeram uma barricada, a cavalaria avançou pra cima de todo mundo e eu pensava nos parentes do Alex. Pensava na morte..."

"Nunca vi esse cara", disse Marcela. "Aliás, nunca entrei no campus da USP."

"Conheci Alex em 1971, numa festa de calouros", lembrou Sergio San. "Ele escreveu uma peça de teatro criticando a Transamazônica e publicou um artigo no boletim do centro acadêmico de geologia. A gente se encontrou em fevereiro, num debate na PUC. Os padres e bispos progressistas estavam lá... O Alex fez perguntas. Boas perguntas."

"Como ele era?"

Eu mesmo desisti dessa felicidade deslumbrante,/ E fui por tuas águas levado,/ A me reconciliar com a dor humana pertinaz...

"Se o Ox lesse mais baixo! O diabo é que esse gigante tem uma voz bonita, de barítono. Ou será a beleza do poema?"

"Como ele era?", insistiu Marcela.

"Alex era um intelectual, um dos líderes do movimento estudantil. Gostava de teatro, queria escrever. E não parecia triste. Acho que era mais alegre do que nós."

Pegou uma folha de papel de padaria e um lápis e começou a desenhar.

... rio, meu rio, de cujas águas eu nasci,/ Eu nem tenho direito mais de ser melancólico e frágil...

"Esse é o rosto, o que minha memória diz do rosto do Alex. Sei pouca coisa da vida dele. A família é de Sorocaba. Parece que ele militava na ALN. A polícia inventou coisas, disse que ele era ladrão de mimeógrafos e que morreu num acidente quando fugia da prisão. Quem acredita nisso? A imprensa só pode publicar o que os milicos divulgam. Os boletins do II Exército."

Porque os homens não me escutam! Por que os governadores/
Não me escutam? Por que não me escutam/ Os plutocratas e todos
os que são chefes e são fezes?/ Todos os donos da vida?

"Você vê um cara duas vezes e percebe que ele pode
ser teu amigo. Foi isso que eu senti."

Saí da copa, e na escada escutei Sergio San: "Ox, você
não pode falar mais baixo? Vai ler em voz alta na tua torre,
meu. Você não mora sozinho, porra! Por que não respeita
os moradores?".

Eu recuso a paciência, o boi morreu, eu recuso a esperança

São Paulo, sábado, 31 de março, 1973

"Ó famintos da Fidalga, o deus da fartura e do prazer
pede passagem!"

Um menino carregava sacolas e empurrava o carrinho
de feira; pôs as compras sobre a mesa da copa e recebeu
uma boa gorjeta do Ox. Sergio San reclamou do excesso de
legumes, frutas, frango e peixe.

"Por que essa comédia, San? Não vou cobrar nada de
vocês. Sempre foi assim, desde os primeiros dias dessa república. Olhe a cara dos nossos cidadãos! Todos tristes,
amarelos de tanta fome. Quarta-feira a geladeira é um deserto frio. Dormimos num cortiço ou moramos numa república digna? Guardem as carnes no congelador. Agora
vou alimentar o espírito. Martim me acompanha? Hoje é
dia de táxi, mamãe paga."

Descemos na rua Bento Freitas, Ox parou na calçada de uma livraria e se ajoelhou: *"Benvenuto* à Duas Cidades, frei Martim! Há mais ou menos uma hora eu estava comprando alimentos sagrados para os famintos da Fidalga. Agora a gente vai se empanturrar de palavras profanas".

Dei uma olhada na seção de poesia; logo em seguida, Ox passou ao meu lado carregando uma pilha de livros em espanhol, inglês e alemão. "Leva tua poesia pro caixa, vou pagar e depois dar um telefonema."

"Está preocupado com a Mariela?"

"As más notícias vêm a galope", disse Ox com mau humor, o rosto caolho olhando do alto para mim. "Mariela deve ter dormido com um sátiro que ela idolatra, um desses militantes andrajosos que contam histórias gloriosas. Sou apenas mais um filho desgarrado de uma velha aristocracia rural, um burguesinho que lê Montaigne numa poltrona de couro de vaca. Isso chateia Mariela. *Chateia* é pouco. Isso horroriza minha musa. Mal sabe ela que eu não tenho pretensões eruditas, nenhuma propensão a ser paguro, mas não vejo o mundo dividido entre claridade e trevas. Até com esse tapa-olho vejo regiões pardacentas, cheias de dúvidas e pontos de interrogação."

Pôs os livros sobre o balcão: "Olha só... Você já leu Malcolm Lowry, Rilke, Alfonso Reyes, Juan Rulfo, os trovadores provençais? O que se lê na egrégia, ínclita capital do grandioso país merdamilical?".

Um esfarrapado entrou na Duas Cidades para pedir esmola: seria o morto que eu tinha visto ontem, na 14 Bis? O corpo esquálido com a cueca suja, me lembrei dos passageiros, fantasmas na travessia noturna do túnel da Nove de Julho. Queria contar para o Ox a aparição do defunto mendigo, mas meu amigo mostrava um livro de Alfonso Reyes a uma moça ruiva, interessada em tradução de poesia. Parecia um pouco tímida, mas aceitou o convite do Ox para tomar uma cerveja num bar da Consolação. Ainda pensava no mendigo morto-vivo quando ouvi a ruiva dizer que se chamava Évelyne Santier, era francesa, mas preferia falar em português. Na mesa do bar, mostrou um panfleto manchado de pisadas, catado na praça da Sé. Ox o leu em menos de três minutos e me deu a folha. O primeiro parágrafo exortava os jovens a se afastarem de "elementos subversivos, traidores da pátria".

"Um panfleto do MUD: Movimento dos Universitários Democráticos", disse Ox. Deu uma gargalhada e pronunciou em inglês: "*Mud*".

"Por que você está rindo?"

"*Chère* Évelyne, os autores desse panfleto imundo esfaquearam a língua vernácula. Pobre Camões! Pobres Eça, Machado de Assis, Pessoa e Vieira! Vamos picotar esse sermão dos peixes podres ou guardá-lo para uma futura pesquisa de um recém-nascido? Um cientista político do século XXI. Os jovens desse MUD plantam sementes de ódio, adubadas com a bosta de torturadores. Depois distribuem pela cidade essas ervas daninhas com cheiro de mentira e cadáver."

Pegou o folheto e leu em voz alta: "'As manifestações pela morte de Alexandre Vannucchi Leme, nosso conhecido Minhoca, estão sendo exageradas, pois o pesar pela perda do colega está se transformando numa crítica acintosa e ilegal ao governo'".

"Ouviram isso? Criticar um governo golpista e criminoso é ilegal. E 'as manifestações pela morte...'? É um lapso incrível ou uma ambiguidade deliberada? A missa e a manifestação eram protestos contra o assassinato do Alex.

Esse panfleto é um belo exemplo do sermão verde-amarelo. Mas há grupos políticos mais execráveis e muito mais violentos que esse MUD. Por exemplo, o CCC..."

Évelyne mirava o rosto do Ox, dividido pelo tapa-olho. "CCC? Que diabo é isso?"

"É um dos demônios brasileiros... Um grupo paramilitar, as milícias da pátria armada. O Brasil está coberto por flores fúnebres, Évelyne. Flores de aço, cheiro de pólvora. É melhor a gente conversar sobre Viollet-le-Duc e Haussmann, o restaurador e o demolidor. Haussmann demoliu a Paris medieval em nome da modernidade, mas construiu parques maravilhosos. Ainda bem que não destruiu o Marais. Depois vou te mostrar uma serpente monstruosa de concreto armado, um viaduto inaugurado há poucos anos. A maior aberração do nosso urbanismo. Daqui a um século São Paulo terá sido demolida e reconstruída, mas isso não vai acontecer com Paris, a não ser que outra guerra..."

Ox fez várias dobras assimétricas na folha e colocou-a sobre a mesa.

"Transformei esse panfleto sujo numa forma estranha, com uma plasticidade incrível. Maquete de um museu da vertigem. Uma estrutura de concreto com asas finas em balanço, calculada por engenheiros loucos. Sergio San gosta dessa virtuosidade formal. Isso é aceitável e até desejável na literatura, nas artes plásticas, no teatro e na dança. Mas na arquitetura, não sei. O efeito estético depende da função. Sergio San me chamaria de funcionalista. Quer dar uma volta, Évelyne? Nesse boteco só tem coxinha de frango e bolinho de bacalhau. Preciso passar numa ótica para fazer uma lente e tirar esse tapa-olho. Não sou um pirata da Fidalga."

Foi até o orelhão da esquina, a cabeça e os braços su-

55

miram na cabine, os sapatos batiam nervosamente na calçada. Évelyne perguntou se eu ia acompanhá-los.

"Mais tarde vou a Santos. Posso passar no seu hotel segunda-feira de manhã? Vou fiscalizar uma obra numa cidade perto de São Paulo. Você vai gostar de ver outro..."

"Mal conheço vocês e já querem me levar..."

"São lugares diferentes. Ox vai te levar para o centro histórico e alguns bairros. Amanhã ele vai te convidar para outro passeio. Tomara que ele esteja de bom humor."

"Por quê?"

"A vida amorosa do meu amigo..."

A voz do Ox, falsamente amarga, disse: "Vamos, Évelyne. Martim vai catar caranguejos nos mangues da Baixada Santista, a vovozinha do lobo mora lá".

Ele e Évelyne iriam ao Mercado Municipal, à Estação da Luz, depois almoçariam no Bom Retiro. Andariam muito, como se estivessem em Paris.

Perguntei se ele tinha telefonado para a Fidalga.

"Falei com o nosso pequeno herói, o Heroíto San, imperador de Iguape. Mariela está viva, se é isso que você quer saber. Estava ampliando fotos e eu não quis tirar a musa do quarto escuro. Deve estar ampliando paisagens e seres da Amazônia. Pode deixar esses livros na estante da minha torre? Essa maquete de papel é um presente pro zelador da nossa república. Já avisei pra ele que vou dormir na rua."

Terça-feira, 3 de abril, 1973

Ontem Évelyne foi comigo a Diadema. O projeto do Sergio San estava irreconhecível: os tijolinhos aparentes da fachada principal tinham sido substituídos por blocos de concreto; as fachadas leste e oeste, projetadas com elementos vazados na parte superior, eram paredões-cegos; dois operários cimentavam uma área onde haveria um jardim com ipês e sibipirunas. Vi os desenhos e perguntei ao mestre de obras por que ele tinha mudado o projeto.

"O construtor quis assim. Acha que é mais prático e barato."

"Mais prático e barato? E a ventilação, a iluminação natural, as áreas de sombra no jardim? O projeto de arquitetura?"

"O japonês resmunga, mas tá acostumado. Um engenheiro assina o projeto e faz os cálculos. Depois o patrão constrói do jeito dele."

Anotei os materiais que faltavam, conferi a entrega da semana anterior e peguei uns panfletos no Fusca. Ao meio-dia, os operários sentaram no chão para comer; enquanto Évelyne brincava com crianças descalças num terreno baldio, distribuí panfletos aos operários. O mais velho, de barba grisalha, pediu que eu lesse a folha; li em voz alta o texto escrito por Sergio San; só o barbudo escutava, os demais seguravam uma marmita e comiam com uma colher. Quando terminei a leitura, o barbudo pediu mais panfletos, ia dar a outros amigos. Ao me ver, Évelyne beijou as crianças, passou longe de mim e entrou no Fusca; voltamos calados para São Paulo, ela queria ficar no hotel, mas insisti que visitasse a FAU. Estacionei perto do laguinho, perguntei por que estava triste, ela disse que não era tristeza. Desceu do carro e parou para ver a algazarra de estudantes no laguinho. Trote dos calouros. Talvez Évelyne não estivesse triste. Parecia contrariada. Ela observava os calouros, que se abraçavam, molhados. Marcamos um encontro no fim da tarde na cantina, mas ela não apareceu.

Hoje de manhã me disse por telefone que decidira ir embora do Brasil; não contou o que acontecera ontem, e foi quase bruta quando prometi que ia escrever para ela.

"Por que os brasileiros prometem tanto? Não é preciso prometer nada."

8.

Paris, fim do inverno, 1979

Seis e dez. Apesar do frio, abri um pouco a janela, o cheiro no estúdio é insuportável. Tento fazer uma versão francesa de "Tecendo a manhã", meu aluno de Neuilly--sur-Seine se interessou pela poesia brasileira, pinçou esse poema belíssimo e cabeludo do João Cabral de Melo Neto, e ainda me pediu um comentário, promessa de uma ótima gorjeta.

É o aluno mais antigo, e o mais empenhado em aprender a língua portuguesa. A gente se conheceu no Café des Arts, onde eu distribuía folhetos anunciando aulas de português (Brasil). Sozinho a uma mesa, ele usava uma túnica preta, espécie de cafetã com pequenas borboletas bordadas na gola. O café estava cheio, me ofereceu uma cadeira, em seguida uma taça de vinho e um croque-monsieur. Herdou um castelo e vinhedos na região de Bordeaux. Mão-aberta, sempre me oferece grandes vinhos; por discrição ou timidez fingida, tomo uma taça, no máximo duas. Quando dá uma risada, uma pedrinha de diamante brilha no dente incisivo superior, e depois da risada diamantina reclama do imposto sobre herança.

"Meu avô foi um grande amigo de Eça de Queirós", ele disse, com orgulho. "O velho morreu sem sobressalto em Neuilly-sur-Seine."

O morto era o avô ou o escritor português? De qualquer modo, gosta de conversar sobre a morte, sem atentar à fé, à esperança ou à redenção. É um diletante solitário, entusiasmado com a arte e a literatura da América Latina e da África. Nas primeiras aulas, depois dos meus comentários sobre a situação política na América do Sul, ele disse que as atrocidades só mudam de tempo e lugar.

Sempre que viaja para Sevilha e Marrakesh, paga as aulas não dadas. Ele se interessou pela poesia do João Cabral quando lhe mostrei "Estudos para uma bailadora andaluza"; quis ler outros, e assim chegamos ao "Tecendo a manhã". "Um galo sozinho não tece uma manhã:/ ele precisará sempre de outros galos." Comecei a escrever uma versão francesa do poema, mas empaquei nestes versos: "e de outros galos/ que com muitos outros galos se cruzem/ os fios de sol de seus gritos de galo,/ para que a manhã, desde uma teia tênue,/ se vá tecendo, entre todos os galos".

Nesta solidão e com esse frio, sem fios de sol e gritos de galo, será difícil tecer a manhã em Paris. Faz tempo nada amanhece sob o céu ardiloso, a tempestade de granizo cobriu a Place d'Aligre, ali os ponteiros do relógio da torre nunca se movem: "É a hora da execução de um insurgente nos motins de 1851", disse um velho francês do mercado.

O vento dissipou o cheiro de fumaça, nicotina e bebida. Céline está encolhida debaixo do cobertor. Ontem, de noitinha, chegaram Julião e Anita; pouco depois, Damiano Acante, também de surpresa, entrou com uma moça. Eles iam conversar com Jaime Dobles e o pessoal do Círculo num café do bairro, Damiano dera uma passadinha no estúdio para me apresentar a Justina Anaya, uma amiga salvadorenha. Essa morena de feições indígenas fez uma saudação breve em francês e espanhol, percebi que ela era lacônica e discreta em qualquer língua.

Évelyne chegou às oito e se surpreendeu ao ver tanta gente no estúdio. "Uma noite de visitas inesperadas", eu disse.

"Mas Céline marcou um encontro aqui, Martim. Nós íamos jantar na Place d'Italie. Ela não te avisou?"

Damiano, Julião e Anita me olharam. Justina não entendeu tudo: Évelyne falara rápido em português, a voz irritada com a negligência da Céline. Sentou no chão, ao lado da Anita, que observava as fotografias espalhadas no carpete.

"Dois atores da tribo de Brasília numa peça em São Paulo", lembrou Damiano, apontando as fotos de uma encenação. "O Nortista não se saiu tão bem na estreia. Estava ansioso, agitado, nunca me disse por quê. O Martim atuou com voz firme e convincente. Foi ator de uma única peça."

"Anotei um comentário sobre essa encenação", afirmou Anita. "Não sei se esqueci minha caderneta na casa do Ox, antes de viajar pra cá. Acho que alguém mexeu na minha bolsa, a mão do diabo roubou a caderneta."

As anotações da Anita estão na gaveta da mesinha; roubei a caderneta no dia em que ela e Julião viajaram para o Rio e depois para Paris. Pensava nesse furto quando Céline apareceu na soleira da porta; ela e Évelyne já tinham visto os membros do Círculo em reuniões pouco amistosas, conduzidas por Damiano Acante ou Jaime Dobles. Nesses encontros, Céline observara sem comiseração os rostos exilados do Círculo.

Ontem, ela deu boa-noite e nem mencionou o jantar que combinara com Évelyne. Mas dessa vez Céline examinou um por um, detidamente, sacudiu a cabeça com uma expressão compassiva, como se estivesse diante de mendigos. Falou de uma visita recente ao Jardin des Plantes, onde turistas tiravam fotos de animais. "Sonhei com pássaros mudos e peixes aprisionados. Mais uma noite absurda dos meus vinte e seis anos, uma eternidade… Você, monsieur Damien, chefe do Círculo… você acredita na ação, na luta contra todas as injustiças, mas eu não acredito em justiça nem em nenhuma virtude. Nós estamos condenados… Vítimas e algozes, todos. Basta alguém começar a subir para pressentir a queda. Ou não vivemos num mundo de Sísifo?"

Leu a manchete em francês num dos jornais ao lado da cama e me perguntou se era possível amar com aquelas notícias de terror da América do Sul.

Damiano Acante e Justina Anaya foram os primeiros a sair do estúdio; Évelyne pegou uma foto e perguntou a Anita: "Quem é a outra moça?".

"Mariela… Na casinha dos fundos da Fidalga", respondeu Anita. "Ox tirou essa foto."

"Quando passei por São Paulo, encontrei só o Ox", disse Évelyne em francês, para não excluir Céline da conversa. "Sem ele, não teria descoberto bairros antigos da cidade nem os poemas da *Lira paulistana*."

"Por que você fala de pessoas estranhas e de uma cidade desconhecida? E o nosso jantar? Eu, tu e Martim."

"Combinamos às oito, Céline. Esqueceu?"

"Ainda dá tempo, Évelyne. As ostras da Place d'Italie nos esperam. Ah, *les huîtres*! Fui quase pontual, cheguei às oito e dez, escutei vozes em português e preferi ficar do lado de fora, que é o melhor lugar para pensar. Pensava e escutava a tosse do vizinho... Esse velho tosse e escarra o tempo todo. Ele vegeta na solidão. Os velhos pobres e solitários esperam a morte... Trabalharam quase meio século, agora agonizam, abandonados. Martim parece um escravo deste Círculo. O que ele deve ao monsieur Damien e ao diplomata Dobles? Ele tem medo de perder este estúdio ou é outra coisa? Medo da Circe, de virar porco? Não quer viver comigo, em Montparnasse. No apartamento da Chevreuse o medo seria mais verdadeiro. O medo de amar. Vamos, convido todos a comer ostras. Os brasileiros não querem ir? Nem Évelyne? Então por que não caem fora? Depois do sonho de ontem, não mereço ficar em paz com o escravo do Círculo?"

Meus amigos foram embora juntos. Céline deitou na cama e ficou de olhos abertos, talvez meditando sobre o conteúdo do sonho. Ou pensava no pai, enterrado em Grenoble? Não bebeu. Quando fechou os olhos, peguei na gaveta da mesinha a caderneta da Anita.

9.

Anotações da Anita
Pensão da Frau Friede, Vila Ipojuca,
São Paulo, 1973

Sábado cedinho, numa feira da Lapa, um cara entregou ao dono de uma barraca uma caixa cheia de aves depenadas. Uma freguesa pediu quatro. "Tem gente que acha uma maldade matar esses bichos. Que nada! Pombinho frito com alho e cebola é delicioso." Outra mulher foi logo dizendo: "Pombo é mais sujo que rato, só doido come isso".

"Não mato os pombos por maldade, minha senhora. São meus amigos e converso com eles. Quer ver?", disse o vendedor.

Aí ele acariciou o peito de um pombo e arrulhou com uma cara tristonha, no fundo cínica. A freguesa pagou e pôs as aves numa sacola, a outra mulher se benzeu. O feirante riu.

Comprei um frango, andei pela feira e vi o vendedor

de pombos fazendo malabarismo com quatro pepinos para uma plateia de feirantes e fregueses; ganhou uns trocados e perguntou se eu gostava de circo. "Desde os sete anos", respondi. "Um circo passou pela minha cidade e conquistou meu coração." O cara deu uma risada. Será que fui piegas? Riu por eu ter exagerado? Mas é verdade: o Gran Circo Mexicano, que de grande e de mexicano só tinha o nome, me fascinou. Aí eu disse que estudava na Escola de Arte Dramática da USP, mas não queria ser atriz de TV ou cinema, e sim artista circense. Perguntou se eu queria conhecer um circo de verdade, com trapezistas e shows musicais.

Deu uns passos de capoeira, plantou bananeira e ficou, de pernas pro ar, olhando minhas pernas.

Ator ou exibicionista?

"Amanhã... Um grande espetáculo", ele disse. "Onde você mora?"

Saltou para trás e caiu de pé; depois me deu carona numa Rural velha, pintada de branco, com manchas marrons nas portas amassadas. Parecia ambulância de hospital público. E cheirava a carne crua.

Beijou minha mão e disse: "Até amanhã, Anita".

Um vendedor de pombos. Só faltava essa, diria minha mãe.

Mas que acrobata!

Há uns dois meses Julião me levou pra ver outro espetáculo do Circo Paulistão. Curti as cenas cômicas e o show com cantores de rádio: uma mistura rocambolesca de coisas antigas e modernas. Domingo passado, num circo lá na Vila

Ema, Julião parecia um ser alado, sem medo de se lançar no espaço e fazer acrobacias sob o céu de lona.

Aprendi a dar saltos duplos e triplos, a andar na escada giratória e numa corda esticada. O trapézio voador exige muita técnica, força e coragem. "É um voo dos que peitam a vida, Anita, mas não é uma arte de suicidas, nem mesmo quando a gente voa sem rede de proteção."

Faço exercícios com técnicas circenses; abandonei o cinema de rua, uma das atividades mais criativas e arriscadas da ECA. Tudo o que a gente faz em grupo nas ruas é temeroso. Julião faz shows em festas de aniversário, feiras de bairro, no viaduto do Chá, largo do Paissandu, praças do centro; aprendeu a jogar capoeira com o pessoal do mangue da rua Rodésia; aprendeu a saltar no espaço com um trapezista do circo da Purpurina, a rua onde ele morava com a tia. Quando ela morreu, Julião saiu da casinha alugada e largou os estudos; começou a caçar e vender pombos e foi morar em Pinheiros, na pensão de um ex-jóquei, casado com uma espanhola.

"Quando você ficou órfão? Quanto tempo viveu com sua tia?"

"Não gosto de falar disso, Anita. Melhor deixar o passado em paz."

Mas gosta de falar da escola de samba Pérola Negra, até me mostrou na praça Benedito Calixto a árvore boca de bruxa, onde três sambistas fundaram o Bloco Boca das Bruxas e depois a Pérola.

Numa sexta, passamos no Bar do Xará pra conversar sobre o samba-enredo do próximo Carnaval. Julião bebeu pouco, falou menos que os outros, se distraía do papo e olhava pra mim, meio encabulado. De madrugada, me convidou pra ir a uma feira na Barra Funda. Saímos do bar às quatro da manhã, a Rural estacionou numa rua escura.

Um breu medonho. Eu estava tensa, meu corpo fechado. Mas não era medo do lugar. Me lembro dessa noite úmida e dou uma risada. Naquela hora, ri de nervosismo e ânsia. Não via nada lá fora, as janelas estavam embaçadas pela nossa respiração. Ou era o orvalho? Quando amanheceu, a língua do caçador insaciável arrepiava minhas costas e empinava minha bunda. Me lambeu toda. Sabia que eu era virgem, e soube esperar a primeira noite. Lembro que senti mais prazer que dor. Amo Julião, a timidez e a delicadeza dele, a coragem do trapezista. Lá fora passavam os primeiros feirantes, o ponto de ônibus estava cheio de gente, e nós ali dentro... Aí eu falei que nunca mais a gente ia transar na Rural, eu podia pagar o quarto de um motel ou até de um hotel bacana.

Ele me olhou, como quem diz: uma humilhação.

Vou fazer malabarismo e cantar num circo da cidade. Papéis de coadjuvante, uns trocados por semana, mas o circo me dá prazer. A mesada enviada pelos meus pais vale mais que todos os pombos vendidos pelo Julião. O coitado acorda às cinco da matina pra pechinchar em mercados e feiras. E eu só estudo e me divirto. Mas dois encontros mudaram minha vida: um, numa feira, e outro, numa festa...

Casa da Fidalga, Vila Madalena, São Paulo, 1973

Nesta noite de junho, escutei uma conversa lá embaixo sobre arquitetura e Brasília; Sergio San defendia o projeto da capital, o poder redentor da arquitetura, o desenho que harmoniza a vida. "Tudo pode ser resolvido pela mão que desenha, pelo traçado do gesto criador."

O vozeirão do Ox ressoou na casa: "Que frase bonita, San! Só falta você declamar: o sol parece pequeno para os arquitetos. Um verso horrível de um arquiteto iconoclasta. Olhe o exemplo de Brasília, cara. A racionalidade elevada à máxima potência, à loucura da ordem geométrica, ornada com alguns belos edifícios esculturais. Uma mistura disparatada do racionalismo cartesiano com formas sinuosas, inspiradas na natureza e na arquitetura barroca colonial. Dizem que a oca indígena inspirou a cúpula do Congresso, mas a grande inspiração do projeto da capital é o desenho da cruz. Religião e razão, monsenhor San, como se Brasília fosse uma cidade perfeita, concebida pelo sopro do Espírito Santo. O Plano Piloto foi desde o início cercado por favelas, as cidades-satélites. Cercado e separado. Sobrou ingenuidade, pensamento utópico, e faltou a compreensão do Brasil".

"Brasília desafiou o futuro, Ox."

"Não, apenas revelou mais uma vez a disparidade social, nosso impasse, nossa doença crônica. O projeto de Brasília foi pensado para o convívio comunitário, mas isso só é viável numa sociedade com cultura democrática, e bem menos injusta. Não há espaços imprevisíveis em Brasília, San, e o que não é imprevisível é desumano e tende ao totalitarismo. Basta ver alguns projetos urbanísticos de Le Corbusier. A casa não é uma máquina de morar, a cidade deve ser um espaço cheio de surpresas, com ruas e becos e praças que as pessoas descobrem aos poucos. Os portugueses sacaram isso, construíram espaços urbanos com linhas retas e sinuosas, ao contrário dos espanhóis, com suas cidades austeras e traçados previsíveis."

"Nenhum espaço é totalmente previsível, Ox. O ser humano não é previsível."

"Sergio Sansei, sofista oriental, mas com índole e cabelo mestiços. Defensor da ordem e do progresso, apontados para o futuro, essa palavrinha enganosa, de alta periculosidade..."

"Os moradores de Brasília gostam de viver lá."

"Como você sabe, San? Os funcionários foram transferidos do Rio para um monumento tumular, artificial. Foram obrigados a suportar a rotina do Plano Piloto, da mesma forma que os nordestinos, mineiros e goianos pobres foram obrigados a descer até o Hades, o outro nome das favelas lindeiras ao Plano Piloto."

"Lindeiras?", riu Mariela. "Que palavra horrível. Por que tanta pompa, Ox? Você devia falar como todo mundo fala, meu."

"Uso minha linguagem para criticar Brasília, nosso último delírio urbanístico-arquitetônico. Sergio San fala com uma pose de demiurgo. Vi uma fotografia da Vila Planalto, no centro e ao mesmo tempo na margem do Plano Piloto. Lá as casas parecem mais brasileiras que Brasília. Será que vão ser demolidas para deixar o Plano Piloto mais asséptico?"

"Você nunca pôs os pés num canteiro de obra, Ox. Nunca conversou com um pedreiro ou com um mestre de obras, não ouviu as soluções técnicas deles nem pôs as mãos numa..."

"Quando Sergio San fala, o indicador e o polegar ondulam, como se desenhassem as curvas da igreja da Pampulha, da Catedral de Brasília ou dos arcos do Palácio Itamaraty. Prefiro mãos anônimas... portuguesas, africanas, indígenas. Mãos brasileiras, mestiças, que desenharam e construíram casas alpendradas e pequenas igrejas barrocas.

Os gestos das mãos calejadas que pintaram e esculpiram os santos negros e mestiços dessas igrejas, ou das mãos que desenham cidades que lembram um labirinto. Esse mito antigo não é a nossa sina?"

"Você vai ser um arquiteto frustrado, Ox."

"Mas aqui moram futuros diplomados frustrados, San. Claro, você é uma exceção nesta república de jovens perdidos, sem vocação para atividades nobres. Daqui a um ano e meio vai receber um canudo de papel vegetal, com uma caligrafia floreada, assinada pelo magnífico reitor. E depois..."

"Nunca fez um projeto, Ox, nem nas disciplinas da FAU..."

"Depois as construtoras e o governo vão cuspir na cara dos jovens arquitetos talentosos e sonhadores. Tua lapiseira Koh-i-Noor vai dançar no papel-manteiga, formas fabulosas vão surgir no papel vegetal, mas os desenhos vão amarelar e mofar. A maioria dos nossos amigos vai projetar espaços imaginários. Se tiverem sorte, bons contatos e pistolões, vão ver oito ou dez casas construídas, talvez dois ou três edifícios e um galpão industrial, mas o sonho de projetar belas moradias populares foi enterrado."

"Quase quatro anos na FAU e você não sabe o que é pensar e organizar o espaço. Não passa de um cínico..."

"Cínico, San? Só porque não desprezo os fatos e a história? O projeto de Brasília saltou três séculos da nossa arquitetura para alcançar o futuro. Tem alguma coisa mística nisso. Aliás, a utopia não é uma forma de misticismo?"

"Por que vocês não pedem a opinião do Martim? Ele viveu cinco anos lá."

"E nunca criticou Brasília, Mariela", afirmou Sergio San.

"Já perguntei, mas ele ficou calado."

"Martim só pensa na mãe e na amada, Laísa. Às vezes a dama se confunde com a donzela. O eremita Saint Martin foi obrigado a morar em Brasília. O pai dele decidiu. Vocês sabem, a decisão paterna, a voz patriarcal."

"Mas ele me contou coisas sobre Brasília, Ox."

"É mesmo, Marcela? Há segredos e mistérios nesta casa de Usher."

"Casa de quem?"

"De ninguém, Mariela", suspirou Ox. "Foi só um nome estranho e tenebroso que surgiu na minha cabeça. Conte logo, Marcela. Foi durante ou depois de uma massagem? Não é uma pergunta com metáfora."

"Martim estava tenso, lendo uma carta remendada", disse Marcela. "Preparei um chá e fiz uma massagem nele, de graça. Um embaixador, pai de um amigo do Martim, comparou Brasília com a cidade dos mortos, perto da capital do México. Ele traduziu com o Martim poemas em língua inglesa. Foi isso que o Martim me contou."

"Cidade dos mortos", repetiu Ox, com voz fúnebre. "Sábio embaixador!"

"Martim me mostrou uma revista de Brasília, leu uns poemas que traduziu, e outros que escreveu e não publicou."

"Essa revista, a *Tribo*...", disse Mariela, pensativa.

"Martim mostrou também pra você?"

"Não, Ox. Quem me falou dessa revista foi um ator de Brasília, o Nortista. Ele passou por São Paulo faz uns dois anos. Eu, Sergio San e Laísa voltávamos do litoral, demos uma parada em Ubatuba, o ator de Brasília estava na praia, entrevistando o diretor e os atores da peça *Gracias, señor*."

"Mais um segredo revelado na casa de Usher. Ou será a casa tomada, antes de ser assassinada?"

"Por que você está falando com raiva?"

"Não é raiva, *ma belle*, é assombro. A capital está assombrando nossa república. Esse ator incrível conhece o eremita da república?"

"Pergunte pra ele", sugeriu Mariela. "Martim deve estar lá no quarto, pensando em Brasília, traduzindo..."

Pensava na Dinah, sempre perto do Lázaro; na vida em espiral da Ângela, no destino misterioso do Nortista, na amizade com Fabius, fraturada talvez para sempre. Pensava na próxima viagem ao interior paulista, para encontrar Lina, com seu amante. Ou sem ele: um intruso na minha vida.

*

Brasília, maio de 1973.

Martim,

Talvez tu te surpreendas com esta carta. Viajaste pra São Paulo, e até hoje nenhuma palavra aos amigos. Será que a distância enfraquece ou aniquila uma amizade? Ou a nossa aparente amizade dependia da tua amizade com o Nortista? A saudade é mais forte que essa dúvida, por isso decidi contar o que está acontecendo por aqui.

Numa quarta-feira do mês passado, só tinha uns gatos-pingados da Oca no campus da UnB, muitos estudantes viajaram na Semana Santa. Não esperava rever Dinah e Lázaro no Palácio da Fome, os dois num papo sério me ignoraram, eu estava sentada perto deles, Lázaro olhava Dinah com aquela cara de falso beato e dizia que o único teatro possível era a própria vida, encenado longe de uma universidade administrada por um capitão de mar e guerra. Não me deram bola, mas a altivez dos dois não é novidade, eles sempre desprezaram a *Tribo*. Lázaro mal conseguia disfarçar a pose de líder, essa afetação diminui uma pessoa, e mais ainda um sujeito de origem tão humilde. Antes de devolver a bandeja com a comida asquerosa, perguntei pra Dinah se tu estavas bem e pedi teu endereço. Lázaro me olhou com impaciência, como se eu estivesse atrapalhando a reunião de um conselho de salvação nacional.

Depois vi Ângela encostada no tronco daquele pau-ferro ali perto do Departamento de Música, ela me chamou e perguntou: "O que é que você tem contra o meu pai?". "O que espalham por aí é mentira, Vana. Diga isso pro Martim, aquele covarde prometeu que ia ler meu poema na reunião da *Tribo*, mas nem deu as caras. E nunca me escreveu."

Estava com raiva de ti, raiva com fome de amor, e esse é um dos motivos desta carta. Ficou alegre quando dei teu endereço, pegou a flauta e perguntou para si mesma: será que eu escrevo pro Martim?

Ângela aprendeu a tocar cavaquinho e flauta no departamento de música, é uma andarilha do campus, usa roupa indiana e exibe no cabelo uma flor grande, vermelho-carnívora, e nas assembleias recita e distribui poemas pra professores e estudantes, um desses poemas se chama "Tarde demais", com uma dedicatória: "Pro Martim, que escapou da tempestade". É uma alusão ao amor? Ao amor de vocês? Ou apenas à tarde de tormenta da última reunião da *Tribo*?

Tia Áurea disse que tu não quiseste participar dessa reunião, ela pagou um chofer pra te levar pra Goiânia e te livrou da prisão. É verdade? Minha tia conta tanta vantagem, ela sempre tem uma mentira na ponta da língua.

Cheguei cedo na reunião, e quando eu mostrava pro Fabius e pro Nortista a primeira triagem dos textos e desenhos, escutamos o toque da campainha, um toque suspeito, a senha era tocar quatro vezes seguidas, pausa, e depois mais duas, pausa, e um último toque, prolongado. O Nortista espiou da janela e viu Ângela no meio da W3, Fabius não queria deixar ela entrar, disse que Ângela sabia usar as palavras para rebaixar uma pessoa, e essa pessoa era a mãe dele. Mesmo assim, o Nortista desceu e destrancou a porta, e essa foi a primeira fissura da tarde. Ângela deitou no colchão e ficou calada, e quando os outros chegaram, ela perguntou: "Martim não vem? Onde ele está?". Fabius disse assim mesmo: "Martim deve estar na pqp, aquele sacana mentiroso deixou no meu quarto uma tradução pretensiosa de um poema norte-americano e ainda roubou garrafas de vinho e objetos valiosos das coleções do meu pai: moedas de ouro e prata do tempo de César, livros raros e uma peça de arte africana. Minha mãe descobriu. Não hospedava um amigo, e sim um ladrão".

Ângela te defendeu com garras e dentes, e quase se atracou com o Fabius, como se fossem inimigos ferozes, e não namorados. Ela saiu da Super Comfort quando trovejava e relampejava, rindo e dizendo que o furor do céu ia destruir a *Tribo*, acho que a Ângela e o Fabius tinham brigado feio na manhã daquela segunda-feira ou na noite anterior, sei lá. O Nortista foi atrás dela, voltou todo molhado uns quinze minutos depois, e eu me perguntei o que a Ângela e o meu namorado fizeram nesse tempo, Fabius me olhava como se indagasse a mesma coisa. Por causa da briga com Fabius, Ângela não foi presa.

Quando os policiais tentavam arrombar a porta do térreo, o Nortista pediu pra gente destrancá-la, ia saltar da marquise enquanto eles subiam a escada. Fabius desceu e destrancou a porta, e quando subia com os policiais, o maluco do Nortista saltou mesmo. Fabius disse que era filho de um embaixador, aí uma das bestas sanguinárias berrou que ele podia ser filho de embaixador, ministro e até de um caralhão fardado, ia se foder do mesmo jeito.

Revistaram tudo, roubaram a super-8, o projetor, o filme, o gravador, os livros do Nortista... E quando a gente saiu da prisão, os rumores circularam, rumores feios, que nem ruído de ratazanas em nossos sonhos. Não descobri quem dedurou a gente. Surgiu uma suspeita aqui em casa, Martim. Tento ligar os fios dessa rede podre, por enquanto sei que tia Áurea e a empregada são muito mais cúmplices do que eu pensava, em abril as duas viajaram para Manaus e ainda não voltaram.

Outras coisas aconteceram nessa última reunião e na delegacia, mas vale a pena recordar? Certos dias da nossa vida não deviam existir, dias em que a vida é só traição, e os deuses, mais cruéis que misericordiosos.

Fabius está estudando para o concurso no Instituto Rio Branco, ele quer ser diplomata, tomara que não enlouqueça, e represente um Brasil menos truculento. Quanto tempo esse pesadelo vai durar? Diz que o embaixador Faisão foi delatado por informantes do próprio Itamaraty, o nome dele apareceu num dossiê, o "Inquérito dos 47", uma lista de diplomatas "subversivos" ligados ao "Movimento Internacional Comunista" e a uma organização clandestina, a "Célula Tiradentes". Faisão comunista! Uma alucinação do chanceler e dos pirados do Itamaraty, Martim, mas essa alucinação acabou com a carreira do embaixador Faisão e de outros diplomatas.

Outro dia, eu e Fabius fomos ao Poço Azul, uma manhã linda de abril, iluminada, nuvens enormes, sombras enormes no cerrado, tu gostavas desse céu e do horizonte com morros suaves, sem pretensão de serem gigantes da natureza. Ninguém no Poço, senti na alma a serenidade do cerrado, catei flores vermelhas de uma canela-de-ema, miúdas e delicadas, tuas preferidas. No fim da tarde, nuvens escuras cobriram o sol, subimos o morro e olhamos a mata e o riacho. Lá embaixo, os dois poços azulados pareciam olhos de um rosto deformado por uma erosão violenta. Escuros e opacos.

Como uma paisagem familiar pode ficar tão estranha e triste? Será que a juventude acabou? Nossa amizade?

Um beijo,
Vana

FAU — Cidade Universitária, maio, 1973

Aula de história da arte: sala cheia, Ox e Mariela ausentes. Sentei no chão, ao lado de um estudante mais velho, a cabeça apoiada nos joelhos dobrados. O professor Flávio mostrava um livro com reproduções de pinturas e falava sobre arte abstrata, construtivismo, pintores russos, relações plásticas nas obras de Mondrian e Maliévitch, a influência de ambos na arte brasileira contemporânea, os concretos e neoconcretos, Lygia Clark até se correspondera com Mondrian. O cara ao meu lado ergueu a cabeça e o braço, uma voz sobrenatural perguntou: "E as odaliscas, mestre? As pinturas do harém, as mulheres da Argélia...".

O professor se dirigiu ao rosto impertinente: "A arte orientalista europeia foi tema de uma disciplina no ano passado. Delacroix, Ingres, Matisse, Léon Belly, Eugène

Fromentin... Na biblioteca tem vários livros sobre o assunto. Pode começar com os ensaios de Baudelaire. Você está interessado nas odaliscas ou no quadro *L'Origine du monde*? Essa pintura de Courbet está em qualquer livrinho".

O estudante já não ria, a voz sobrenatural fez outra pergunta, estranha: "Como um arquiteto pode enriquecer em pouco tempo?".

Sala silenciosa. O professor, com gestos lentos, quase solenes, entregou o relógio e a carteira ao estudante; tirou a camisa, os sapatos, as meias, a calça e deixou tudo sobre a mesa. Pegou os livros de arte e desceu a rampa, onde foi acudido por bedéis e por outros professores.

Caixas pretas de papelão penduradas por fios de náilon davam ao Salão Caramelo uma sensação de calor, luto e sufoco. Duas faixas de papel kraft pendiam do ateliê mais alto, numa estava escrito: "Urbanismo e desastre?", e na outra: "Urbanismo é desastre?".

Matei a aula de desenho industrial e fui ler na biblioteca um livro indicado pelo professor Flávio; de noitinha, quando descia a rampa, dei de cara com a Mariela.

"Eu e Ox não estamos nada bem. Teu amigo..."

"O que o Ox...?"

"Teu outro amigo, o Lélio."

"Onde você viu o Nortista?"

"Aqui, no Salão Caramelo. Sexta-feira ele leu na *Folha* uma nota sobre a exposição e veio ver minhas fotos. Falei que um ex-aluno da UnB morava na nossa república. Quando disse teu nome, ele quis passar na Fidalga, mas você estava em Santos. Deixou um bilhete e um abraço. A gente foi conversar no Rei das Batidas, cheguei em casa na madrugada de sábado. Ox ficou chateado. Ele nunca faz perguntas quando saio sozinha, mas dessa vez fez. Eu disse que um amigo de Brasília tinha gostado da exposição... Adorou a fotografia das crianças na beira de um rio. Ox me encarou com um olhar mais ferino que bovino, depois citou brasileiros e estrangeiros que tinham fotografado a Amazônia. Perguntei se ele estava com ciúme do meu amigo, Ox disse: 'De jeito nenhum', mas eu escrevi o texto da exposição e acho que tudo está lá."

Sergio San nos ofereceu carona e deu a notícia: duas semanas sem aulas de história da arte. O professor Flávio foi internado numa clínica.

*

São Paulo, maio de 1973.

Querido Martim,
Salve a *Tribo*!
Só um bilhete pra te dizer que estou em São Paulo, no porão da casa de uma amiga: morada dos anjos decaídos.

Dei uma escapada pra ver as fotos do meu terroir e soube por Mariela que vocês moram na mesma casa. Vou mandar uma carta sobre o mundo palustre.

Um abraço do amigo Lélio (Nortista)

Diário do Ox
Rua Pará, Higienópolis, São Paulo, 1973

Não contei a Mariela que passei a noite de um sábado e a madrugada de um domingo de março bebendo e conversando com Évelyne Santier. Por que confidenciei tantas coisas a uma mulher que pouco conheço? Por ela ser estrangeira? Por ter perguntado a mim (e não a um livreiro da Duas Cidades) sobre grandes tradutores brasileiros? Eu, muito mais que Évelyne, falei do passado, como se quisesse traduzir coisas difíceis, mas o passado é quase intraduzível: melhor sonhá-lo, ou inventá-lo. Não ouvi de Évelyne acusações torpes, como se eu fosse culpado de ter herdado uma fazenda de café, ser bisneto de um senhor que possuiu escravos e neto de um homem que publicou artigos criticando o passeio de negros aos domingos numa cidade paulista. Mariela quer ver em mim o caráter do meu avô, e chegou ao cúmulo de afirmar que ele era o retrato da elite do Brasil. Essas comparações infantis, ditas com ironia, não ferem; Mariela talvez nem saiba o significado grego da palavra "ironia", mas sabe acariciar e golpear com as palavras: mistura de anjo e demônio, musa perversa com voz de fada. Anteontem, para irritar ainda mais minha *belle infidèle*, mostrei-lhe artigos do meu avô, publicados em jornais antigos, folhas amareladas de Ourinhos e Piracicaba.

"Velho crápula", ela acusou. "Você é da mesma laia, Ox."

"Mas o velho crápula escrevia como um deus, Mariela. Infelizmente só herdei a fortuna dele, que meu pai soube conservar, mas não multiplicar, pois morreu sem investir nesta metrópole. Se ao menos eu escrevesse como o velho crápula..."

"Você e suas palavras asquerosas, Ox. Por que mora aqui? Por que ainda estamos juntos?"

Agarrei a mão que ameaçava meu rosto, tirei da cama toda a porcariada de tintas e pincéis, arranquei o horrível sári e me afoguei no corpo robusto, seios enormes, que mal cabem nas minhas garras.

Quando a gente se acasala, os rugidos de gozo assustam e constrangem os moradores da Fidalga, rebentos de pequeníssimos burgueses, exceto Laísa, filha de um padeiro abastado, quiçá inculto.

Até hoje Mariela não me perguntou onde dormi na noite daquele sábado, e essa indiferença (ou falta de curiosidade) me perturba. Se eu não ocupasse este quarto, como poderia ler e escrever? A edícula, entupida de tralhas, cheira a tinta e amônia, e agora Mariela deu de esculpir bichos em pedra-sabão e argila, "esculturas influenciadas pelas artes marajoara e tolteca".

No quarto ao lado da minha torre, Martim ensaia uma personagem imaginária, depois lê em voz alta peças de Oswald de Andrade e Ionesco; com uma voz seca, lê cartas da mãe dele, ou escreve num caderno fajuto, a capa toscamente ilustrada pelo *Grito do Ipiranga*, a grande piada pátria da Independência.

Será Martim um patriota? Um patriota órfão de mãe?

Pouco provável: não conheço patriotas tão deprimidos...

10.

Paris, primavera, 1979

"Talvez eu seja mesmo infantil, Martim, as crianças se lixam para a lei e sempre inventam fábulas e uma nova vida. Cresceriam com essa liberdade, mas a educação moral, a disciplina, as normas sociais... Eu, infantil, só porque trouxe o velho clochard para cá naquela noite de abril? Você não estava escrevendo a lenda brasileira. Você e Évelyne traduziam um artigo de economia, um trabalhinho caça-níqueis, cheio de gráficos, números, tabelas. Se ao menos fosse um texto sobre os astros, com a posição de Saturno no mapa do céu! Quando o clochard começou a falar da guerra, vocês foram enfeitiçados pela voz dele. A Segunda Guerra, a batalha contra os ocupantes nazistas na Côte d'Or. Ele estava em Dijon, o jovem combatente da Resistência. Hoje ele apodrece nas ruas de Paris. Você e Évelyne gostaram de ouvir a história nada gloriosa do clochard, e até viram as cicatrizes nas costas do pobre homem."

Céline se ajoelhou para observar de perto os rostos espalhados no estúdio.

"Quem são essas pessoas? Esse rosto tão jovem, olhando do chão para mim..."

A pilha de cartazes fora enviada dos Estados Unidos e de países europeus por comitês de solidariedade latino-americana. O pessoal do Círculo colou cartazes em bares, universidades, estações de trem e de metrô, em Paris e no subúrbio. Levei alguns à sede da Associação France-Amérique Latine, em Pantin; na viagem de metrô comecei a ver os cartazes, temendo reconhecer o rosto da minha mãe; lia o nome, a data de nascimento e do desaparecimento de cada pessoa. Rostos femininos e masculinos de uruguaios, paraguaios, argentinos, chilenos, salvadorenhos, bolivianos, brasileiros... Mestiços, negros, indígenas, brancos, orientais. Nomes e rostos de filhos, netos e talvez bisnetos de imigrantes da Europa, do Oriente Médio, da Ásia, e de escravos da África. Nas fotos de rostos femininos, meu olhar descia lentamente do cabelo até a testa, e parava nas sobrancelhas, eu reconheceria os olhos da minha mãe. Não vi todos os cartazes, as mãos tremiam de ânsia e medo, queria deixar o luto em suspenso, adiar a dor. Desci na estação Hoche, fui até a sede da Associação e entreguei a uma voluntária os cartazes e o dinheiro da venda dos tabloides.

"Para qual campanha?", ela perguntou.

"Fundação para a Proteção da Infância", eu disse. "O programa de assistência aos filhos dos desaparecidos. Crianças órfãs..."

"De qual país?"

"De qualquer um..."

Me lembrava disso quando escutei uma voz na Rue d'Aligre: *L'encadreur, le vitrier...*". Céline foi até a janela e acenou para o homem que carregava placas de vidro e molduras. Ela pegou um dos cartazes no chão e disse que ia mandar emoldurá-lo.

"Por quê?"

"Esse rosto é do meu pai, Martim. Em todo caso, é a cara do meu pai, quando ele era jovem. O mesmo olhar, o cabelo castanho-claro cacheado, as mesmas sobrancelhas, pequenos arcos perfeitos. E também o queixo, a boca que me beijava... Você entende isso? Olhar para o chão e ver uma pessoa querida, que não existe mais? Quero levar esse cartaz para casa, vou emoldurar esse rosto jovem..."

Era o rosto de um argentino de Córdoba, estudante de medicina em Buenos Aires. Desaparecido em março deste ano.

11.

São Paulo, 26 de maio de 1973.

Querido Martim,

No silêncio deste porão úmido, palavras sobre o mundo palustre.

Em dezembro, Brasília se esvaziava, todos estavam ansiosos pra viajar antes do Ano-Novo, quando a capital encontra seu destino de cidade fantasma.

Tua ausência naquela tarde é um mistério, talvez Dinah e a tempestade, ou apenas Dinah, tua tempestade. E tua impaciência com reuniões. Éramos doze, incluindo três novatos: um veterano da UnB (que deu no pé) e dois namoradinhos secundaristas do Elefante Branco, parece que militavam num grupo trotskista; eram irônicos e bem-humorados quando não se levavam muito a sério, mas, tu sabes, se enfureciam com o realismo socialista, essa miséria da imaginação.

Do grupo da *Tribo*, só o Fabius, eu e a Vana. Ângela apareceu de surpresa, "enviada pelos trovões e relâmpagos"; fez um rebuliço da porra, nos xingou e caiu fora. Fabius levou a super-8, o projetor e o gravador, ele queria que a gente visse o filminho dele. Leu tua tradução, lembro dois versos de mau presságio: "O sonho dessa geração, aviltado/ Na lama, na luz suja da segunda-feira...". Fabius, mal-humorado, detestou, não sei se ele falava do original ou da tradução, o mau humor sempre deixa dúvidas. Ele e Vana decidiram deixar pro fim a votação do belo poema de W. Stevens. O barulho do pé-d'água e das trovoadas nos enervava, houve discórdia e protestos, todos se consideram poetas geniais, artistas de primeira grandeza, a escolha final dos textos e desenhos parecia o Juízo Final. Dois poemas belíssimos (de uma caloura do Instituto Central de Ciências e de um poeta de Cuiabá) foram aprovados. Mas o veterano — alto e raquítico, um esqueleto de pé, com cara de cavalo — virou uma onça porque o poema dele foi vetado por uma inédita unanimidade. Rugiu que nós não éramos críticos literários: como podíamos analisar e julgar o texto dele?

O poema era um panfleto rimado. "Stálin" rimava com "sêmen" (riquíssima rima); "garanhão" com "revolução"; "práxis" com "ápice", algo assim. Argumentei: "A *Tribo*, desde o número zero, nunca foi panfletária". O cara de cavalo me chamou de índio ignorante e reacionário. "Ah, é? Então, meu chapa, o índio ignorante vai te trucidar e depois devorar, cru." A jovem trotskista zombou: "Não comemos stalinistas, crus ou cozidos, nem mortos de fome". Fabius expulsou da sala o revolucionário garanhão, Vana desceu pra trancar a porta, perguntei se alguém conhecia o cara, e insinuei que podia ser um agente do Dops. Fabius disse que o nome dele era Naimon ou Daimon. Apontou o dedo no meu peito: "Ele é um poeta panfletário. Só isso, Nortista. Mas você acha que todo mundo é dedo-duro, até as baratas desta sala".

Falava com voz de mando, nada amigável; terminamos de selecionar o material, Fabius ignorou tua tradução, ligou o gravador e projetou na parede do meu palácio as primeiras imagens do filminho. Vimos o rosto do embaixador Faisão, o intelectual virtuoso, expatriado na capital de sua própria pátria. Fabius tinha gravado a voz do pai e testado a câmera, filmando em close o rosto do diplomata. "Viva a *Tribo*! Viva a verve dos poetas. A coragem dos poetas!" Aí Faisão emudeceu, o olho esquerdo piscou, machucado pelas farpas venenosas de Brasília; na sequência apareceram imagens da Torre de TV, do Congresso Nacional e do Palácio da Alvorada, um pouco desfocadas no entardecer.

Um barulho lá embaixo interrompeu a projeção: os policiais tentavam arrombar a porta do térreo. Os dois frangotes trotskistas se prepararam para a batalha, mas não havia armas na sala do palácio, só papel, canetas, livros e baratas. Fabius queria pular da marquise da Super Comfort. Desistiu. Saí da saleta e fui até a marquise. Tudo muito rápido: olhei pra baixo, uns quatro metros me separavam da calçada. Da janela, Vana gritou: "Tu vais morrer...". Morrer: a última palavra, o último verbo. Me pendurei na beira da laje em balanço, soltei o corpo, caí agachado; dei uns passos na calçada da W3, depois corri no gramado das superquadras, gotas grossas no meu rosto, a felicidade da fuga lutava contra o medo, essa besta que rói as entranhas. Parei num parquinho infantil da quadra 111, deitei numa gangorra, minhas pernas pareciam engessadas. Pensei na Vana, no Fabius, e nos outros da *Tribo*. Naimon, Daimon... O demônio da suspeita. É justo fugir? Por que não fiquei na saleta? Fui corajoso ou egoísta? Fui covarde? Se Fabius tivesse escapado, teria feito essas perguntas? Cego pelo aguaceiro, recordei as brincadeiras na chuva com amigos de infância no Igarapé de Manaus e na praça São Sebastião, o bate-bola nos balneários, os bailes carnavalescos no Rio Negro Clube e no Fast, os desenhos coloridos — caveiras, espinhos, formas geométricas — dos papagaios que meu pai fazia, recordei a filhinha de uma amiga da minha mãe, uma criança surda-muda, o corpo caído na rua de pedras cinzentas, os lábios azulados da menina morta, o choro dos mais velhos. Lampejos da infância, imagens do rosto da Vana, Manaus tão longe e os amigos em cana. Fachos amarelos iluminavam a chuva, vi naipes e números, figuras do destino amoroso e os olhos da Vana nas cartas do baralho, escutei a voz de um jovem poeta lírico de Cuiabá perto de uma palmeira, e a voz severa da amada maldizendo nossa história, o estalo da mão no meu rosto, as palavras enganosas na viagem à serra das Galés. Pensava nos versos do poeta: "A vida te venceu/ em luta desigual". Para onde ir depois da tempestade? A chuva enfraquecia, fachos de luz mais nítidos iluminaram um jipe da Aeronáutica: superquadras vigiadas, morada de militares graduados. Uma esfera de luz vermelha girou no chuvisco e invadiu o parquinho; fui algemado e vendado antes de entrar na viatura. Por que eu não tinha ido com os outros? A coragem pode nos livrar de um impasse, mas também pode ser fatal. A caminhonete correu por uns dez ou quinze minutos, e quando entrei numa cela, tiraram do meu rosto a faixa de pano preto. Não sei onde fiquei preso; fui proibido de telefonar, escutava barulho de motor de avião, e com o zíper da calça marcava na parede cada dia que passava, até desistir. Não quero falar dos interrogatórios. Melhor calar sobre o que se quer esquecer? Mas é impossível esquecer.

Numa noite, o carcereiro não levou comida. Fui encapuzado e conduzido sem algemas pra dentro de um carro; ninguém deu um pio. Depois de algum tempo (não sei quantos minutos), o carro parou, um policial abriu a porta e ordenou: "Sai, dá três passos e fica sentado. Tira o capuz daqui a uma hora e te manda do DF".

Uma hora... O corpo escangalhado, a cabeça inchada, como calcular o tempo? Acordei com uma quentura no rosto, joguei o capuz no capim perto de um muro: era o cemitério, na estrada Taguatinga-Ceilândia. Peguei carona de um caminhão pro Plano Piloto; o motorista perguntou se a farra na noite tinha sido boa. Respondi com um riso espirrado, o riso é nossa última trincheira. Numa banca de jornal da rodoviária vi a data: domingo, 22 de abril de 1973. No bolso, só a cédula de identidade. Conhecia o dono da banca, ele me deu três fichas telefônicas, às onze liguei pra Baronesa. Uma moça me disse que Vana não estava em casa e Áurea tinha viajado pro Norte. Voz mansa, o sotaque não era amazonense, talvez mineiro. Liguei pro Fabius, e contei que tinha acabado de sair da prisão. Ele e os amigos pensavam que eu tinha fugido de Brasília. Perguntou que diabo eu tinha feito pra ficar tanto tempo em cana, mas eu mesmo não sabia.

Estranhei a voz do Fabius, um pouco hesitante, de desconversa. Aí eu disse que estava fodido, não tinha pra onde ir. Disfarçou: queria salvar o pai dele, o embaixador estava sendo sacrificado. E acrescentou: "Minha mãe não quer hospedar ninguém aqui, já basta o que o Martim fez... E eu não quero mais saber da *Tribo*, de teatro, de porra nenhuma".

O que significava "porra nenhuma"? Nossa amizade? Respondeu: "Um dia você vai entender, Lélio".

Ia pedir dinheiro emprestado, mas alguma coisa me impediu, talvez o orgulho, que cresce com a decepção. Domingo azarado, Martim. Maldito dia 22. E em abril tantas vezes morremos. Onze e vinte da manhã. Faminto. Fui até o balcão da pastelaria e devorei com os olhos os pastéis dourados no óleo fervente. "Queijo, palmito ou carne?" Era a voz do Palito, o pasteleiro de 1967. "Qualquer um", eu disse, "mas estou liso. Trabalhei contigo uns anos atrás, período noturno." "Não lembro não", ele mentiu, com uma risadinha safada. "Não tem pastel de graça, cara." "Nem um restinho de carne, um pedaço de queijo? Qual é, Palito? Ô filho duma égua!" Me sentia fraco demais pra quebrar os dentes podres do Palito. Quis tirar um cochilo e esquecer a fome, mas uma voz poderosa me enervou. Era um sujeito engravatado, arrebanhando fiéis para um encontro com Jesus na igreja do Sacrário de Cristo, em Taguatinga. Falava alto, a mão direita acariciava uma gravata escura com círculos amarelos, a voz atraía pessoas humildes, Jesus ia livrá-las da perdição, do sofrimento e da miséria. O grupo de hipnotizados aumentava, parecia que todo o Brasil desvalido procurava amparo na voz de um messias, mais um abutre-embusteiro na capital cercada pelo abismo. Um Moloch do Planalto. O homem urrava, fazia gestos de ator atroz, o grande mito do mal e da mentira. O pandemônio me deu engulho, o assombro de terror prevaleceu sobre minha fome. Eu tinha visto aquele impostor no apê do doleiro, lá na quadra 407 Sul, onde fui pegar a grana do cheque do teu pai. Atravessava a sala pra ir embora, dei uma olhada rápida na mesa da jogatina, vi o rosto dele e a mesma gravata. É um sujeito versátil, sabe jogar com a roleta e com o nome de Jesus.

Na plataforma da rodoviária me estirei no chão, a fome

me acordou no meio da tarde. Uma caminhada lenta até a UnB. O restaurante, fechado; nenhum amigo ou conhecido, só um bate-bola deprimente na quadra. Não há lugar mais triste do que um campus na tarde de domingo. Me lembrei de um veterano do curso de arquitetura, um dos estudantes profissionais. O Barbatana, aquele barbudão meio careca. Ele cursou com a gente a disciplina Geometria Descritiva Aplicada e as Oficinas Básicas de Música e Cinema; fazia isso em semestres alternados, depois trancava a matrícula. Gostava de caçar calouras virgens, filhas ou netas de militares e de juízes do Superior Tribunal Militar. Passava a noite com uma dessas ninfas, fumando e ouvindo rock num cubículo da Oca. Vivia de pequenos roubos, as moças emprestavam pra ele uma graninha, era amoroso com elas e não devolvia a gaita. Levou porrada à beça durante a invasão policial do campus, em agosto de 68. Não por ser militante, mas por ter seduzido com promessas nupciais a filha de um major. Espalhou esse feito. Grande façanha! E ainda se dizia revolucionário, o puto. Me ofereceu água, bolachas e um pedaço de goiabada. O quartinho do veterano cheirava a percevejo, vi o retrato de uma mulher na divisória de madeira: era a mãe do Barbatana. O sacana amava as calouras sem tirar o olho do retrato da senhora. Desconfiou de alguma coisa, disse que o quarto era muito pequeno para dois varapaus, e que eu podia dormir no balcãozinho. Estava com cagaço, isso sim. Nessas horas, todos se borram de medo, o mundo todo solta uma gargalhada e diz: não tenho nada com isso, te vira. Até o campus, meu único refúgio, era um lugar arriscado, fortaleza frágil. O Barbatana me deu um lençol e um baseado, e entrou no quartinho da Oca. Fumava, engolia bolacha mole e goiabada, escutava os sons do gravador do Barbatana: "Strawberry Fields Forever", "People Are Strange", Janis Joplin, "Changes"... Ângela curtia esses cantores, músicas e bandas, o pai dela comprava discos de rock que a gente ouvia no quarto da Vana, dançando, fumando e viajando, enquanto a Baronesa e os políticos tramavam baixezas na sala.

Deixei a noite passar, pensando nos amores e amizades, nossos estudos e leituras no quarto da W3, as oficinas de artes da UnB. O teatro e a *Tribo*. A frase fria do Fabius: "Um dia você vai entender, Lélio". Recorreu ao pai emparedado pra se livrar de mim? O embaixador Faisão me acolheria, como te acolheu. O que eu recordo do sonho no balcãozinho da Oca: andava num deserto, como um nômade despojado de tudo, na solidão absoluta de um espaço sem fim; talvez fosse a imagem de um poema lido por Faisão depois de um almoço em que Fabius nos mostrou a super-8. Nessa tarde, tu foste à Livraria Encontro, o embaixador esperou o filho entrar no quarto, abriu uma garrafa da cachaça Forças Ocultas e leu versos do "Opiário". Passei a tarde ouvindo Faisão falar de poesia e filosofia, ele sabia de cor "Soleil et chair", dizia *plus de dieux!, plus de dieux!*, e tudo é deserto, jovem do Amazonas". Eu ria e tomava um gole da cachacinha de fogo, parecia lança-chamas na garganta. Me deu livros de Fernando Pessoa, disse que tinha traduzido um capítulo do *Anticristo* e perguntou se eu queria publicá-lo no número zero da *Tribo*. "Claro, embaixador." Me entregou as folhas com a tradução, assinada com um pseudônimo: Friedrich Wüste. Fabius não sacou que o pai dele traduziu o texto de Nietzsche, nem que escreveu o ensaio sobre a poesia de Álvaro de Campos, publicado no outro número da *Tribo*. Faisão me pediu para assinar esse ensaio.

Quando acordei, o deserto do sonho me deprimiu, tudo me dava bode: o Barbatana covarde, o silêncio sinistro na escuridão do campus, a indiferença dos que dormem, imitando os mortos. Saí meio chapado da Oca, dei uma volta cega, até cair na entrada da Biblioteca Central. Tudo escuro, imagens horríveis na cabeça, vi o Barbatana me seguir num deserto, depois várias cabeças surgiram da areia: a do Manequim — filhote do senador assassino —, a do carcereiro da minha cela, a de um capitão ou coronel carrasco, cabeças enroscadas num único corpo, enterrado na areia do pesadelo. Não me lembrava do telefone da Dinah. Maldição da memória! Só a biblioteca iluminada. Se ao menos pudesse entrar e dormir entre os livros... Meu corpo doía, o cheiro de barro me enojava. Escutei o som de um apito, talvez um dos vigias noturnos. Fui até o descampado perto da L2, vi à esquerda um foco amarelo, mais intenso que as luzes da avenida. A fome e o desespero me levaram até lá. A Padaria do Goiano estava iluminada, um cara alto e esguio tomava café e conversava com uma mulher idosa. O corpo e os gestos meticulosos do homem não eram estranhos. Não devia ser ele, pensei. Quando a gente se sente perdido, todas as coisas e pessoas nos confundem, parecem falsas e ficam agarradas na noite, que nem assombrações. Não era alucinação: Damiano Acante, ao lado de uma mulher de cabelo branco enrolado num coque, me viu na porta da padaria, se aproximou e disse com uma voz controlada, sem mostrar surpresa: "Quer dizer que eles te pegaram". "Quem te contou?", perguntei. "Teu rosto", respondeu. "Fui solto ontem, Damiano. Passei a noite no balcãozinho da Oca."

Damiano e outros professores de artes cênicas e música tinham sido demitidos da UnB antes do Natal; ele ficara uns quatro meses na moita, Jorge Alegre estava preso, incomunicável, e alguns amigos tinham viajado pro Chile. Damiano ia com uma amiga para uma fazenda, em Minas. Disse que era a hora da debandada e perguntou quais eram os meus planos.

Eu queria ficar em Brasília e me encontrar com a Vana. Mas ela estava viajando, e eu nem sabia onde ia dormir. Talvez procurasse Dinah ou Ângela.

Damiano percebeu meu impasse; sugeriu que eu viajasse pra longe, mas eu não tinha dinheiro, e era arriscado pegar carona.

Foi até o balcão da padaria, falou com a mulher, pegou uma caneta e um guardanapo e escreveu. Voltou à calçada e disse: "Entrega esse bilhete pra minha amiga. O edifício é aquele ali, bloco B, apartamento 302. Ela só vai abrir a porta se você disser que é um enviado de Prometeu. E outra coisa, Lélio. Você quer ver a Vana, mas essa tentação é um grande risco. Minha amiga vai te ajudar. Não pergunte nada sobre Jorge Alegre. Pode passar uns dias no apartamento dela, mas é melhor pegar a estrada. Você entrevistou atores e diretores de teatro no Rio e em São Paulo. Deve ter contatos por lá. Sempre o teatro. É a nossa vida".

A mulher saiu da padaria carregando um saco de pães; me deu um sanduíche de queijo, que eu devorei com gosto. Damiano abriu o bagageiro, tirou de uma maletinha uma camiseta, um par de meias, uma cueca e colocou numa sacola de pano, com o símbolo da UnB. "Roupa pra você usar depois do banho", ele disse, com um sorriso irônico.

Um cavalheiro, o Damiano Acante. Um cavaleiro das artes cênicas, nada emotivo na despedida; o adeus com as mãos cruzadas, daquele jeito dele, coincidiu com a primeira luz da manhã. O edifício da amiga ficava ali pertinho da

93

gameleira. No bloco B, terceiro andar, toquei a campainha; o olho mágico espreitou meu rosto magro, enfiei o bilhete do Damiano por baixo da porta e falei a senha: "Sou um enviado de Prometeu". Enquanto esperava, disse a mim mesmo: estás pebado, maninho, de bolsos vazios e desgarrado da tua tribo. Uns minutos depois, vi uma mulher de uns quarenta anos, alta e forte, o olhar frontal no rosto bonito. Esse rosto, o olhar, vi uma única vez e não esqueci: a mulher ao lado do Jorge Alegre na noite azarada do filme cubano. Foi discreta, evitou qualquer intimidade, perguntou quantas noites eu ia dormir lá. "Se puder, viajo hoje mesmo", respondi.

Ela foi pro quarto, dei uma olhada nos livros que havia ali e cochilei no sofá. Às oito, a anfitriã me ofereceu café, e pediu que eu não atendesse a campainha nem o telefone; voltaria no fim da tarde. Tu moraste no bloco vizinho, nunca entrei no apartamento, mas me lembrei do cheque do teu pai. No momento tenso da fuga, esqueci de pegar o dinheiro entre as páginas de um exemplar da *Tribo*. Grana e livros: tudo perdido.

Depois do almoço, quando ouvi a voz da Vana, pensei em cancelar minha viagem. Disse que estava atrás dela desde a véspera, quando fui solto. Perguntou o que tinham feito comigo. "Não fiquei surdo", respondi. "E não sonhei com mãos pesadas, só com o deserto. Tento esquecer os dias tristes. Fabius foi estranho comigo, não quis me hospedar, não quer saber mais de porra nenhuma. O que aconteceu com o nosso amigo?"

Vana ignorou minha pergunta e começou a falar de uma trama sórdida do coronel Zanda e do pai da Ângela, o senador. A empregada fuxiqueira da Baronesa tinha contado tudo pro Zanda: o fumo no fundo das latas de doce, que ele trazia de Manaus, as reuniões da *Tribo* no quarto da Vana, quem transava com quem. A bisbilhoteira escutava nossas conversas, e ainda inventou que foi forçada a transar comigo. Não me interessei pelos detalhes desse rolo, disse que ia pegar uma carona pra Asa Sul e ainda brinquei: "Vamos casar na Igrejinha". Mas Vana me deu uma cortada: era melhor que eu sumisse de Brasília, melhor para nós dois. Perguntei se ela havia acreditado na empregada da Baronesa, a história do estupro... Aí ela disse com firmeza: "Não, não é isso, Lélio, essa história é fajuta. É que eu e outra pessoa... nós estamos juntos. Não ia te contar agora, não queria te magoar. Eu e o Fabius...".

Fiquei mudo, Martim. É assim, em silêncio, que terminam algumas histórias de amor; a minha terminou com o nome de um amigo, antes do silêncio.

Nada de bebida alcoólica no apê. Mas muitos livros, em vários idiomas. Uma parte da livraria do Jorge Alegre estava ali nas estantes. Escolhi dois de poesia (um brasileiro e um francês) e enfiei na sacola de pano. Eu precisava ler durante a viagem, ler pra não enlouquecer, não pensar o tempo todo na Vana, no Fabius, juntos. E não pensar no sofrimento do amor, ou do desamor, mais profundo que a dor do corpo. Enquanto tomava banho, decidi viajar naquela noite, sem ainda saber o destino.

A amiga do Damiano chegou às sete, me entregou um maço de notas, dava pra comprar a passagem de ônibus e sobrava um bocado. Jantamos cedo, obedeci aos mandamentos da clandestinidade e não fiz perguntas; ela disse que na mensagem de Prometeu estava escrito que devia me levar à rodoviária. Sorriu pela primeira vez. Mas era um sorriso enlutado.

Agradeci à princesa nagô, e quando perguntei seu

nome, ela respondeu sem sorrir: "Boa sorte, camarada. Não converse com ninguém durante a viagem".

Comprei a passagem, fui até a pastelaria e encarei o Palito. Era a hora da grande fome dos mendigos e desempregados, juntos diante do balcão, implorando restos de recheio. O Palito os enxotava com voz maldosa: "Vão trampar, seus preguiçosos". Dei uma geral nas cabeças suplicantes e pedi três dúzias de pastéis de carne. O Palito espetou crueldade no riso desdentado: "Cadê a grana?". Pus o dinheiro no balcão, ele foi fritar pastéis, o corpo na fumaceira com cheiro de óleo me deu engulho e prazer. Distribuí os pastéis pras mulheres com crianças no colo, depois pros homens, jovens e velhos. Escutei um coral de vozes: "Deus lhe pague, moço", e me emocionei com o amor das mães, que matavam a fome dos filhos, pelo menos naquela noite. O Palito ficou com cara de égua, remoendo a crueldade de pasteleiro mal pago, só um pouco menos fodido que os suplicantes. Ia dar uma gorjeta pro miserável, até tirei uma nota do bolso, que ele devorou com os olhos. Mas guardei a gaita e subi à plataforma. Minha última visão da Esplanada dos Ministérios. Pouca luz na imensidão, a Catedral era uma flor gigante e enferrujada, parecia duas mãos juntas e decepadas, abertas pro céu sem estrelas. O Paranoá, teu lago amado, tinha perdido a luz.

No ônibus fechei a cortininha da janela, comecei a ler os poemas do bardo brasileiro, lia e pensava na Vana, a angústia rangendo dentro de mim, escurecendo meu coração. "O próprio amor se desconhece e maltrata..." Os versos de Drummond dançavam na página enquanto o ônibus avançava na noite, e já não era a noite de Brasília, do DF, nem de Goiás. Noite clandestina: o céu de cristal se estilhaçara, e não havia mais sonho... "Sonhei que meu sonho vinha/

como a realidade mesma..." Obscuridade! Cansaço! Peguei o livro francês, li uns poemas, senti ódio e desejo de destruição, tive gana de castigar a carne alegre dos amantes, de inocular na Vana e no Fabius meu veneno de traído, de esmigalhar todas as flores daquele idílio infame.

O livro aberto a um palmo dos meus olhos, as palavras fisgadas na luz fraca, uma antiluz que nos proíbe de ler neste país fodido, na estrada pedregosa que rasgava Minas Gerais e lançava Brasília no meu passado.

Fechei o livro roubado, a luz fraca apagou.

Um abraço do teu amigo
Nortista

Alameda Jaú, Jardins, São Paulo, 21 de maio, 1973

"Vamos hoje", sugeriu Mariela, no fim da aula de resistência dos materiais. "Ox vai jantar no apartamento da mãe."

Bangalô branco na alameda Jaú, uma mulher de uns sessenta anos nos recebeu na varanda, andamos por uma passagem lateral até os fundos da casa, onde uma escada estreita conduzia ao porão.

"Ele está lá embaixo", disse a mulher. "Daqui a pouco vou servir o jantar."

"Salve a *Tribo*!", disse o Nortista, me abraçando e beijando meu rosto. Depois, ele e Mariela se beijaram. "Este é o meu novo palácio, Martim. Uma caverna mais espaçosa que a saleta da Super Comfort. É muito úmida e só tem luz artificial, mas a comida é excelente e posso usar o banheiro da casa. O melhor dessa caverna é o afeto que vem lá de cima. Minha amiga, a mãe dela, e uma gatinha amarela, bonita e delicada que nem flor de cerrado."

Sentamos numa esteira de palha ao lado de um colchão estreito, o Nortista serviu conhaque num copo de plástico; na parede dos fundos, uma foto preto e branco de um rio imenso, com uma única margem visível, ampliava o espaço do porão.

"Quase um mês aqui, Martim. Ninguém sabe meu endereço, Mariela é o meu pombo-correio e a única visitante. Cheguei de Brasília e vim direto pra cá. Minha amiga me ofereceu abrigo e eu aceitei. Nada de bar, teatro, cinema. Só dei uma escapada pra ver a exposição de fotos na FAU. Não quero ser enterrado vivo no subsolo, que nem rato ferido. Ou somos aquele bicho acuado debaixo da terra, num dos pesadelos de Kafka? Agora chega! O tempo de resguardo está no fim."

Ficou de pé, a cabeça roçou uma viga do teto. Mais magro, barba rala, o olhar ainda zombeteiro e com certo entusiasmo, mas sem alegria. Andou em círculo, à procura de alguma coisa, parou diante de mim: "Sei que Dinah ainda está em Brasília. E tua mãe...?".

Apontei a foto na parede: crianças na beira de um rio de águas pretas, apenas um menino olhava a outra margem, distante e embaçada.

"Vou levar essa fotografia... Convidei a Mariela pra fazer uma longa viagem comigo, mas o casamento, o acasalamento com o Ox..."

"Não é só o Ox", disse Mariela. "Meus estudos, o trabalho fotográfico."

"Longa viagem? Você vai pra Manaus?"

"Pro Chile, Martim. O Damiano me deu o endereço de uns amigos dele em Santiago. Não contei tudo na carta. Talvez nunca conte. Quando cheguei aqui, telefonei pro meu pai, foi um pega pra capar. O coronel Zanda fez o serviço completo, espalhou em Manaus que eu tinha sido preso por atividades subversivas na UnB. Meus pais leram uma nota na imprensa, os vizinhos ficaram sabendo. Minha mãe mal conseguiu falar comigo. Um filho suporta choro de mãe? Essa foi a outra vingança do demônio verde. O coronel e todos esses putos sabem humilhar. Fazem o trabalho mais sujo e depois são nomeados prefeitos ou diretores de uma empresa do Estado. Eu disse pra minha mãe que tinha participado de passeatas, falei dos textos e entrevistas publicados na *Tribo*. Falei também que não ia voltar pra Brasília."

"E o que você vai fazer?"

"Abandonei o curso de arquitetura, Martim. A profissão de arquiteto ia pesar na minha vida, que nem fardo mal pago. Uma amiga me convidou pra trabalhar numa peça no Rio. É um papel de coadjuvante, vou usar um pseudônimo indígena. Há três semanas ensaio aqui no porão, até os ensaios são clandestinos. A estreia é nesta sexta-feira. Depois da temporada, vou de carona pra Santiago. Não quero planejar nada, mas é melhor cair fora. Na carta eu contei um sonho no balcão da Oca. Tudo acaba no teatro ou no deserto. Pode acabar também no cárcere. Jorge Alegre…"

"Dinah me contou. Por que o Jorge foi preso? Será que os livros…? Os livros escondidos no porão da Encontro não estavam à venda."

"Tu conheceste o lugar proibido? Eu pensava que só o Damiano conhecia a caverna dos livros malditos."

"Entrei umas três vezes no escritório do Jorge Alegre e

vi a mulher que te deu abrigo em Brasília. Na última visita, o porão da Encontro estava vazio. Parecia esta caverna. Uma mesa, uma cadeira, uma foto na parede e um homem condenado..."

"Condenação sem delito nem julgamento, cara. Fugi debaixo da tempestade, um arco-íris me fez lembrar de muitas coisas. Manaus, Brasília... A infância e o presente. Tempos diferentes, um é o avesso do outro. Mas as lembranças foram apagadas por uma luz vermelha, voz de prisão e pistolas apontadas no meu peito. O jogo era outro. Lázaro tava certo, o jogo é de vida ou morte."

Andou até o fundo do porão e tirou a fotografia da parede: "Tu gostas dessa imagem, a Mariela pode ampliar outra pra mim".

A mulher apareceu na escada e nos convidou para tomar uma sopa; não quis jantar na casa da alameda, enrolei a foto, Mariela perguntou ao Nortista quando ele ia para o Rio.

"Amanhã de manhã, mas não muito cedo. Tu queres dormir aqui?"

"Tenho que terminar de ler um livro do Hauser e estudar para a prova de resistência dos materiais."

"É incrível", murmurou o Nortista, balançando a cabeça.

"O quê?"

"Arnold Hauser e resistência dos materiais, Mariela. Por isso os estudantes de arquitetura ficam desnorteados. Trilham o caminho da arte, mas não podem desprezar a estrutura. Vigas, pilares, lajes, cálculo integral e diferencial, geometria descritiva, vetores. Arte e técnica, só assim as formas audaciosas ficam de pé. E ainda são atraídos por outras linguagens: fotografia, pintura, escultura, cinema, teatro, dança. Mas não é só isso que é incrível. Quando eu te vi pela primeira vez na praia, levei um susto e cheguei a pronunciar o nome da Ângela. Mariela não se parece com a Ângela? Olhos e cabelos diferentes. E com outra cabeça, claro."

"Quem é Ângela?"

"A flor do cosmo, a musa mística da tribo."

"Sou parecida com essa musa mística? Mas você não se parece nem um pouco com o Ox. Nenhuma semelhança, a não ser a altura e a idade. Pessoas bem diferentes. Você e o Ox, eu e o Ox."

"Eu e tu", disse o Nortista.

"Outro dia perguntei pro Ox por que estávamos juntos. Depois me arrependi."

"E o que ele respondeu?"

"Não respondeu, preferiu recitar poemas na cama, poemas dele e de outros poetas."

"É melhor a gente tomar a sopa. Tu não podes mesmo dormir aqui? Nossa última noite. Martim inventa uma desculpa."

"Não invento nada. Quando você vai voltar do Chile?"

O Nortista me acompanhou até a escada e virou o rosto para Mariela.

"Vale a pena voltar? Depois desse general virá outro, o desfile dos infames não vai acabar tão cedo."

"Você leu os livros de Hauser?", perguntou Mariela.

"Não era uma leitura obrigatória. Nosso professor da UnB indicava livros de Venturi e Argan. Ele foi substituído por um louco, uma viúva espiritual de Borromini. Se ao menos eu tivesse um volume da obra de Hauser. Minha biblioteca da Super Comfort foi destruída. No último dia em Brasília passei a mão em dois livros de poesia. Ganhei da minha amiga paulista livros de Brecht e de autores russos. Os psicopatas do poder se iludem. Não podem destruir todas as bibliotecas nem banir a leitura de bons livros."

O Nortista ficou olhando para o piso de cimento: pensava nos livros destruídos ou em outra coisa, mais terrível? O que acontecera com ele nos meses de prisão em Brasília? Quando Mariela deitou no colchão, ele passou as mãos no rosto e ergueu a cabeça, com uma expressão mais serena.

Dei a ele um retrato da Lina e pedi que me enviasse notícias de Santiago.

"Cartas chilenas", murmurou, de olho no retrato ampliado pela Mariela. "Fala pra mãe da minha amiga que eu e Mariela perdemos a fome."

12.

Paris, fim da primavera, 1979

Os laços de família foram desfeitos pela imigração: em 1904, minha avó Ondina e seus pais desembarcaram em Santos, e essa foi a única travessia do Atlântico. Os mais velhos, meus ancestrais poveiros, estão mortos, Ondina nada sabe dos filhos dos mortos. Onde moram esses parentes esquecidos, não sei.

O pai da Ondina era pescador em Póvoa de Varzim, vivia do mar, por isso ele quis ficar em Santos, a ilha que acolheu poveiros e nortenhos. Às vezes, ao amanhecer, Ondina ia com a mãe ao porto de Póvoa, onde esperavam o barco pesqueiro. Minha avó se lembra do nome do barco: *Assim Vai a Vida*. Na lota de Póvoa, ela via a mãe vender polvos, lulas, robalos, pescadas, depois rezavam na igreja de Nossa Senhora da Conceição. Também recordou o mar bravio, as rochas na praia deserta, o vento forte e frio da nortada. Ondina ainda dorme com o pequeno retrato do rosto do pai, protegido por um estojo oval de prata enganchado ao colar. Ela me disse isso por telefone, quando lhe falei de uma possível viagem a Portugal.

Viver perto do mar, o mesmo oceano, mas longe da margem do outro mar, muito longe das origens.

Meu horizonte de quintal e praia!/ Meu fim antes do princípio!

Meu fim antes do princípio. "A origem não está numa floresta perdida no tempo?", perguntara Céline, na primeira noite na Rue du Temple, no Marais.

Damiano Acante mantém contatos com o Movimento Feminino pela Anistia, com o Comitê de Solidariedade Franco-Brasileiro e organizações de direitos humanos, mas, até agora, de pistas sobre Lina, nada.

Lisboa, o Porto... Póvoa de Varzim, um vilarejo onde estão os mortos e os vivos, esquecidos. E depois, Barcelona.

Longe do Círculo, do olhar inquisidor do Gervasio, dos cartazes com rostos desaparecidos, que assombram o chão deste estúdio.

Longe (infelizmente) da Céline, que parece tão distante de si mesma.

13.

Brasília, DF, 2 de julho de 1973.

Querido Martim:

Você só falou do Lázaro, parecia possuído pelo ciúme, não me deu tempo para argumentar. Você acreditou na Vana, aquela mensageira de mentiras? Ela e Fabius parecem noivinhos virgens no campus, indiferentes à universidade sitiada.

No bandejão, antes da Páscoa, Vana sentou na mesa ao lado e ficou bisbilhotando o que o Lázaro dizia sobre Damiano Acante. A ausência do Damiano é compreensível, ele foi demitido da UnB e se sente ameaçado pela prisão do Jorge Alegre. Lázaro, ao contrário do Damiano, só acredita na radicalidade como sobrevivência de um ideal político. Sem mais nem menos, Vana me pediu teu endereço e disse que não via o Nortista desde a última reunião da *Tribo*. Depois acusou a mulher do embaixador Faisão de dedurar os amigos, e assim salvar o Fabius. A embaixatriz não faria isso, mas Lázaro ficou desconfiado, e a desconfiança cria monstros.

Dona Vidinha era tratada com respeito pelos patrões, ganhava presentes e alimentos deles; mesmo assim, Lázaro insistiu que a mãe arranjasse outro emprego, ela conseguiu um serviço na fazenda de um nissei, perto de Taguatinga. Na tarde de 3 de junho participei com Lázaro de um debate sobre a criação do Diretório Universitário. No fim daquela tarde, uma vizinha viu a mãe dele deitada no jardinzinho da casa. Morreu ali, entre as árvores que ela plantara. Quando Lázaro voltou para Ceilândia, dona Vidinha estava sendo velada na sala. Ele me deu a notícia por telefone, sentia-se culpado por ter pressionado a mãe a largar o emprego na casa da embaixatriz, me pediu dinheiro para comprar um caixão digno e flores. Ele já tinha falado com o Fabius, por respeito à memória da mãe, mas não pediu nada aos pais do amigo. Na manhã do dia 4, estranhei a presença do Fabius no cemitério, e enquanto dona Vidinha descia para o fundo da terra, eu pensava em coisas que estavam sendo enterradas: a amizade com a Vana e o Fabius, a atuação com o grupo de teatro de Taguatinga, os estudos na UnB, minha vida em Brasília.

O campus parece tão desolado quanto o cemitério. Depois do enterro, fomos à casa de Ceilândia. Fabius deu ao Lázaro um envelope enviado pelos pais dele. Era uma carta de pêsames e uma gratificação pelo tempo que dona Vidinha trabalhara para a família do embaixador. Lázaro leu a carta, dobrou a folha, tirou o dinheiro do envelope e devolveu tudo ao Fabius. Os dois se olharam, e nesse momento pensei que o Lázaro ia dizer que a embaixatriz delatara o pessoal da *Tribo*, e que todos sabiam disso, menos ele, o filho da delatora. Mas não falou nada, olhou para o rosto do Fabius, disse que não se dava esmola para os mortos, e saiu da sala.

Fabius pediu dinheiro à mãe para comprar livros do curso de direito; e ele mesmo, Fabius, escreveu a carta de pêsames e assinou com o nome da embaixatriz. Disse, rindo, que ofereceu o dinheiro para testar o orgulho do Lázaro. Então perguntei ao Fabius qual era o sentido daquele teatro, e se ele tinha ido ao enterro da dona Vidinha como se vai a uma comédia farsesca. Ele riu de novo, e dessa vez com escárnio. Disse que o Lázaro e o Nortista eram dois fodidos pretensiosos, e estava irritado com o empenho do embaixador Faisão em libertar o Nortista. Alguém soprou ao embaixador que o coronel Zanda queria que o nosso amigo fosse julgado pela Justiça Militar e enquadrado na Lei de Segurança Nacional. Num sábado de abril, antes do jantar, Faisão disse ao Fabius que "o moço do Amazonas" seria solto no dia seguinte.

Ele me contou essas coisas no ônibus para a Asa Sul. Os interesses do Fabius estão acima da amizade. Por que ele temia a liberdade do Nortista? Não é só o fantasma da atividade política, o Nortista não é um militante. É o medo da arte e da vida, e isso eu já tinha percebido na *Tribo*. Medo da liberdade.

Uns dias depois, Vana e Fabius me viram no campus e nem sequer deram um alô, como se não fôssemos amigos desde 1967. Não havia amizade, por isso não lamento nada. Lázaro abandonou a casa de Ceilândia, não sei onde mora nem de que vive; liderou os protestos deste semestre, sem resultados concretos. O movimento enfraqueceu, o momento é de recuo e dispersão, murmúrios em auditórios e salas de aula.

Sexta-feira, quando eu saía da Biblioteca Central, Lázaro me chamou para se despedir. Disse que a farsa tinha acabado: era impossível assistir a uma aula, os verdadeiros professores se sentiam ameaçados e vigiados, ou tinham sido demitidos, e ele não queria fingir que era um estudante. Ele se preparava para uma longa viagem ao Norte. Não revelou o que ia fazer lá. Falei que o risco daquela "viagem" era enorme, e eu não queria perder um amigo tão querido. Ele nem titubeou. Repetiu que a opção política dele era a radicalidade: não era preciso sonhar com heroísmo para ser corajoso, cada pessoa tem uma história e um destino. Vou sentir muito a ausência do Lázaro.

Por que você me enviou uma fotocópia da carta da Vana? Pensava mesmo que eu ia ler? As ambições da Vana são totalmente diferentes das minhas, ela sonha com coisas que, para mim, são pesadelos. Há pessoas que se agarram a mentiras para fingir uma vida melhor. Nada do que eu ouvi de você no último telefonema tem fundamento, Martim. O amor não sobrevive a acusações. O lugar do amor não é o tribunal.

Talvez volte para São Paulo no fim deste mês. Eu e minha mãe. Vou concluir o curso de ciências sociais na PUC.

Um beijo. Saudades.
Dinah

*

Santiago (Chile), junho de 1973.

Martim,

A encenação da peça no Rio foi um fiasco, os censores roeram o texto, cancelamos a temporada na segunda noite,

Brecht é um perigo nessa republiqueta fedor-ativa de milicos e oligarcas, me escondi no lar da poeta e tradutora Alice, troquei o porão paulistano pelo décimo andar de um apê em Ipanema. O mar. Luminosidade oceânica, bem longe de cavernas e porões. Se eu subir mais, acabo no céu, com identidade falsa e sem dinheiro.

Bem-aventurada essa Alice da Cidade Maravilhosa, graças a ela consegui um passaporte e um pouco de grana, fui de ônibus pra Curitiba, depois viajei em zigue-zague diuturno até Mendoza, onde poderia ter trabalhado uns dias nos vinhedos, mas o Chile era meu destino, atravessei as montanhas e uma parte do deserto até chegar a Santiago. Os amigos do Damiano (dois argentinos e um chileno) me deram abrigo numa casa da Calle Cervantes, em Ñuñoa. Essa comunidade é uma salada ideológica, com tempero amargo, às vezes azedo.

Dois ceramistas chilenos trabalham no mezanino, mal falam com a gente e dormem não sei onde. Nas paredes há rachaduras do último grande terremoto, e de noite as estrelas brilham nas fendas do telhado. A casa é uma promessa de ruínas.

Divido um quarto pequeno com Ken, um norte-americano da Califórnia; o quarto mais espaçoso é ocupado pelos dois argentinos (os inseparáveis Gervasio e Camilo) e por Huerta, um chileno enorme, ruivo, misterioso. Eles saem de madrugada pra trabalhar num armazém perto da Estação Central; pintam murais em Renca, Pudahuel, La Granja, comunas pobres do subúrbio, pintam também nos campi Oriente e Pedagógico da Universidade do Chile, em Ñuñoa. São xingados por bandos do Patria y Libertad, uma milícia de extrema direita, mais feroz, organizada e atuante que o ccc tupiniquim. No outro extremo, grupos revolucionários exigem do governo socialista ações mais radicais. Santiago está em ebulição, o Chile, fraturado, e Allende, emparedado.

No restaurante da Torre (Centro Cultural) topei com um dos estudantes que tinham queimado livros de literatura norte-americana na quadra de esportes da UnB; ele fora expulso da universidade, e se lembrou da *Tribo*: "A revistinha marijuana dos antropofágicos de Brasília. Nossa revolução é outra".

O varapau incendiário participa da Caixinha, uma espécie de embaixada paralela que ajuda exilados brasileiros em Santiago. O fantasma de Brasília me persegue. Aqui perto, no campus do Pedagógico na Calle Macul, cruzei com uma querida expatriada: a moça de Anápolis, ex-livreira da Encontro. Celeste não sabia da invasão da nossa casa da W3. Num dia em que tu não foste à Encontro, ela perdeu o emprego. "Depois do assalto?", perguntei, lembrando tuas palavras. Ela me olhou com aquele jeito de matuta esperta, e aí contou que o assalto fora só um pretexto. Numa tarde, Jorge Alegre voltou mais cedo do almoço e flagrou uma festinha erótica: Celeste e Jairo (o gerente) se amavam atrás do balcão. Por isso foi demitida. Ela trouxe pro Chile um exemplar de *Paranoia*, um livro de poesia que tu deste pra ela.

Saudades da Dinah e do Damiano Acante. E, claro, da Mariela, sereia amada. Ainda está enganchada com o Ox? Naquela noite no porão da alameda, Mariela, cdf germânica, queria ir embora pra ler Hauser e estudar equações e derivadas. Revisamos questões de cálculo integral, ainda me lembrava da fórmula de Fermat, do teorema de Cauchy, dos cálculos de tensões e esforços de primeira e segunda ordem, que tanto estudara pro exame final na UnB, perdido depois da viagem à serra das Galés. Já passava da meia-noite quando cedemos aos cochichos e carícias do amor no porão úmido. Antes de clarear, Mariela saiu de fininho, assim teria tempo pra ler um capítulo do Hauser. Quando acordei, vi na esteira uma flor ainda viva num copo de plástico. Santa-maria, flor das mais lindas, amarelo-solar, um dos nomes do amor. Levei a flor comigo pra rodoviária, e antes de chegar ao Rio, comecei a arrancar as pétalas, uma por uma, com dedos de apaixonado: dorme-comigo, casa-comigo, dorme...

Um abraço do amigo
Nortista

P.S.: Escrevi pros meus pais e falei dessa viagem pela América do Sul. Só contei as verdades possíveis. De tanto olhar o retrato da tua mãe, gravei na memória o rosto dela, mas ainda não o vi nas calçadas e praças de Santiago.

Anotações da Anita
Pensão da Frau Friede, Vila Ipojuca, São Paulo, julho, 1973

Feiras e festas... Feiras com Julião em vários bairros: Butantã, Pinheiros, Lapa, Pompeia, Aclimação, Higienópolis, Barra Funda, Perdizes, Mooca, Brás, Belenzinho, Tatuapé. No Belenzinho, enquanto Julião negocia a venda de pombos, dou um pulo até a paróquia São José, minha igreja preferida. O caçador adora as feiras paulistas, mas não se interessa por festinhas. "Só gosto das festas com magia, Anita. Carnaval e circo. Shows em aniversários são ganha-pão."

Eu e Jean-Marc (um francês que passou pela ECA) chegamos tarde numa festa no Alto da Lapa. Não conhecia a dona da casa. O endereço de uma festa é soprado de boca em boca, você chega com a maior cara de pau e vai entrando. Era a terceira festa da noite: a primeira na Pompeia, a segunda no Sumaré. Ponche e caipirinha à vontade. Na sala, oito ou dez pessoas deitadas sobre almofadas, a voz do Chico Buarque, e um cara dançando sozinho. Nem dançava: cambaleava e enlaçava uma pessoa imaginária. Senti um pouco de aversão por ele. Aversão, antipatia, ou sei lá o quê; começou a cantar fora do tempo, mas que voz bacana! Um cantor? Jean-Marc curtia aquele disco do Chico, tinha aprendido português ouvindo música. Falou de seu fascínio pela MPB, Cinema Novo, Tropicalismo, pintores e escritores modernistas. Conhecia a arte brasileira mais do que eu. Uma vergonha! De repente o cara disse que tinha ido a um festival de cinema em Brasília. E como são as coisas! Jean-Marc quis levar um papo sobre Brasília. No quintal vários grupinhos papeavam e bebiam, cochichos e risos vinham de namorados amoitados num canto escuro, mal dava pra ver o rosto do cara quando ele começou a falar em francês. Puro pedantismo! Jean-Marc fala português, mistura um pouco com espanhol mas fala. Alguém na sala aumentou o volume do som. Voz de Billie Holiday. "Strange Fruit." Frutos redondos surgiram numa jabuticabeira, espiei os namorados deitados no finzinho da festa, bateu uma saudade do Julião, me arrepiei de tanto desejo. O pobre devia estar na Rural cheia de pombos frios. Escutei o cara dizer: "Minha mãe me ensinou, Jean-Marc, ela era professora de francês". Aí falou em português: "Ela é professora".

Estranhei a mudança do tempo verbal, da voz e do rosto. Não parecia repulsivo nem antipático, e sim um sonhador, entristecido. Deu tchau e se mandou. Jean-Marc foi atrás dele, decidi voltar pra pensão da Frau Friede, mas na rua Pio XI vi os dois numa padaria e entrei. O cara desenhava num guardanapo, aí escutei: "Você só vai entender Brasília se conhecer essas cidades-satélites".

Jean-Marc enfiou o guardanapo no bolso e disse em francês: "Coragem! Você vai encontrá-la".

Saímos pra dar uma volta. Numa pracinha ali perto, Jean-Marc deitou no gramado, eu olhava as serras, meio cobertas pela neblina. Aí o cara quis saber de onde eu era. "São Pedro", eu disse. "Uma cidadezinha a menos de duzentos quilômetros de São Paulo, mas parece mais longe que a Lua." Perguntou se eu conhecia alguma professora de francês em São Pedro. "Não, só de inglês e italiano." Ele ficou mirando um ponto fixo no horizonte de neblina; observei o rosto de perfil, tive a impressão de que aquele rosto saltara da infância pra vida adulta. Um corpo sem juventude. Ou uma adolescência aprisionada. Virou a cabeça pro Jean-Marc e falou que ia viajar, não sabia pra onde, ia decidir na rodoviária.

Cara esquisito. Perguntei, rindo, se ele era um viajante sem destino. Tirou da carteira um retrato: se eu conhecia alguém na minha cidade que se parecia com aquele rosto. Pensei um pouco. "Não. Quem é essa moça?"

"Minha mãe, perdida em algum lugar. Perdida ou escondida. Vou atrás dela, tive um pressentimento quando conversava com o teu amigo francês."

O rapaz não apareceu mais nas festas. São animadas e só terminam quando amanhece. Ou acabam de repente, no sufoco e na escuridão, com rumores de que uma viatura policial cerca e ameaça nosso prazer.

Num sábado cedinho, Julião passou na pensão da Frau Friede, ele ia entregar pombos na feira da Mourato Coelho. O feirante, magrinho esperto e tagarela, era também tocador de bumbo e adorava circo. Beijou minha mão e piscou pro Julião. "O vendedor de pombos pescou essa sereia? Então vai dar um descontinho pro baiano de Cruz das Almas. A barraca lá da Lapa deu sorte, e o nome da sorte é amor."

Acertaram um preço pela caixa de pombos. Bateu fome, tomamos um pingado e comemos pão com manteiga na chapa na Nova Era. E ali, apoiado no balcão, o cara esquisito lia um livrinho, movendo os lábios. Pagou três garrafas de leite e um saco de pães, empurrou um carrinho de feira até a calçada e disse em voz alta: "Acorrenta com força os braços dele, martela a corrente até cravá-la na rocha...".

Quando me viu, apontou o livrinho pro meu rosto: "Anita, de São Pedro, uma cidadezinha a menos de duzentos quilômetros de São Paulo, mas parece mais longe que a Lua".

Bêbado ou alegre? Como recordava meu nome, o nome da minha cidade, minhas palavras? Bêbado de alegria: a namorada dele tinha chegado de Brasília e eles iam se encontrar na tarde daquele sábado nublado e frio.

"E a outra mulher, tua mãe?"

"Ainda anda por aí. Perdida ou escondida."

Julião, irritado com aquelas confidências, quis ir embora. Mas Martim nos convidou pra conhecer a casa dele, ali perto da feira: um sobradinho amarelo-claro, com janelas azuis; na sala estreita, um velho tapete persa, uma poltrona preta em que cabe um urso sentado, dois tatames (cor ocre com bordas pretas), almofadas coloridas, fotos lindas penduradas na parede, uma estante cheia de livros de arte e discos.

Enquanto Martim preparava o café, dois moradores — um moreno e uma ruiva altos — vieram dos fundos da casa e entraram na copa. O moreno deu bom-dia com voz de trovão. Ele tinha sonhado com Walter Gropius: uma conversa em alemão sobre a Bauhaus e Brasília. Gropius dizia que nem o desenho da cruz, que inspirou o projeto de Brasília, salvaria a capital. Ele ia contar o sonho "na íntegra ao sansei, o senhor da casa".

A ruiva se virou pra ele, o tom venenoso da voz me fez sorrir: "Mas você fala um alemão muito exótico, Ox. Só você entende".

"Nos meus sonhos falo todas as línguas, *ma belle*. E nesse sonho Walter Gropius era o teu avô materno, um imigrante que falava alemão dialetal, bem diferente da língua que aprendi no Instituto Goethe. Não ia falar do teu avô em público, Mariela, mas alguém guarda segredos neste covil de bisbilhoteiros?"

Ele tinha sonhado mesmo com Gropius, Bauhaus e Brasília? Ou inventara o sonho para se exibir? Esse Ox — isso eu notei de cara — é exibicionista até o patético; ostentava na mão direita dois belos anéis; um, de prata (forma de serpente), com uma pedrinha de turmalina; o outro, também de prata, com um olho de ônix; os anéis davam uma graça esnobe a essa mão, em contraste com a esquerda, tristemente nua. Pouco depois apareceu uma moça de olhinhos cinzentos, cabelo curto e braços musculosos, maquiagem pobre no rosto sonolento; tinha dormido mal, alguém havia telefonado várias vezes durante a madrugada. Ela queria saber se era a mãe ou o namorado de uma tal Laísa.

"O namorado, Marcela. Eu estava lendo na minha torre e o ser insensível telefonou sete vezes. Eu parava de ler, descia e escutava a voz embriagada perguntar por Laísa. A única voz de bêbado que me interessa é a de um cônsul inglês. Vocês conhecem a voz de Geoffrey, um órfão anglo-indiano, cultíssimo?"

Ninguém conhecia. Ox fez uma cara de consternado, pegou uma xícara de café e, antes de ir pro quintal, olhou pra Mariela e disse: "*No se puede vivir sin amor*". Aí empinou o corpo e falou umas palavras em alemão. Ô língua enrolada! Confunde até o capeta. Ninguém entendeu lhufas. Mas, apesar do esforço do Ox, a pronúncia me pareceu clara e bonita.

Marcela saiu pra fazer uma massagem, e quando Julião disse que ia caçar pombos, Mariela se virou pra ele com temor ou incompreensão. Já íamos embora quando um cara apareceu e me deu bom-dia com uma voz delicada; só deu tempo de saber o nome dele: Sergio.

Martim sonhava com a chegada da namorada, ou com a mulher escondida/perdida.

Casa da Fidalga, Vila Madalena, São Paulo, agosto, 1973

"A gente deve conversar sobre o que eu fiz em Brasília e o que você fez em São Paulo?", perguntou Dinah. "Se eu dormi com Lázaro antes dele ir pro Norte? As mocinhas desta casa morrem de pena de você porque tua mãe... Quantas dormiram neste tatame, só pra te consolar? Não basta estarmos vivos neste país?"

Caminhões de lixo saíam da rua da feira, barulhentos. A tarde nublada, que seria lúbrica, terminou num coito miserável.

Setembro, 1973

"Você sabe o que disse Matisse em 1953, ano glorioso do meu nascimento? Que não entendia a diferença entre arte figurativa e não figurativa. Matisse via na arte abstrata uma tendência perigosa, que parecia obedecer ao espírito de facilidade. Escuta isso: 'Os artistas abstratos não se prendem a nada, nem a eles nem aos objetos. Eles se ignoram mutuamente'. Você concorda?"

Eu mirava uma barata girar lentamente na soleira e imaginava Lina na porta da copa. Era uma abstração, tendência perigosa mas que me prendia à vida.

"Não está interessado em Matisse? Ele sabia usar a cor preta como poucos. Isso surpreendeu o velho Renoir." Ox virou o rosto para a soleira da porta. "Acho que aquela barata te hipnotizou. Ela quer ir pra edícula, o confessionário dos devassos da nossa república. Eu e Mariela estamos inchados de tantos pecados. Lembra a personagem da Clarice Lispector? Por que não usar essa barata pra comungar? Você tem coragem de receber um inseto?"

Vozes femininas no corredor.

"Chegaram do litoral. É uma pena. Arte abstrata e figurativa, o fascínio dos pintores europeus pela arte africana... Matisse e a arte oriental, a barata que entrou na conversa e agora deve zanzar na edícula ou no esgoto, talvez no inferno. Vamos ver as banhistas?"

Ox observou os braços e as pernas da Mariela, cheios de picadas de borrachudo: "Que primavera calorenta! Você parece um picolé de groselha com estrelinhas supuradas".

"Não tem uma comparação melhor, mais poética?"

"Uma seriema gigante, apoiada em pernas robustas e esfoladas. E ainda exala cheiro de sal. Percebo, com pesar, que Sergio San está mancando. Laísa cheira a vinagre."

"Água-viva, Ox. Passei vinagre nas queimaduras. Sergio San cortou o pé esquerdo quando mergulhava."

"Foram à praia ou à batalha naval?", perguntou Ox, de olho na Mariela. "O rosto triste do Sergio San lembra o do imperador Hirohito, depois da rendição. Marcela e Laísa parecem golfinhos queimados."

"Nadamos e mergulhamos num paraíso", disse Mariela. "Corais, arraias, tartarugas... Você perdeu tudo isso, Ox. Andamos horas numa trilha, acampamos no meio do caminho e amanhecemos na praia dos Castelhanos. Nenhum turista, só caiçaras. Dias lindos. Só na volta pra São Paulo é que desabou um pé-d'água. Uma tempestade inesquecível."

"Tempestade inesquecível, só a de Shakespeare, e Caliban é o nosso..."

"Vá à merda, Ox, não conto mais nada."

Ele parecia remoer uma angústia antecipada; puxou Mariela pelos braços, os dois corpos oscilaram no tapete persa, os pés do Ox cobriram a cauda de um pavão, os da Mariela, uma gazela dourada.

"Paramos em Ubatuba e fomos até a praia", disse Laísa. "Os atores estavam lá, ouvindo o diretor do grupo. Os mesmos atores de outra viagem, menos o cara de Brasília. Não falaram com a gente. Mariela tirou fotos de conchas, estrelas-do-mar, ilhas cobertas pela neblina. Não deu pra ouvir o que o diretor dizia."

"Eu estava perto do grupo", afirmou Marcela. "O diretor falou que o teatro brasileiro ia resistir, mesmo na obscuridade. O mais importante era viver, amar, imaginar e fazer teatro."

"Pois eu e o Martim conversávamos sobre Matisse e uma hóstia marrom, cascuda e voadora."

"Depois eles entraram no mar", continuou Marcela, ignorando o Ox. "Eu e Laísa também demos um mergulho. Os atores se divertiam, diziam trechos de uma peça, se abraçavam. A gente queria ficar com eles, mas Sergio San e Mariela preferiram voltar pra São Paulo. Acho que estavam na fossa."

"Eu não estava na fossa", discordou Mariela. "Pensava numa história que o Sergio San me contou. Uma história de amor."

"Um amor de San?", riu Ox. "*Un amour* de Sergio Swann? Conte pra nós quem é essa Odete da Pauliceia, cara. Ou será Odette, com dois tês?"

"Quem falou esse nome pra você?", perguntou San, apreensivo, olhando para Mariela.

"Todos os nomes do amor e do ódio estão na literatura, seu arquiteto iletrado."

Diário do Ox (sem data)

Poesia & Desenho. Essa edição da revista saiu com desenhos de Miriam, Tania, Rosely, Rubens e Massa. Todos passaram a noite na gráfica da FAU, onde os ideogramas da capa e da contracapa foram impressos. Grupos divergentes de professores (teóricos da Arquitetura Nova e da Nova Arquitetura) se interessaram pela revista e vão colaborar com desenhos, ideias, ensaios. Quando saiu o primeiro número, os estudantes mais radicais da esquerda me esculhambaram. Hoje penduraram na mureta do ateliê mais alto uma faixa cor-de-rosa com esta mensagem sutil: "Arte degenerada do ox: o latifundiário Osvaldo Xavier".

Sou um latifundiário, *malgré moi*. Mas por que "arte degenerada"? Por eu ter traduzido poemas de Pound? Martim traduziu poemas de René Char e Paul Claudel, e não foi xingado. Sergio San traduziu um haicai e saiu ileso. Rubens e Rosely fizeram a gravura dos ideogramas chineses e não foram execrados. Por que esses putos me perseguem? O golpe mais baixo, opróbrio dos opróbrios, foi a voz censora da Mariela: "Você não sabe quem foi Ezra Pound?".

Como se ela fosse uma biógrafa do grande poeta e tradutor! Não conhece picas da poesia imagética poundiana. Joguei no chão caixas de papel fotográfico, pincéis, tubos de tinta... Sergio San acercou-se do quarto com passinhos de gueixa, no primeiro rugido se picou, com tremores de pássaro ferido. Marcela rodeou a edícula e lançou no meu rosto um olhar terrível, de gladiadora com cabeça de serpe venenosa. Não me intimidou. Martim me surpreendeu: entrou na saleta quando eu apertava a mandíbula da protestante, que reagiu com golpes de unhadas na minha face direita. Soltei a mandíbula, Martim me puxou com força, meu corpo oscilou. Encarei o deprimido. Quando ia expulsá-lo da edícula, tirou uma tesoura do bolso. Recuei. Me enfrentaria com o metal ou estava blefando?

"A ferida não está na fazenda que herdou, Ox. Nem na Mariela. Você deve pensar nisso."

Como ousou cuspir tamanho disparate na minha cara? Voz forte, a mão direita, firme, empunhava a tesoura prateada. O olhar confuso, de quem parecia ausente. Ou era eu o ausente? Eu, que confundia tudo, sem saber o lugar da ferida? O deprimido intuíra meu medo, meus sentimentos? Jogou a tesoura na bandeja de revelação das imagens, fechou as mãos e mirou o objeto de aço, como se dissesse: você é um covarde, Ox, teu desejo por Mariela ou por qualquer mulher é uma farsa. Os dois saíram da edícula e eu fiquei só, pensando na ferida, essa miséria cinzenta. Arte degenerada... A página da minha tradução, marcada com um xis preto ao lado da caricatura desenhada na faixa de papel rosado. Rosto monstruoso: nariz torto, dentes afiados, olhos de coruja, a cabeçorra coberta por grãos de café. E um balão saindo da bocarra: Ezra Pound, *my hero*.

O chefe dos bedéis não arrancou a faixa. Esse sujeito recebe uma gorjeta para assinar meu nome na lista de presença quando gazeteio as aulas de geometria descritiva e cálculo. Ontem pediu perdão: "Não tive tempo, doutor".

Mentiroso. Acovardou-se, isso sim. Arranquei e rasguei a faixa, disse aos radicais que eles eram presunçosos e ignaros. Recordei as sábias palavras de Robert Frost: "Nunca ousei ser um radical na juventude, pois temia que isso me fizesse um conservador na velhice". "E vocês, o que vão ser daqui a vinte, trinta anos? Vão mudar a alma e trair os ideais. E por que se acham donos da verdade? Não sabem que a verdade e a vida são desordens?" Riram de mim com um deboche animalesco. Mariela sorriu com uma sutileza ferina; Sergio San pediu calma; com um berro expulsei-o da cantina. Rampas e ateliês quase vazios. Radicais incendiários dos balcões festivos do Riviera Bar, do Rei das Batidas, do Redondo, das cantinas do Bexiga. Os que pegaram em armas e tombaram na batalha desigual são os verdadeiros radicais. Loucos de tanta coragem, passageiros da Grande Viagem ao poente da alma, à escuridão da própria loucura em busca da liberdade. A biblioteca era um espaço de vidro iluminado no anoitecer. Caixas pretas de papelão penduradas por fios invisíveis flutuavam sobre o Salão Caramelo; nas sete caixas mais altas, palavras com letras brancas: "Qual é o mistério da caixa preta?". Mais uma instalação dos arquitetos-artistas, hélas! Dois calouros desceram de um ateliê ostentando a maquete de um edifício: trambolho sem pé nem cabeça, brinquedo delirante de madeira e plástico. A FAU escurecia, o campus escurecia, o chefe dos bedéis nem sequer me olhou, as mãos covardes escondidas nos bolsos da bata branca. Uma figura rechonchuda saiu da biblioteca carregando uma pilha de livros. Professor Flávio. Parou diante de mim, sorrindo, e disse com voz um pouco nasalizada: "Você sabe o que Matisse falou sobre arte abstrata?".

Não respondi. Ele me olhou por trás das lentes grossas e me deu um livro francês: "Leia e devolva à biblioteca. Gostei da revista *Poesia & Desenho*, Osvaldo. Por que não traduziram os ideogramas da capa e da contracapa? É a historieta de uma fábula sonhada. Uma metamorfose num sonho oriental, fantástico, traduzido pelo Ocidente".

E desceu a rampa.

Li na cantina o livro sobre Matisse; quando as lâmpadas fluorescentes se apagaram, saí do templo dos demiurgos. Duas faixas penduradas: "Urbanismo e desastre?" e "Urbanismo é desastre?". Escutei o eco da minha gargalhada; lá fora o volume horizontal do edifício de oceanografia perdia sua forma na noite; sentei na beira do laguinho, vi formas estranhas na água parada. Tudo escuro ao redor. Minha ferida íntima, *quelle triste misère*! Meditei no que disse Matisse sobre arte figurativa e arte abstrata.

*

Santiago, 12 de junho de 1973.

Querido Martim,

Como anda a vida no Brasil? Ou desanda, aos tropeções? Por aqui, o diabo tá solto e dança com sua máscara, cuspindo ódio e fogo.

Menos de duas semanas em Santiago e temo por uma grande explosão, que pode lançar muitas pessoas no mar, no deserto e nas montanhas geladas. Hoje, às cinco da manhã, o armazém perto da Estação Central já estava cheio de gente à procura de alimentos, as transportadoras sabotam a distribuição de farinha de trigo, açúcar, sal, grãos... O chileno Huerta fica horas na fila pra comprar um saco de açúcar, que depois leva ao laboratório de uma indústria farmacêutica na Ruta 5. Camilo ajuda Gervasio a distribuir panfletos na estação, nos *bodegones* e nas lojas. Recusei os panfletos, sou estrangeiro e não quero me arriscar. Gervasio me peitou: "Eu e Camilo também somos estrangeiros. O que você está fazendo no Chile?".

Saí da Estação Central com essa pergunta na cabeça. Eu tinha viajado para Santiago pra alimentar com migalhas minhas ilusões? Pra não renunciar a um sonho corajoso?

"Nossa esperança é o Chile democrático", dissera Damiano Acante na padaria da Asa Norte. "Santiago é o destino dos esperançosos e dos brasileiros perseguidos, Lélio."

Era uma voz de sonho verdadeiro, as estrelas sumiam do céu de Brasília, a árvore grande esverdeava na calçada da L2 e eu não sabia pra onde ir nem o que fazer da vida depois dos meses de cárcere.

Não contei isso a Gervasio, nem aos outros. Ele se dirige com voz militar aos moradores da Calle Cervantes e critica o teatro *callejero* do grupo Antach. Gervasio é um cara talhado para o confronto; Huerta é mais misterioso que seu corpo gigantesco; Camilo conversa comigo e sabe escutar. Coisa rara, pois poucos escutam, quase todos estão surdos e têm voz de comando.

Ontem, antes de pintarmos um muro na Calle Chile-España, aqui em Ñuñoa, Gervasio disse que o meu desenho era arte abstrata, e atacou: "Pura *basura* burguesa. Você quer ser um Mondrian de *la jungla*? Não sabe o que é arte revolucionária?".

Ele e Huerta transformaram as formas geométricas do meu projeto num mural medonho: Siqueiros de quinta.

Saí desse grupo, talvez entre em outro, liderado por Ken.

De noite, na sala da casa Cervantes, falei do Instituto de Artes e Arquitetura da UnB, da *Tribo* e das peças dirigidas por Damiano Acante. Gervasio e Huerta escutavam, num silêncio de contrariados. Palavras do californiano Ken: "Vocês deviam ter jogado LSD nas caixas-d'água dos quartéis, os militares iam enlouquecer, e o povo festejaria a derrota dos monstros, fardados e civis". Gervasio acusou: uma ideia típica de agente da CIA.

Ken se agachou perto da lareira, o olhar imantado pelo fogo. A conversa morreu.

Hoje ele deixou ao lado da minha mochila um bilhete em inglês: "Saí desta casa. Não posso morar com stalinistas".

Gervasio e Huerta stalinistas...? Não sei. Ken não é agente, é um pregador de sonhos libertários, ele pinta murais recitando versos dos poetas da City Lights, e quando compara o céu de Santiago ao de San Francisco, me lembro da Vana e de Brasília: o céu que não se quer ver.

Não sonho com o Brasil. Enviei um postal apaixonado pra Mariela.

Um abraço.

L.

*

Santiago, junho de 1973.

Martim, ainda não postei a carta do dia 12.

Nesta semana o diabo arrancou a máscara e agiu na Calle Cervantes. Na tarde de quarta-feira o mezanino tremeu e quase desabou, o preâmbulo da batalha foi um canto solene e desafinado dos dois ceramistas, eles cantaram o hino do Chile e rezaram pelo fim do governo da Unidade Popular. Eu e Camilo rimos do duo patético, sem graça e cheio de furor. Gervasio não riu, o rosto de pedra é imune ao riso, ele e Huerta recitaram um poema de Neruda, como se entoassem uma canção de guerra, não de amor. Os de cima alternavam o hino da pátria com orações, os de baixo rugiam um poema belíssimo de *Residencia en la tierra*. Paramos de rir quando Huerta cavalgou escada acima, estremecendo a casa. Uma pequena explosão em Ñuñoa: barulho de patadas, socos, objetos quebrados e berros: *conchatumadre, hijos de la chingada, comunistas de mierda, buitres del Partido Nacional...* Um vaso rolou na escada, cacos azuis, vermelhos e brancos caíram na sala. Gervasio e Camilo subiram ao mezanino para socorrer Huerta, o resgate do gigante foi demorado e penoso; seu ombro direito sangrava. Camilo cuidou do ferimento, acho que ele estudava medicina em Buenos Aires.

No mezanino, o silêncio depois da luta.

Quando as fendas do telhado escureceram, os dois ceramistas se mandaram do ateliê destruído. Gervasio disse que eles se vingariam; Huerta estava preparado para enfrentá-los e até matá-los; Camilo pediu paz, sugeriu que a gente limpasse o mezanino e pedisse desculpas aos ceramistas. "Pedir desculpas?", gritou Gervasio, negando com as mãos agitadas, como um maestro perturbado.

Quinta-feira a fachada da casa amanheceu com um X roxo: o xis da morte, a letra e a cor do Patria y Libertad. Fui ao centro de Santiago, andei pela Plaza Brasil, e ali perto, na Calle Huérfanos, um grupo de estudantes ouvia um músico tocar violão e cantar uma ode ao amor e à liberdade, eu olhava o retrato da tua mãe e tentava encontrar uma mulher parecida com ela, faço isso desde que cheguei aqui. Quem te falou que Lina pode estar em Santiago? Tua consciência? Ou é uma intuição? Às vezes "intuição" rima com "alucinação". Mostrei a foto a exilados brasileiros e ao Comitê de Mulheres Brasileiras no Exterior, ninguém conhece tua mãe, Martim, e eu ficaria surpreso se visse o rostinho de moça nessa cidade tão linda, e tão próxima da deflagração.

Na volta à Calle Cervantes, quando o ônibus parou num ponto da avenida Irarrázaval, escutei dois disparos e gritos chilenos, a cabeça do motorista sangrava, cheia de estilhaços de vidro. A vida em Brasília aguçara meus instintos: saltei do ônibus e corri até um quarteirão de Ñuñoa, longe de qualquer tumulto. Na Calle Dublé Almeyda um homem magro e meio gauche segurava um guarda-chuva aberto para se defender de um cão feroz. Quis ajudar o magro, mas a voz burlona disse: "Não é necessário. Este é um duelo de pessoas honradas, perfeitos cavalheiros".

O cão obedeceu à voz do dono e entrou numa casa, o homem gauche estendeu a mão pra mim e disse seu nome. Perguntei se era mesmo o poeta Nicanor Parra; fechou o guarda-chuva, sorriu com ironia e seguiu na direção da cordilheira.

Na noite de sábado, 16 de junho, Celeste nem de longe lembrava a moça serena. Ela conhecia o jovem gaúcho, assassinado ontem por um balaço dos paramilitares do Patria y Libertad. Era um poeta bilíngue, estudante da Universidade do Chile. "Todo mundo está ameaçado", disse Celeste. "Argentinos, uruguaios, brasileiros, bolivianos, paraguaios... Todos, chilenos e estrangeiros."

Gervasio afirmou que a casa de Cervantes era um lugar de resistência, e não de lamentação. Eu ia dizer que a arte é uma forma sutil de resistência, mas Huerta me intimidou com suas mãos fechadas, que martelavam cabeças invisíveis. Engoli as palavras, esperei a raiva passar. Os dois se retiraram da sala, Camilo olhava uma fresta no telhado, algo aconteceu entre ele e Gervasio, eram unha e carne quando cheguei a Ñuñoa, agora se estranham, Camilo dorme no mezanino, entre os destroços do ateliê de cerâmica.

Multidão no funeral do estudante gaúcho. Garoa e frio numa Santiago ocupada por *carabineros*. Eu e Celeste não entramos no cemitério. Pensava no dia seguinte, "na luz suja da segunda-feira, no sonho da nossa geração, na lama...".

Parei de pintar murais; Gervasio e Huerta, corajosos até o suicídio, saem da Estação Central e vão pintar painéis revolucionários nas comunas proletárias. Camilo e Gervasio talvez voltem para a Argentina, Huerta não vai abandonar a pátria. Ele me encarou e soltou esta: "Se eu fosse um mochileiro pequeno-burguês, cairia fora do Chile".

Voz de curumim na garganta de um touro.

P.S.: Terça-feira, 19 de junho. Escrevo no terraço do El Dante, onde comi chuletas a lo pobre (três dólares no paralelo). As montanhas nevadas, com manchas cor de cobre, não estão longe, quase posso tocá-las com os olhos. As palmas chilenas, os plátanos-do-oriente na Plaza Ñuñoa, tudo seco e triste.

Vou escapulir antes da grande explosão, Martim. A casa Cervantes está condenada ao malefício, tanques e *carabineros* nas ruas, sabotagem e greves por toda parte, exilados e expatriados brasileiros fugindo para Buenos Aires, Lima, Caracas, Bogotá. Nesse terremoto político os naipes de espada estão à frente do jogo. Discussões e acusações violentíssimas no restaurante da Torre. Olhares de ameaça. Temor da delação.

Um abraço,
Lélio/Nortista

Diário do Ox (sem data)

Casa materna é refúgio seguro?

A cadela ressona aos meus pés, a ex-babá passa a ferro minha roupa. Penso em escrever um poema em memória do meu pai. Poema longo, versos decassílabos.

Fazenda de café no Oeste Paulista, perto de Ourinhos. Nas férias de inverno não ia brincar nas margens do Turvo e do Pardo, nem passear no porto de areia do rio Paranapanema. Não via a beleza dos ipês-roxos e dos ipês-amarelos, das perobas-rosas, dos jaracatiás e paus-d'alho, das flores cor de creme das gurucaias. À noite, meu pai e o administrador da fazenda pegavam uma Winchester 44 e uma Flaubert 22 e caçavam catetos, queixadas e veados na mata; distribuíam a caça aos colonos, que esquartejavam e limpavam os animais e os assavam em fogueiras de peroba. Quando caçavam nas margens do Turvo e no entorno da fazenda, o eco dos estampidos assustava minha mãe, atravessava a mata de São Paulo e se perdia na fronteira com o Paraná.

O marceneiro da fazenda usava açoita-cavalo para fazer cangas de boi; esculpia espingardas com essa madeira leve e resistente, e as deixava na porta do meu quarto; me protegia quando os filhos dos colonos queriam me atirar na represa, dar cascudos ou jogar terra nos meus olhos.

Talvez abandone meu escritório da Fidalga, o alvoroço diuturno daquela república me impede de ler, escrever, pensar, ouvir Verdi, Rossini, Puccini ou o que parece interessar só a mim. A mãe e o namorado da Laísa, o patrão do Sergio San e a avó do Martim são de uma insistência patológica, ligam a qualquer hora da noite, e após o décimo trinado deixo dicionários de mitos e o *La Divina* e desço ao baixo inferno para ouvir um sermão da mãe da Laísa, uma mulher bruta que passa na Fidalga só para ameaçar a filha fraca; escuto a voz sinistra do construtor dizer que Martim é um irresponsável, escuto o namorado da Laísa se queixar da ausência da artesã; a voz da Ondina repete: "Meu neto é um ingrato, esqueceu a avó", e tantos ais lamuriosos dos portugueses da Baixada Santista. Nenhum morador quer atender as ligações, escondem-se em seus quartos-sarcófagos e fecham os olhos num sono falso, ou cochicham pra mim: "Não estou em casa".

Sou molecote de recados? Perdi a paciência e mandei todos à merda: mãe, avó, namorado, patrão.

Venho duas ou três vezes por semana ao apartamento materno, leio e escrevo nessa paz de campo-santo, às vezes durmo no quarto da infância: origem da linguagem, lugar da experiência e da verdade. O telefone não toca, minha ex-babá balbucia para si mesma e só enxerga minha mãe, como se elas se bastassem e o cão escocês lhes desse uma ração diária de afeto.

Anotações da Anita
Agosto, 1973

Antes das férias de julho, voltei com Julião ao sobradinho amarelo. Sergio, sozinho na casa, contou que os dois corações da edícula estavam em pé de guerra, e Ox já havia desocupado o escritório. Aquela "torre", no andar de cima, é um quarto empoeirado, com um guarda-roupa tão antigo que parece de outro século. Julião olhou pela janela uma mangueira florida nos fundos da casa vizinha e disse que queria alugar o quarto; Sergio ouviu com indiferença meu namorado, e se dirigiu a mim: os moradores tinham que votar pela aceitação ou recusa de novos inquilinos, ele marcaria uma reunião para a noite da quarta-feira seguinte.

Frau Friede, a dona da pensão, é professora de piano. Enviuvou no Brasil e quis ficar aqui. Não se intromete na minha vida nem reclama da bagunça no quarto. Conheceu minha mãe numa viagem a São Pedro, e ofereceu este quarto pra mim. Ela me chama de Jungfrau von São Pedro. Uma vez me disse: "O Brasil ainda engatinha, um dia fica de pé e anda. Mas os brasileiros precisam ter paciência e estudar".

Ela se preocupa quando vou sozinha a uma festa; passa a noite lendo ou tocando piano na sala, à minha espera. A brutalidade da polícia traz péssimas lembranças de sua juventude na Alemanha; mas ela se inquieta também com duas alunas de piano que ignoram o Julião e até saem da sala quando ele passa por aqui. Na semana passada, na presença dessas alunas, Frau Friede tocou uma sonata para o meu namorado e perguntou se ele tinha gostado. Julião falou do andamento, dos intervalos, da intensidade dos acordes; depois disse: "É a minha preferida. Mozart compôs essa sonata quando a mãe dele morreu".

Quanta emoção no rosto do caçador de pombos. Foi só a interpretação da Frau Friede? Não quis me dizer. Beijou as mãos da pianista. As duas alunas ficaram desconcertadas com a hospitalidade da professora e com as palavras do Julião.

Gosto da Vila Ipojuca, com suas casas antigas, pracinhas, ruas sinuosas e calmas. Às vezes vou à igreja Nossa Senhora da Lapa e desço até o mercado. Julião me mostrou fábricas e vilas operárias na Lapa de Baixo e na Pompeia, o sonho dele é comprar uma casinha numa dessas vilas, mas com a grana miúda dos pombos e do circo só pode comprar uma cova num cemitério pobre.

Não é a pensão da Frau Friede, nem Vila Ipojuca, Lapa ou Pompeia. Não é o lugar. Por que sair deste quarto que é só meu, e conviver com pessoas desconhecidas? Elas não seriam, de algum modo, outra família? Julião não vê a hora de se mandar do sobrado do ex-jóquei e da espanhola, na rua dos Pinheiros. "A casa parece um cortiço, Anita. Quando o dono enche a cara e trota no quarto do casal, leva um esporro da espanhola, o cachorro que dorme com eles começa a latir e gemer. O ex-ginete se gaba das corridas no Jockey Club, parece que ainda tá montado num cavalo. Vai morrer contando corridas e vantagens, mas no fim do mês esquece as glórias do passado e cobra até o aluguel do quintal. Pago uma taxa pra matar e limpar os pombos, e ainda tenho que dividir o quintal com um escultor noturno, um artista de jazigos. O cara esculpe lápides e anjos de mármore, assusta os pombos, atrapalha meu ritual..."

Mas não é o cortiço nem o escultor noturno: Julião quer viver comigo, e me convenceu a ir à reunião na Fidalga. Vimos pela primeira vez todos os moradores juntos. Sergio perguntou o que Julião fazia. "Pombos e trapézio voador", ele disse. "O que significa isso?", perguntou Marcela. "Caço e vendo pombos pra ganhar dinheiro", ele respondeu, "mas sou trapezista de um circo da cidade."

"E onde você vai sacrificar os pombos?", perguntou o Sergio. "No nosso quintal?"

Ox soltou uma risada. "Todo trabalho é sacrifício, San. Faltava um santo nesta república devassa. Até que enfim surgiu um são Julião Hospitaleiro, caçador impiedoso e ator circense."

Primeiras anotações da Anita na Fidalga

Quem será esse são Julião Hospitaleiro? Mariela, Laísa e Martim votaram a favor do nosso ingresso na república. Marcela e Sergio, contra. A abstenção do Ox foi providencial; quer dizer, salvou Julião, que desejava morar aqui. Ele faz minha parte no detestável trabalho doméstico: o rodízio pra cozinhar, lavar louça, pagar contas de luz e água, fazer feira e faxina. E ainda lava e passa minha roupa. Eu não fazia nada na pensão da Frau Friede. Às vezes ia à feira. Só isso.

Lembrei o Martim, nosso vizinho de quarto, de uma festa no Alto da Lapa; meio de porre, ele dançava sozinho e cantava. "Graças àquela festa e à feira da Mourato Coelho vim morar aqui com o Julião." Martim perguntou pelo meu amigo francês, o Jean-Marc. Eu disse que andava sumido, talvez viajando pelo Brasil.

Martim me ouviu como se estivesse na Lua. Falou: "As pessoas somem e reaparecem sem mais nem menos".

Nesta madrugada, quando Julião passava a faca nos bichinhos, percebeu um vulto nos fundos da casa, perto da cerca de bambus. Focou a lanterna e viu o rosto impassível do Ox. Não se falaram. Julião ferveu, depenou, limpou os pombos e enterrou no quintal as vísceras, patas e cabeças. Na manhã deste domingo, vi uma folhinha de papel na soleira da nossa porta. Era um poema ("A lua"), assinado por Osvaldo Xavier Neto, "poeta e civilizador do matadouro da Vila Madalena".

Diário do Ox (sem data)

Dei adeus à torre, agora ocupada por Julião e Anita, ambos da minha altura mas sem flacidez. Se o exuberante casal de músculos tiver um filho, será mais uma promessa da nossa histórica, festejada mestiçagem. Neste caso, de amantes circenses, sem violência.

O par atlético foi aprovado numa votação apertada. Eu, por puro tédio à controvérsia, me abstive de votar, mas minha premonição foi infalível: o pomar e todo o quintal viraram um matadouro. Quanta fúria, beleza e destruição no jardim do poeta! Uma ou duas noites por semana o cheiro de goiaba, romã e manga é usurpado pelo fedor de vísceras e sangue; cabeças e patas de pombos misturam-se com frutas podres, crescem formigueiros com estranhas formas, os volumes parecem miniaturas de uma arquitetura primitiva. Nada disso incomoda Mariela, fascinada pelo incansável matador de pombos, um Apolo do nosso humilde bairro paulistano. Ele e Anita são acrobatas e trapezistas, a energia e o entusiasmo do casal circense contrastam com a lassidão do Martim; esse misantropo cada vez mais encruado viaja pelo interior de São Paulo em busca da mãe, mas só vê fantasmas ou sósias da mulher que o pariu. Outro dia encontrou por acaso Dinah numa festa na rua Monte Alegre, voltou sozinho e perguntou a Marcela e Laísa onde estava a escada, ele jurava que havia uma escada no sobrado. O toque da campainha nos assustou, mas era o motorista do táxi, ele queria a grana da corrida do Martim, que eu (quem mais?) tive de pagar.

Julião me ajudou a arrastar o ébrio até o banheiro. Água gelada, só assim. Expeliu golfadas de vômito, *le pau-*

vre type! Laísa e Marcela, duplinha de madalenas, cuidaram dele. Dois dias depois, Sergio San e o Martim por pouco não foram detidos na Casa Verde: fiscalizavam a construção de um galpão, e quando iam embora, Martim começou a recitar poemas na porta de uma escola, alguém achou que ele era louco e ameaçou chamar a polícia. Tristes trópicos! A poesia e os indígenas são casos de polícia...

Quando não desce a Santos nos fins de semana, faz ligações a cobrar para a avó, depois nos diz que há pistas sobre a mãe. Parece outro, de tão alegre, mas logo se recolhe no quarto e lê em voz alta cartas de um amigo. Martim desconfia que sua mãe está em Santiago. Por que diabo estaria no Chile?

Diário do Ox (sem data)
17h30

E por que diabo não encontro a forma do meu poema? Tentei escrever em versos decassílabos, depois em dodecassílabos, até resultar num alexandrino quase perfeito; tentei com versos livres, a maldita forma me escapa. Não encontro o ritmo.

Escrevo em prosa a poesia ausente.

Julho de 1965: missa de sétimo dia do marceneiro. Osvaldo Xavier Filho, meu pai, aparece na capela da fazenda. Cinquenta e cinco anos, alto e musculoso, amassa com mãos enormes o chapéu, indiferente à homilia de um padre de Ourinhos. Capela cheia: minha mãe, a babá, colonos, a família do caseiro. Ausência do administrador. Altar iluminado por velas azuis num candelabro de prata. Espio o homem de pé, solitário na porta da capela. O que meu pai estaria pensando? Em quem? Deus, defunto ou fazenda? Esse domingo de julho parece uma maldição para ele. A morte recente do marceneiro, a missa, o ar seco e frio, o rosto tenso dos colonos, como se o cafezal parasse de crescer...

Depois da missa, fui ler no meu quarto. Os três filhos do caseiro me espiavam, aninhados no canto da janela. Brincava com eles nas férias, crescemos em mundos diferentes: eu, neste apartamento de Higienópolis, estudando num colégio a poucos passos de onde escrevo, a quinhentos metros do mausoléu da família Xavier. Eles moravam na casinha de madeira, no outro lado da represa, perto da tulha; estudavam em Ourinhos, e o mais velho, um loiro da minha idade, com cara encruada de dor de dente, abandonou a escola para penar na lavoura.

Nenhum aceno da Mariela. Já é quase noite: momento da memória. Minha mãe vai aparecer no fundo do corredor.

14.

Paris, verão, 1979

"É um amigo brasileiro, Martim. Quase irreconhecível hoje. Vive há uns anos em Estocolmo. Ele quer passar uns dias em Paris."

O tom da voz e o olhar do Damiano insinuavam que eu ia hospedar um exilado. Não podia recusar abrigo ao hóspede misterioso, mas logo pensei em Céline, e me lembrei da Ana Clara, uma suposta amiga do Damiano.

No fim da primavera, antes da minha viagem a Portugal e Espanha, Ana Clara dormiu sete noites no estúdio. Era circunspecta e ausente: saía às oito da manhã e voltava no último metrô; os passos apressados vinham do Faubourg Saint-Antoine ou da Rue Crozatier e trepidavam na Rue d'Aligre, onde a quietude noturna contrasta com o alvoroço diurno da feira. Ela entrava quase sem fazer ruído, trocava de roupa no banheiro, dava boa-noite e deitava-se no chão, perto do canto da cozinha. Eu apagava a luz do abajur e deixava acesa a luminária da mesinha, o foco de luz e os estalos do teclado da máquina não tiravam o sono da Ana Clara. Dito e feito: na sétima e última noite da hóspede, Céline chegou antes das cinco da manhã, quando eu reescrevia mais um capítulo das memórias.

"Você consegue escrever nesse ambiente cavernoso?", perguntou Céline, olhando ao redor. "Talvez seja melhor assim, com um pouco de luz nas páginas da tua lenda, e o estúdio na escuridão. O papel de parede é horrível, imitação barata de uma pintura de Monet. Pobre Monet! Agora os quadros impressionistas decoram esses estúdios infectos! Daqui a pouco as mocinhas de Degas vão bailar em paredes e calendários. É melhor não enxergar... Aliás, não vejo nem a sombra da tua hóspede. Eu não ia passar por aqui, mas precisava encontrar meu amigo clochard... Conversamos no Port de l'Arsenal até a última garrafa de vinho. Ela já caiu fora, tua hóspede brasileira? Ou você inventou essa mulher nas noites de insônia?"

Apontei o canto da cozinha; Céline deu uns poucos passos até lá e olhou para baixo:

"Ah, *la mademoiselle* existe! Agora você não está tão só, Martim. Isso a gente logo vê..."

Céline se curvou para o canto escuro, onde a cabeça de Ana Clara roçava a parede.

"Nas outras noites vocês dormiram separados? E durante o dia, vocês se divertiram? Martim acariciou sua xoxotinha? Leu pra você as memórias que está escrevendo? De tanto escrever, ele brochou, o pobre *métèque*! A língua dele está empedrada, tudo no corpo dele ficou preso ou amolecido. Despeja todo o desejo na escrita dessa maldita lenda brasileira..."

Ana Clara, coberta por um lençol, exclamou com voz abafada: "Mas que sinhazinha pirada, sô!".

Céline insistiu que eu traduzisse a frase; diante do meu titubeio, da dificuldade de traduzir "sinhazinha", ela disse que minha amiga ali no chão devia ter pronunciado uma bela frase intraduzível, como se a língua portuguesa falada no Brasil fosse uma espécie de língua sempre estrangeira.

"Se ao menos eu visse os olhos dessa brasileira", disse Céline, quase em tom de súplica.

Saiu batendo com força a porta, mais tarde os vizinhos reclamariam do estrondo, o velho do estúdio ao lado diria outra vez: "Sua namorada não respeita ninguém. Ela é louca? Não sabe que as pessoas dormem?".

Céline andou na direção da Place d'Aligre, reli o capítulo escrito naquela noite, adormeci debruçado na mesinha, em algum momento a palavra "moqueca" reverberou com insistência na minha cabeça: fome, sonho ou saudade? Ou tudo isso na mesma palavra? Era a voz da Ana Clara, a um passo de mim. Ela queria fazer uma moqueca, mas não tinha dinheiro, só comprara pimenta-de-caiena e farinha de mandioca. Desci e trouxe leite de coco, uma garrafinha de *huile de palme*, peixe e legumes. Ajudei Ana Clara a preparar a moqueca e o pirão, ela ia deixar o estúdio depois do almoço.

Foi uma tarde de comilança e de conversa em português. Durante a semana, Ana Clara tinha ido todos os dias à Place du Trocadéro para pesquisar no Musée de l'Homme. Era antropóloga e pretendia escrever um ensaio sobre "a grande viagem dos Waiãpi". Michel Leiris havia lido o projeto da pesquisa e ia orientá-la.

"Acabei de ganhar uma bolsa de pesquisa do governo francês", ela disse. "Agora posso viver uns três anos em Paris e estudar a história desses indígenas."

Escutava minha hóspede e suava com o tempero ardido da moqueca.

"Onde você conheceu Damiano Acante?"

"Em Brasília", respondeu. "Somos grandes amigos, desde o tempo em que a gente estudava na UnB. Mas ele nunca falou de você."

Grandes amigos... A grande viagem dos Waiãpi que, a partir do século XVIII, caminharam do Brasil Central para o Amapá e a Guiana Francesa. O interesse do escritor Michel Leiris por aquela pesquisa antropológica e histórica. Uma bolsa do governo francês...

Na tarde calorenta de ontem, Damiano revelou: a hóspede não se chamava Ana Clara, não era antropóloga, bolsista, nem grande amiga dele, apenas uma conhecida, uma companheira. Mas não revelou o verdadeiro nome de Ana Clara, nem o que ela fazia no Brasil.

Quando ela descia a escada, carregando uma maletinha surrada e uma sacola com as sobras da moqueca, me lembrei da única frase verdadeira da hóspede: "Mas que sinhazinha pirada, sô".

15.

Casa da Fidalga, Vila Madalena, São Paulo, primavera, 1973

"Já não basta a bebedeira desse bando de negros no meu bairro? Esses vagabundos tocando tambor e outras porcarias..."

Acordei com os gritos da vizinha, vi a cabeçorra escura do Ox, o corpo enrolado num lençol branco, passos curtos até a janela.

"É a velhota eloquente, Martim. Você deixou a janela aberta para a loucura..."

"E ainda tenho que aturar esses vizinhos vadios... essa safadeza de homem com homem, de mulheres..."

"Ela costuma fazer escândalo?"

"É ruim da cabeça ou doente do pé", cantarolou Ox. "Detesta samba, Carnaval, qualquer batucada. Começa a pirar na primavera, os surtos atingem um pico perigoso em pleno verão, que declina em abril. Há uma calmaria instável entre julho e agosto, quando um sopro polar dança no céu de São Paulo. A anciã também pira quando ouço *Aida* no último volume. Não gosta de ópera, nem das italianas, minhas preferidas. Mas é a primeira vez que faz essa baixaria às seis e meia da manhã. A velha gosta mesmo é do Julião. Quando o santo faz a feira, leva pastéis de palmito pra nossa querida vizinha. Conversam na sala, comem os pastéis e lambem os dedos. Ela mostrou pro trapezista o álbum de casamento. Fotos de 1930, ano da nossa revolução fajuta. Contou pro caçador cruel que nasceu no ano da abolição da escravatura e enviuvou em 1965. Uma empregada dorme na casa e cuida da patroa. Agiota das mais avarentas, Martim. Empresta grana pra estudantes de cursinhos e da USP, rapazes e mocinhas provincianos. Essa moçada empenha relógios, anéis e berloques dos avós de Ribeirão Preto, Araraquara, Assis, Lins, Catanduva, Presidente Prudente... Qualquer dia vai ser assassinada por algum Raskólnikov desta metrópole sem neve, sem um Hermitage. As repúblicas paulistanas estão cheias de estudantes pobres, angustiados e ambiciosos. Será que algum deles tem delírio de grandeza, à la Napoleão? Quase todos perdem a virgindade aqui. Perdem também a cabecinha e outras coisas. Agora ela perdeu a voz. Virou uma ventríloqua de camisola cinza. Dessa vez a serenata da feiticeira é pra você. Um esporro antimartiniano. Sim, você e a Cantora chegaram de madrugada, saíram do carro, ela ligou um gravador num volume tão alto que dava pra ouvir João Gilberto até em Osasco. Depois tocou violão, cantou e ainda comentou a letra de uma canção, à luz de Nietzsche."

"À luz de quem? Essa é boa, Ox. À luz de nada. Ninguém iluminou nada. Você estava sonhando e roncando no tatame da sala. Ela não canta nem fala alto, ao contrário..."

"Quando está sóbria, deve cantar baixinho... Mas sobriedade às três da manhã? Eu não estava sonhando nem roncando, meu. Lia um romance de Alejo Carpentier na sala e escutei uma voz feminina e acordes de violão. Subi até aqui e abri a janela. Você, embevecido pela voz da Cantora, não viu a velhota no balcãozinho ao lado. Segurava um lampião, dava pra ver o rosto plissado e os seios esparramados. Louca e nua na noite de primavera. Será que pensava na juventude enjaulada? Os namorados não podiam ficar horas na calçada do lar, cantando, ouvindo música e depois amando no banco de um Corcel velho. Uma cena quase heroica de luxúria, mas desconfortável. Você não transa com a Cantora? Eu já pensava num perigoso triângulo amoroso, porque tua amada estava em casa. Intuiu que você ia chegar da Pulga ou de algum lugar pulguento e ficar horas lá fora."

"Dinah passou por aqui?"

"Chegou lá pelas dez. Comprou colares da Laísa e uma fotografia amazônica da Mariela. Conversamos bastante. Um papo sobre tragédia e destino... e alguns sonhos alheios, literários. Quando Julião, Anita e Sergio San chegaram, o assunto mudou para circo e habitação popular, duas questões muito sérias, e nunca resolvidas no Brasil. Sergio San se empolgou com o trabalho da Dinah numa cooperativa de habitação. Eu apenas ouvia. Quando faço críticas, me chamam de pedante e só falta me apedrejarem. Eu não me empolgo com muita coisa, mas me interessei pela cooperativa. Uma equipe multidisciplinar constrói casas com os futuros moradores, mas antes conversam sobre os desejos e necessidades de cada família. Me meti na conversa, disse que era uma felicidade saber que os arquitetos são apenas coadjuvantes. San ficou aborrecido com a palavra "coadjuvantes", aí eu disse que Ralph Erskine e outros arquitetos faziam isso, e que as casas e as cidades africanas antes da colonização foram construídas assim. Milhões de pobres do mundo todo constroem casas com as próprias mãos. Que pretensão é essa de querer impor aos outros um espaço desenhado por nós? San deu exemplos de projetos de habitação popular de Warchavchik, Lúcio Costa, Reidy... Concordei com ele, e repeti que os bons projetos de habitação popular raramente saem do papel. Dinah ficou na dela, matutando e sorrindo. Parece que até o sorriso pensa. Depois falou que a arquitetura dependia também da técnica, do sistema produtivo, da política urbana. A complexidade estava aí."

"Era o que dizia um professor da UnB. Um dos que foram demitidos."

"Mas Dinah não é nada professoral. E que voz, meu. Atriz, mas podia ser cantora. Deu meia-noite, e nada de você chegar. Mariela quis conversar com a Dinah na edícula, Anita foi atrás, os outros se recolheram e eu fiquei lendo *Los pasos perdidos* na sala. Às duas da manhã as luzes da edícula se apagaram. Mariela não me avisou que tua namorada ia dormir lá. Anita também ficou nos fundos. Julião desceu e subiu umas cinco vezes, aí sacou que ia dormir sozinho. O que elas conversaram? Pode imaginar o que aconteceu naquele cafundó pecaminoso? Às seis da manhã Dinah passou pela sala e saiu de casa. Meia hora depois a agiota começou a berrar. Dormi mal por tua causa, e agora você faz essa cara só porque Dinah passou a noite com a Mariela e a Anita e se mandou sem falar com você. A avarenta tomou fôlego. Tá ouvindo? Parece uma personagem rabugenta do Eça. O belo caçador de pombos tem que acalmar essa fera. Na próxima vez, convide tua amiga pra cantar dentro de casa. Se a vizinha chamar a polícia…"

"Podemos resistir."

"Resistir o cacete, meu. Sou um cara covarde. Fui a uma missa de sétimo dia e só consegui ficar do lado de fora da Catedral. Quando me lembro daqueles animais! Mas a covardia e a coragem existem em qualquer pessoa. Dependem da circunstância de matar, morrer, fugir ou se esconder."

Ox enrolou o lençol branco no corpo. Se raspasse a cabeça e se fosse bem mais magro, lembraria Gandhi.

Parou na soleira da porta, o olhar grave no meu rosto: "Você conhece alguém que está atravessando um deserto?".

"Um amigo de Brasília, Ox."

"Cidade maldita. Cidade dos mortos."

*

Nazca, julho de 1973.

Querido Martim:

Eu e Celeste pegamos carona de um caminhoneiro e atravessamos El Norte Grande chileno. O deserto parece um oceano seco, terra da cor do cobre, argila e sal, misturados. Na travessia diurna a paisagem comove e angustia; na viagem noturna, estrelas, solidão, e um sonho com ventania de cinzas e carcaças de animais. Saí do sono e do sonho sentindo o corpo gelado sob o céu vermelho com manchas azuladas. Celeste, encapsulada no sleeping bag, sonhava com a solidão de Brasília? Quando acordou, contei meu sonho, e ela perguntou: "É um presságio? Cadê o poeta peruano?".

Antes desse sonho, o caminhão parou num lugar sinistro: duas lâmpadas acesas de uma *gasolinera*, uma casinha sem cor e um frentista que dava passos de sonâmbulo; uma sombra surgiu na estrada, acenou pro motorista e subiu na carroceria. Era um poeta peruano. Acendeu uma lanterna, olhou para nossos rostos e nos ofereceu um folheto com poemas quéchuas que traduzira pro espanhol. Disse que eu era indígena. Falei que a maioria dos brasileiros tem sangue indígena, muitos nem sabem disso. "Mas tu sabes", afirmou o peruano. "Teu rosto, tua alma, teus antepassados." Então começou a falar das civilizações pré-colombianas enterradas no Atacama, das crianças incas sacrificadas e enterradas no topo das montanhas. Quando recitou poemas no fim da noite, olhando as cores fortes no céu, me lembrei das vozes da infância, elas atravessavam o tempo e as cordilheiras e ressurgiam no deserto do Chile, misturadas com a voz de um peruano bilíngue. Esse nômade no Atacama dorme em galpões abandonados, ou na terra do deserto, de cara para a lua; lê poemas e canta para os mochileiros que vêm de Santiago ou Lima. O folheto era gratuito, mas ele aceitava uma *propina*. Celeste deu um dólar pro poeta, eu e ela dormimos um pouco, acordei com frio e com as imagens do sonho. Na parada obrigatória em Arica (Regimento Rancagua, Quinta Companhia), o motorista saiu da cabine e eu perguntei pelo peruano. "Já se foi", respondeu. "Esses índios nem agradecem a carona. Querem a desgraça do Chile, querem reconquistar o Norte."

Um soldado vasculhou minha mochila quase vazia; depois vasculhou a bolsa da Celeste, abriu a mochila dela, folheou quatro livros e focou a lanterna numa página de *Paranoia*. Perguntou: "O que é isso? Putaria?".

"Poesia", disse Celeste, "você pode ler..."

Um pastor-alemão se aproximou com um soldado atarracado. O animal procurava drogas, os soldados farejavam pistas de espiões estrangeiros: bilhetes, cartas, códigos. Os dois milicos conheciam o motorista e só deram uma olhada na cabine. O atarracado perguntou pra onde a gente ia. "Lima", eu disse. "Lima e Bogotá", disse Celeste. Devolveram nossos documentos, continuamos a viagem na carroceria. Aí Celeste começou a falar coisas estranhas, palavras sem nexo: livrinho, Marques, deserto, bruma... O ruído do vento e o barulho do motor abafavam sua voz. Me aproximei dela e perguntei: "Que livrinho? Quem é Marques?". Celeste soprou no meu ouvido: "Joguei o livrinho do Marx no deserto, Lélio. Jorge Alegre me deu o *18 de Brumário*, mas se os milicos vissem o livro na mochila, a gente ia ser enterrado vivo no Atacama".

Tacna e Moquegua: o Chile ficou para trás.

Agora, em Nazca, o primeiro beijo na Celeste.

Um abraço,
Lélio.

Casa da Fidalga, São Paulo, domingo, 4 de novembro, 1973

"Ox parece um centauro quando transa com a Mariela. Isso é amor ou coito?"

"Isso é contra as normas da casa, San?"

"Os relinchos não, Martim. Mas o centauro socou a parede, gritou coisas horríveis, não deixou ninguém dormir. Isso é proibido."

"De manhã cedo vi o Ox bebendo vinho perto da romãzeira", disse Laísa. "Bebia e falava alto, em italiano. Perguntei o que estava dizendo. Ele me encarou com aqueles olhos míopes, deu uma gargalhada dos diabos e continuou a falar sozinho."

Uma voz troante veio do corredor:

"Eu não falava sozinho, Laísa. Senti a presença de um Virgílio na noite infensa. Dava voltas na selva funda, mas queria ver coisas belas no céu. É preciso sair do inferno e ver as estrelas. Aí você apareceu quase desnuda no meu jardim. Procurava pássaros, não é? Mas eu buscava outra coisa, menos visível."

Ox, de roupão grená, apontou a chave da Rural na mão do Julião: "Para onde vão? Para onde iam?".

"Comer numa cantina do Brás ou da Mooca", disse Anita. "Martim quer almoçar no centro, Laísa, Marcela e Sergio vão com a gente."

"Vão atravessar a metrópole só pra engolir um ravióli? Marcela devia ficar em casa. Quero duas horas de massagem. Você sabe, Marcela, pago três por hora."

Marcela, de olho na Laísa, sorriu.

"Duas horas silenciosas, sem incenso", insistiu Ox. "Nada de Ravi Shankar, nenhum som ou voz. O absoluto silêncio de um monastério budista."

"E a Mariela?"

"Dorme, Laísa. Deve sonhar que está longe de mim. Parece a Vênus Reclinada, de Giorgione. Uma vênus germânica numa rede indígena. Mas por que você se interessou pela donzela, e não por este trovador exausto de tanta infelicidade?"

"O trovador fez um escarcéu durante a noite. Você merece uma advertência, Ox."

"Não mereço nada. Alguém merece alguma coisa? Só você acredita no mérito, San."

"Vamos fazer uma reunião mais tarde ou amanhã de manhã, Ox. Você já foi advertido uma vez, quando brigou com a Mariela e quebrou uma janela da edícula."

"Sem essa de reunião, San. Não é preciso votar, vou cair fora da Fidalga. Decidi isso quando olhava o cemitério de pombos no meu pomar. Cabeças decepadas saíam da terra e diziam em coro: 'Vá embora, Ox'. A voz do poeta italiano me advertia: 'Mais uma noite nesta casa e será o inferno'. É hora de sair da aurora morta, meus amigos."

"Você vai embora da Fidalga?", perguntou Laísa.

"Por que me olham desse jeito? É proibido abandonar esta república?"

Centro de São Paulo, domingo, novembro, 1973

"Meio quilo", dizia Lina ao italiano.

"É muito", reclamava Rodolfo.

"Não, Martim gosta de azeitona preta."

O menino olhava de relance a cabeça do pai, sem ver os olhos do homem. Lina pagava ao italiano e a gente continuava a andar pelo Mercado Municipal, eu e minha mãe de mãos dadas, o pai à frente, parando para provar queijo provolone e salame, que não comprava.

O dono da barraca me ofereceu uma azeitona graúda: o mesmo italiano, agora mais gordo, e a barba espessa, grisalha. Cheiro de açafrão, cravo, cominho, orégano, canela; temperos vermelhos, esverdeados, ocre, amarelos, pretos. Gostava do cheiro e das cores dos temperos e ervas, dos pastéis de bacalhau, que eu comia no Jardim da Luz, onde tirava a sorte no realejo, via mulheres andando pela praça, uma ou outra sentada num banco, à espera... De volta à Tutoia, Lina dizia a Rodolfo que ia comprar doces na Flor do Paraíso, essa mentira nos livrava dele, e nós dois entrávamos numa chácara do bairro, descíamos o barranco até o córrego e, quando esfriava, voltávamos abraçados na escuridão.

Devolvi o pote de azeitonas ao italiano, dei uma olhada no desenho com o itinerário para a Vila Iracema, saí do mercado e andei ao léu; na rua do Triunfo uma cabeça com peruca loira piscou para mim, o queixo pálido apontou a porta de um cortiço. Baixinha, magra, lábios finos e vermelhos. Rosto amarelo. Por que iria a Vila Iracema? Outras perucas loiras na rua Helvétia, uma estatueta de Diana Caçadora cercada de avencas no Bar Lírio, crianças correndo no parquinho de diversões Cometa. Na porta do restaurante Euclides da Cunha li o cardápio: filé à Camões, macarrão com frango, virado à paulista. Uma parede de azulejos verdes e amarelos exibia no centro uma pintura tosca da Santa Ceia; mais acima, bandeiras do Brasil e de Portugal, hastes em xis; os gritos de dois periquitos assustavam um sabiá na gaiola vizinha. Pedi uma cerveja, uma porção de torresmo e um ovo cozido; comi e bebi de olho em duas moscas acasaladas na pétala de uma margarida de plástico. A flor amarela me levou à mulher do Rodolfo e à carta da minha mãe para ele.

Essa carta seria a sentença de uma condenação? O par de moscas copulava na pétala empoeirada e dura, e na mesa ao lado uma voz rouca lamentava: "Desde ontem bebendo, agora vou parar, meu. Você teve mais sorte. Aquela gorducha... O que ela faz? Onde mora?".

"Na Pensão Argentina. Vende roupa da moda pra butiques do interior. Foi comigo pra Hospedaria Londrina, pertinho daqui. Gordinha safada, meu. Sorte mesmo..."

"E eu sobrei. Desde ontem bebendo... Agora chega! Olha lá, pegaram um molecote, estão sentando porrada nele. Pede mais uma garrafa, vou ver aquela encrenca."

Um policial espancava um menino na porta de um boteco, mãos pequenas e escuras foram algemadas, o detido foi empurrado para dentro de uma viatura, a roda de curiosos se desfez.

"Pegaram um bandidinho, o outro conseguiu fugir. Roubavam croquetes no boteco. Começam assim... Pediu a saideira?"

Me afastei do Euclides da Cunha e, a caminho da rodoviária, pensava na sentença da Lina: quem ela teria condenado com tantas palavras? O destino dela, do meu pai? O nosso? Na plataforma de embarque, passageiros pobres esperavam o ônibus para Minas e Bahia. Minha mãe não estaria por lá? Eu já tinha andado por sete cidades e visitado vários sítios da região de Campinas, quantos domingos perdidos nessas buscas, as viagens terminavam na praça de uma cidade pequena, onde minha solidão crescia com a angústia, a frustração, a impotência. Se ao menos tivesse uma indicação do sítio da Lina, como este itinerário para Vila Iracema. A fumaceira de um Expresso Brasileiro nublava o céu de acrílico da rodoviária. Destino: Brasília. Um passageiro abriu a cortina da janela: testa larga, nariz um pouco achatado, olhos azuis, vivos num rosto pálido. Poderia ser o Geólogo? Uma voz veio do chão manchado de óleo: "Sou preto, mas não sou ladrão, doutor". A cortininha verde vedou o rosto do passageiro. Às 15h10 no relógio da Estação Júlio Prestes, o Expresso Brasileiro sumiu na rua Mauá, chegaria a Brasília antes do amanhecer, andei na direção da Luz, poucos carros estacionados em frente ao velho edifício de estilo vitoriano. Quantos brasileiros estariam lá dentro, à espera da morte em celas sujas? Recordei a voz do Geólogo, o olhar destemido em assembleias no campus da UnB e em manifestações na W3. O nome dele surgiu num encontro recente com a Dinah num bar perto da PUC, onde ela desenhou um itinerário e fez anotações numa folha branca.

"No primeiro domingo de novembro a gente vai trabalhar com os moradores nas obras de Vila Iracema. Aparece por lá."

Largou a caneta, beijou minha boca; depois enxugou seus olhos no rosto abatido.

"Chorei quando soube que o Nortista ficou meses na prisão em Brasília, Martim. Ontem eu soube que o Geólogo foi preso. Duas semanas sem notícias dele..."

Os trens da Luz não estavam lotados, comprei uma passagem e desci na estação indicada no desenho. Perguntei a uma mulher onde ficava a mercearia Vitória da Conquista. "Você pega o ônibus e desce no ponto da igreja", ela disse. Mais de meia hora até avistar uma igrejinha caiada; saltei e li as instruções ao lado do mapa: "Seguir por um caminho de terra batida até o bar do Piauí, depois dobrar à direita e percorrer uns cento e vinte metros...".

Homens bebendo cerveja, "Temos buchada de bode", "Tempero da Mãinha", barracos cobertos com plástico formavam caminhos estreitos, choro de crianças e latidos vinham do fundo de um beco, o mesmo chão da miséria de Ceilândia Norte. "Depois de passar por uma casa de alvenaria, você vai ver o Trevo, um boteco de madeira com uma mesa de bilhar sob o alpendre." A rua de terra terminou num descampado, ainda escutava choro de crianças e latidos quando avistei uma placa com letras azuis: "Cooperativa Habitacional Vila Iracema". Seis casas, duas inacabadas. Dinah pintava de branco uma parede externa, um cara grisalho rebocava a parede de outra casa, dois homens mais velhos assentavam telhas de barro sobre caibros e ripas. No bar do Trevo, risadas, estalos de bolas de bilhar e a voz de um jogador: "Dá uma cachaça aí... Três Fazendas".

Dinah acabou de pintar a parede, desceu a escada e foi com o grisalho para a última casa, sombreada pela única árvore do lugar.

"Três Fazendas tem mais não, amigo... Cachaça agora, só Cavalinho."

"Então manda uma dose de Cavalinho, pra gente já sair montando."

O sol iluminava as fachadas para o oeste, o beiral de uma casa projetava sombras sinuosas na parede pintada por Dinah.

"O que tá faltando na tua vida?", disse um jogador. "Tá com roupa de bacanaço e ainda resmunga?"

Dinah e o grisalho se reuniam com moradores e estudantes à sombra da árvore, entrei no Trevo e peguei um taco.

"O amigo aí quer uma dose de Cavalinho? Bilhar sem cachaça não dá."

*

Lima la fea, outubro de 1973.

Martim,

Nesses últimos meses, tentei escrever uma carta, mas só consegui enviar um postal pra Mariela. A memória é um desassossego, não dá trégua, a maldita, às vezes trava o desejo de escrever. Passei esse tempo duelando com ela, há lembranças que nos atormentam, certezas que desabam e se tornam escombros, talvez as ruínas sejam a nossa experiência mais viva. Por falar em escombros, a casa da Calle Cervantes deve ter desmoronado, nada sei dos argentinos Gervasio e Camilo, do chileno Huerta, nem do Ken, o californiano.

Na primeira noite em Nazca, Celeste não encontrou a carteira que estava no fundo da mochila, e xingou o soldado chileno e o poeta peruano, sem saber quem era o ladrão. Eu disse que os dois eram pobres latino-americanos no deserto; ela ficou mais fula da vida e, com uma voz paranormal, atribuiu o roubo dos dólares ao meu sonho no Atacama. Nem parecia a voz de uma leitora do *18 de Brumário*. Eu tinha pouca grana, por isso a gente trampou três semanas num restaurante: eu, na cozinha (o cheiro de óleo fervente de 1967 renasceu). Celeste deu uma de garçonete exemplar, *muy amable* com os clientes, até fez amizade com um piloto de teco-teco. O sonho dela: sobrevoar o vale e ver das alturas as figuras do deserto, desenhadas pelos nazcas: baleias, pássaros, serpentes, macacos e os próprios nazcas, protegidos pelos deuses e astros do mundo superior. Fez o sobrevoo e voltou extasiada. "Senti a vibração e a mensagem dos deuses", ela disse, emocionada. "O piloto é louco, Lélio, deu rasantes de arrepiar, mas lá do alto vi coisas maravilhosas."

Eu só via iguanas na terra seca; tentava pôr minha cabeça em ordem e pensava no que poderia fazer no Brasil, sem um diploma.

Celeste talvez viaje para Bogotá. Ontem passamos a manhã em Callao. O oceano Pacífico, frio e sombrio. Na volta a Lima, descemos na praça do Sol; um cara saiu de um carro que parou ao nosso lado, ouvimos palavras em português. Reconheci o cineasta e disse que tinha assistido a uma palestra dele na biblioteca pública de Manaus. Em 1966. Abriu os braços, feito um crucificado: "Esse mundo é uma aldeiazinha, uma titica de nada". Acendeu um cigarro e nos acompanhou até a porta do nosso *hotelito de mala fama*. Quando eu disse que a gente tinha vindo do Chile, ele falou que outros golpes militares iam acontecer na América do Sul. "No Brasil, os generais ilustrados foram vencidos pelos terroristas da extrema direita, civis e militares. A esquerda está esfacelada, a guerrilha do Araguaia foi massacrada, estamos todos fodidos, esta América está fodida. Falei isso em Cuba e fui acusado de agente da CIA, agora todo mundo é da CIA. Vocês são?"

A risada, a dois palmos da cabeça da Celeste, logo se desfez, e a tristeza do exílio ensombreceu o rosto do cineasta.

Hoje uma poeira líquida umedeceu Lima la fea, que é linda.

Um abraço do amigo Nortista.

Diário do Ox
Rua Pará, Higienópolis, São Paulo (sem data)

Infância: teatro de fantasmas.
Qual infância sobreviveu ao esquecimento?

"Sem fome, filho?"
A comida esfriava no prato de porcelana. Olhei o pescoço da minha mãe e disse que ela usava aquele mesmo colar.
"Quando?"
"Na missa de sétimo dia do marceneiro. E no passeio até a represa."
"Por que tanta culpa? Teu pai gostava de ti."
A infância terminou na noite de um domingo de julho, em 1965. O assassinato...
Depois do almoço meu pai não fez a sesta. O homem não descansava. Na época do plantio, ele percorria a fazenda e verificava as mudas nas covas, protegidas por pedaços de madeira. Gratificava com quinhentos cruzeiros os colonos que tratavam com esmero mil e duzentas covas; durante a colheita, ele ia ver no carreador os frutos do café derriçados, abanados, rastelados. Lembranças de um pai empolgado, revelando a alegria escondida no fundo da alma. Quando os porcos dos colonos escapavam dos cercados e danificavam o cafezal, meu pai explodia de raiva, ameaçava e multava os donos dos bichos, mas a visão de milhares de arbustos (ondas verdes cheias de frutos vermelhos) o apaziguava, dava-lhe ânimo, e ele esquecia os porcos extraviados e os pequenos estragos na plantação.

No verão, depois do almoço, quando raramente deitava na rede para ler, cochilava com o livro aberto no peito; no inverno não abria livro diante da lareira. Rompeu uma corrente intelectual que vinha do meu avô poliglota, de quem herdei uma biblioteca. Como, com que olhos esse patriarca Xavier lera *Os Maias*, *Memórias póstumas de Brás Cubas*, *Lucien Leuwen*? Teria lido esses romances?

Às três da tarde daquele inverno de julho, a voz áspera ordenou: "Saia do quarto e vá nadar na represa".

"Na água gelada? Nunca."

"Molengão! Pamonha!"

O rosto da cor da terra espiou o livro na minha mesa, pisadas de bota trepidaram no assoalho, retomei a leitura, e no final da tarde acompanhei minha mãe até a represa.

Duas canoas velhas, amarradas ao tronco de uma goiabeira, pareciam soltas no tempo.

Um peixe encrespou a água espessa, o céu frio e azul pode desabar no cafezal.

"Por que você é desobediente? Teu pai só queria que você nadasse um pouco…"

Medo na voz da minha mãe. Nunca peitava o marido, um fazendeiro com pretensões de arquiteto. O volume troncho e pesado da casa-grande fora desenhado pela mão paterna, que também rabiscara a capela: um monstrengo maciço de alvenaria, com janelas em forma de escotilha no alto das paredes. O altar e uma pequena Nossa Senhora de madeira foram comprados de um antiquário de Minas. A cabeça paterna nos governava, esmagava minha mãe com duas ou três palavras, humilhava os colonos e o caseiro, mas tinha preferências e apadrinhados na fazenda: o administrador, o marceneiro, a mulher e os filhos do caseiro.

Outro peixe, maior, se debateu. Há dois dias uma tempestade de granizo desfolhou árvores e despejou terra, galhos, gravetos e folhas na represa. O peixe estremece no centro de um mapa líquido marrom, que não reflete o voo do pássaro nem pedaços de nuvens enormes. Com o vento forte, o mapa marrom se desfaz, a água terrosa sufoca o peixe. Sinto frio, busco refúgio no quarto, mas todos os cômodos da casa-grande são devassáveis.

"Por que você é desobediente...?"

Na varanda escutei a voz da minha mãe e da mulher do caseiro, barulho de sapos e cigarras, gritaria de maritacas. Meu pai e o administrador cavalgam na terra do Oeste Paulista, param para observar o céu anilado, a geada ameaça o cafezal, o ar frio se adensa na mata quieta, os dois homens temem agulhas de gelo durante a madrugada. Mas não é só isso que atormenta meu pai. Uma semana antes, o cadáver do marceneiro fora encontrado na mata, perto do rio Turvo. Minha mãe me proibiu de sair da casa, policiais de Ourinhos prenderam três colonos. Ouço a voz paterna: "Esses animais esquartejaram um trabalhador honesto, ótimo pai de família". Vozes na cozinha da casa-grande. Na véspera da missa de sétimo dia, rumores dos colonos rebaixaram o pai exemplar, a mulher do caseiro contou para minha mãe que o marceneiro fazia safadeza com a filha pequena. Meu pai sabia disso?

No entardecer do domingo, ele ordenou aos colonos: regassem os arbustos de café, era impossível cobrir a plantação com jornal, plástico ou manto de fumaça. Quando entrou na casa-grande, o termômetro marcava sete graus. "Vamos perder tudo", gritou. Passou a noite agitado, de hora em hora o administrador informava a temperatura em vários pontos do cafezal. Não pude ler perto da lareira: barulhos de bota nos corredores e na sala, orações da minha mãe e da mulher do caseiro, em algum momento da madrugada a temperatura despencou.

Vila Madalena, São Paulo, novembro, 1973

O Nortista cobriu com um gorro andino a cabeça da Laísa, Mariela abriu o passaporte do viajante e quis saber quem era Evandro Almada.

"Meu outro nome", revelou o Nortista. "O codinome do passaporte falso. Minha anfitriã carioca conseguiu o documento e me deu uns dólares. Sem a ajuda da Alice, eu não teria viajado pro Chile. Curtia Santiago, queria ficar lá, mas vivemos um tempo de derrotas. Depois, eu e uma amiga de Brasília pegamos a estrada para o norte, até Lima. Ela queria ir pra Bogotá, mas se enroscou com um peruano e arranjou um emprego numa livraria. E eu voltei, pra viver com a Mariela. Se não fosse a grana do meu sogro desconhecido..."

"Meu pai não pagou tua passagem pro Brasil, Lélio."

Laísa cobriu o rosto com o gorro, deu uma risadinha abafada.

"Não foi teu pai? Então quem pagou?"

"Ox."

"Que coração imenso, Mariela! Bovino."

"Coração de touro encurralado, isso sim. Um touro saturnino na terra preciosa de Ourinhos. Quando o Ox me deu o dinheiro, nós já estávamos separados, mas ele não sabe que eu paguei tua passagem. Ox não conseguia escrever poesia nessa zona da Fidalga. Não sei se é mais poeta na sala fúnebre da mamãe dele. O problema não era essa república, era eu... eu com ele. Disse pro Ox ir embora daqui, senão ele ia morrer de tanta amargura."

"Mas naquele sábado o Ox não estava infeliz", lembrou Laísa. "Trouxe flores, vinho, a gente bebeu, conversou e dançou a noite toda..."

"Ox veio aqui? Dormiu...?"

"Um companheiro de tantos anos não pode sumir, Lélio. Você escreveu cartas pro Martim e só me enviou três postais. Frases curtas sobre o perigo, a violência, a morte, a beleza de Santiago, de Lima, dos Andes. Atravessou o deserto com uma amiguinha de Brasília e depois pediu o dinheiro da passagem. Sergio San quer saber se você vai morar na Fidalga."

"Que porra de intromissão é essa?"

"Não é intromissão, cara. É a nossa vida na república. O aluguel, as despesas, as normas da casa."

"Normas? Vocês estão loucos?"

Eu e Laísa saímos da edícula; na copa, escutamos a voz nervosa do Nortista: "Essa república parece quartel. Sou hóspede ou inimigo? Não tem mais hospitalidade nesta terra...".

Bexiga, São Paulo, final de março, 1974

Sentei na extremidade da última fila e abri a garrafinha de conhaque.

No palco, a voz rouca do Nortista perguntou: "Como viver num tempo trágico e numa terra trágica?". Dinah o interrompeu, a voz e a expressão da atriz contrastavam com a entonação fanhosa e o rosto abatido do Nortista. Ela falava de uma ameaça e de um plano de fuga, e nem de relance olhou para o fundo da sala. Um olhar rápido e furtivo distrai um ator, uma atriz? Como conseguia memorizar tantas palavras? Tomei o último gole de conhaque, meu olhar seguia os gestos estudados da Dinah, que marcava seu território no palco, como se fosse um animal livre, enjaulado, livre... No centro da plateia um homem de jaqueta preta ficou de pé e vaiou a atriz, vários espectadores pediram silêncio, mas o homem os ignorou, deixou a plateia, subiu ao palco, derrubou com um chute o Nortista, e se dirigiu à atriz com palavras torpes: uma armadilha tão bem urdida que o ator-espectador se parece com Lázaro, uns quinze anos mais velho, pensei, atento à última cena: o Nortista caído, Dinah ameaçada por uma faca na mão do Lázaro, a lâmina e o rosto da atriz brilhavam sob o foco de luz. Um ruído metálico cresceu na sala, o grito desesperado da Dinah foi abafado por um estrondo de curto-circuito, o palco e a sala escureceram.

Pouco depois, os três atores, de mãos dadas, se curvaram para a plateia.

Na sala vazia, o grito de dor da atriz ainda vibrava na minha memória, parecia tão verdadeiro quanto o ruído metálico, cortante. Lázaro teria voltado do Norte para representar um algoz?

O Nortista apareceu no palco e me viu sentado no fundo.

"Um amigo de Brasília está em São Paulo, Martim. Vou trocar de roupa e depois a gente vai com a Dinah..."

"Lázaro foi envelhecido para trabalhar nessa peça?"

A voz rouca perguntou: "Lázaro? Envelhecido? Vamos conversar daqui a pouco".

Teatros e cantinas do Bexiga ficaram para trás; numa travessa da Augusta vi a figura de uma bailarina iluminada por um arco com pequenas lâmpadas amarelas: Café-Teatro A Pulga. No palco, a Cantora interpretava um baião de Gonzaga, o mesmo que eu ouvira numa rua de terra, em Ceilândia Norte. "Nas veredas corre o azar/ Sem deixar rastros no chão..." Pedi uma dose de conhaque, recordei as duas vezes que vi e ouvi a mãe do Lázaro, agora dona Vidinha estava entre os mortos das cidades-satélites: operários, serventes e serviçais da capital. A história e o destino de cada um, dissera Lázaro a Dinah. Tomei mais uma dose e me debrucei sobre a mesa, a cabeça apoiada nas mãos cruzadas, a voz cantando "Chora o vento quando passa... Chora toda a natureza/ Na esperança, na incerteza/ De Jesus olhar pra nós...". Desistir de procurar minha mãe seria desistir da vida? O repique dos sinos das igrejas do Paraíso, os acordes e o canto dos violeiros no Parque da Água Branca na manhã de um domingo, a voz do Rodolfo quando via meu uniforme sujo e rasgado: "Você brigou no colégio ou na rua? Apanhou ou bateu?". Voz ríspida, mas orgulhosa. Orgulho e punição. Eu brigava e rasgava o uniforme para ficar de castigo nos fins de semana, quando Rodolfo ia às igrejas e quermesses do Paraíso, e eu ficava com minha mãe... Às vezes, na noite de um domingo, quando o homem devoto voltava à Tutoia, eu me confinava no quarto, e escutava o barulho dos livros atirados ao chão, as palavras pérfidas dirigidas a Lina, não muito diferentes dos insultos do ator-espectador grisalho contra Dinah, como se o final dessa peça fosse uma nova encenação das agressões do meu pai. Por que não reagi quando Rodolfo me esbofeteou em Brasília?

Senti um toque no ombro, vi os olhos pretos e grandes da Cantora na luz fraca do café-teatro: "O conhaque é cortesia da casa, Martim. Vamos, te dou uma carona".

Edifícios no escuro, moradores de rua aninhados sob um viaduto, cartazes de *La Chinoise* e *Alphaville* na fachada de um cinema na Augusta. "Você chegou tarde, não escutou muita coisa... e ainda dormiu. Quero gravar um disco com canções do Gonzaga, Paulinho da Viola e João Gilberto. Se eu não conseguir gravar, vou viajar pro México e depois pra Califórnia."

Numa curva, a roda dianteira do Corcel roçou a sarjeta: a Cantora se distraíra, talvez divagasse sobre a viagem ou sobre o repertório do disco. O carro parou em frente à casa da Fidalga.

"Quer ouvir uma canção do meu repertório? Canto e toco baixinho, a vizinha não vai acordar."

A sala do sobrado, iluminada. Voz do Nortista, voz da Dinah.

"Antes de ir pra Pulga, vi as últimas cenas de uma peça e fiquei pensando num cara de Brasília. Um ator. Abandonou o teatro e a universidade. Não sei se era ele."

"Você nunca me falou desse ator... No próximo sábado vou cantar na Pulga. Começa às dez horas. Vê se não chega no fim..."

Beijei a Cantora e desci do Corcel; ela acelerou e sumiu na Wisard. Na sala, o Nortista dizia que estava enferrujado, um mês de ensaio era pouco, e ainda por cima aquela gripe, o clima traiçoeiro de São Paulo: "Ontem bateu um vento frio, e hoje esse calor de lascar...".

Senti, pelo olhar da Dinah, que ela não estava apenas cansada. Cortara o cabelo para representar a personagem da peça, as feições pareciam mais salientes, o olhar de desafio era dirigido mais para ela mesma do que para mim. Aquele jeito de olhar, que não excluía contentamento, me deixava na dúvida se ela ainda me amava.

"Damiano está em São Paulo, chegou há mais de um mês", ela disse. "Dorme num quarto da Pensão Genoveva, na rua Tamandaré. Faz traduções para uma pequena editora de um amigo dele. Eu disse que você estava na plateia mas fugiu da gente."

"Não fugi de vocês. Ele tem notícias do Jorge Alegre, do Geólogo?"

"Jorge Alegre foi solto, mas não pode sair de Brasília. O Geólogo... Damiano não sabe, ou não quis falar."

"Os amigos do Damiano saíram do Chile antes do golpe", disse o Nortista. "Os dois argentinos e o chileno da Calle Cervantes. Vários brasileiros viajaram de Santiago pra Brasília num avião da FAB... Um cargueiro cheio de artistas, estudantes e professores expatriados. Quase todos foram detidos e fichados na capital. Os que não foram presos, se esconderam numa fazenda em Minas. Damiano ficou enclausurado lá."

O Nortista olhou para Dinah e depois para o meu rosto. "Tu pareces um homem numa gaveta, Martim. Uma pessoa que vive confinada pode ficar perturbada. Confundiste o ator da peça com o Lázaro. Eles são parecidos, mas é só uma coincidência."

"O diretor dessa peça não conhece atores de Brasília", acrescentou Dinah. "Lázaro está muito longe de São Paulo, a luta dele é outra, não tem nada a ver com o teatro. O Ox disse pra Mariela que você ensaiava no teu quarto. Por que não me contou?"

"Não era preciso citar o nome do ex-inquilino", protestou o Nortista.

"Damiano está escrevendo uma peça. No texto dele tem uma personagem que você pode interpretar."

"Uma personagem pra mim? Por isso você veio pra cá às duas da manhã?"

"Foi por outra coisa, uma mudança na minha vida", disse Dinah, virando lentamente o rosto para o Nortista. "Uma decisão que eu tomei há uns meses. Já comprei a passagem."

"Para onde vocês vão viajar?"

"Não vou pra lugar algum", respondeu o Nortista, de olho na Dinah. "Voltei de uma longa viagem, ouvi o canto e o silêncio das sereias, agora quero ficar por aqui."

"Vou passar uma temporada em Londres", afirmou Dinah.

As mãos do Nortista agarraram uma almofada vermelha; seu olhar, ainda fixo na Dinah, era de indagação ou cumplicidade? Senti meu coração agitado, procurava palavras para dizer que eles tinham tramado aquela viagem à minha revelia. Mas ela não contaria nada ao Nortista, pensei, examinando o rosto dele, agora aborrecido, ou preocupado, talvez traído por uma decisão só então revelada pela amiga. Esperei o Nortista sair da sala e perguntei quando ela ia viajar.

"Daqui a duas semanas, Martim. Você esperou até o último dia pra ver nossa peça. Chegou um pouco antes do fim e ficou bebendo na última fileira, imaginando o fantasma do Lázaro. Você dorme e acorda com fantasmas. Não quis se reunir com a gente na pensão do Damiano. Aliás, nem quis saber quem era o amigo de Brasília que estava morando em São Paulo."

"Londres... Por que não me avisou antes?"

"E na Vila Iracema você ficou mais de uma hora bebendo e jogando bilhar no bar do Trevo. Depois foi dizer coisas absurdas pra mim e pros meus amigos. Paternalista porra nenhuma, Martim. Nosso trabalho não é paternalista, demagógico, nem assistencialista. Xingou o pessoal da cooperativa, criticou o projeto das casas, depois recitou poemas em inglês e francês. Nem percebeu o ridículo da cena... Deu vexame e ficou me olhando com essa mesma cara de bêbado triste. Em Brasília você não bebia muito."

"Quanto tempo vai ficar em Londres?"

"Você nem está me ouvindo. Quero ficar uns seis meses na Europa... A vida toda longe de você."

Anotações da Anita
Casa da Fidalga, Vila Madalena,
São Paulo, 1974

Às vezes, quando eu volto do circo, a casa está quieta demais. Silêncio de cemitério. Ou de um lugar em ruínas. Na véspera de uma passeata ou de uma missa em memória de uma pessoa assassinada, Sergio San dá as instruções. Um voluntário (quase sempre o próprio San) lança bolinhas de gude pra derrubar os cavalos dos policiais e espalha pregos em áreas próximas das manobras de viaturas e camburões. Os moradores da república nunca saem em grupo, no máximo em dupla. Sergio San desenha mapas com indicações de ruas perigosas e itinerários de fuga; igrejas e cemitérios são refúgios mais seguros. Anotam nomes e telefones de advogados e religiosos. Todos calçam botas ou sapatos de couro pra devolver com chutes as bombas de gás. Nas tardes e noites de protestos, faço uma visita à Frau Friede, ou vou ao largo da Batata e rezo na igreja Nossa Senhora do Monte Serrate; rezo pelos meus amigos e por Julião, depois tomo uma cerveja no bar Cu do Padre, ouço conversas de operários, estudantes, empregados de lojas da

Teodoro Sampaio e do Mercado de Pinheiros; tento abstrair a violência. Martim raramente vai a uma manifestação. Fica no quarto, lendo livros de poesia e teatro. Ou escrevendo. Todos escrevem... anotações, confissões, poemas, reflexões, desenhos. A casa é a nossa ilha: "o último refúgio de liberdade, que em toda parte se quer destruir". Onde li isso? Ou o Ox leu em algum livro e eu anotei?

Sou mais íntima do Sergio, do Ox e da Mariela. Ontem S. San lembrou a morte do Alex. O assassinato desse estudante revoltou muita gente. S. San gostava muito dele, e se feriu quando atirava pedras na polícia montada, depois da missa na Sé. Sergio tentou explicar o que pensam e como agem os grupos políticos nas repúblicas em bairros ao redor da USP, da PUC, do Mackenzie e de outras universidades. Há grupos divergentes e até inimigos entre si, disse ele, alguns agem em toda a USP. Falou de táticas da extrema esquerda, foquismo, guerrilha, guerra contínua... São tantos grupos de resistência clandestinos, com siglas e linhas políticas diferentes, que eu fiquei confusa. Seria preciso saber muito, na consciência e na alma. Mesmo assim, é impossível responder a tudo. Quando alguém menciona um assassinato ou uma pessoa desaparecida, Martim é o primeiro a sair de perto. Às vezes só escuta, com um olhar sonhador, melancólico. Foi assim que o vi quando falou de sua mãe no fim de uma festa.

Na Fidalga, todos consideram o ciúme uma fraqueza moral. Mas uma ideia ou palavra bonita sobre a liberdade moral/sexual não é dolorosa como a vida. No fundo, os moradores sofrem para refrear reações de ódio e medo quando se sentem traídos. Escutei uma conversa da Laísa com o namorado (a única vez que ele veio aqui); nesse papo, de início civilizado, citavam livros e autores. Mas, no fim, a conversa descambou numa troca tão escrota de agressões que Sergio San saiu do seu quarto e deu um basta: continuassem a baixaria na calçada ou num bar.

Hoje mesmo, nesta noite de junho, escutei os berros do Martim: "O mundo não se limita à minha mãe? Foi isso que você disse, Dinah? Como sabe que ela está morta?".

Dinah tinha voltado da Europa? Mesmo com a porta fechada dava pra escutar o berreiro do meu vizinho e o barulho de objetos sendo chutados. Quanto sofrimento naqueles gritos! Por que Dinah não reagia? Pra não magoar ainda mais o Martim? "O mundo não se limita à minha mãe" era o motivo do quebra-pau? Dinah teria dito outras coisas? Esperei um pouco e desci até a edícula. Mariela estava deitada numa rede, seu corpo forte formava um enorme volume em arco. Tão serena, a minha amiga, entre quatro paredes com desenhos e fotos de plantas, animais, rios, barcos, crianças indígenas. Parecia navegar num rio da Amazônia, embalada por um vento leve e morno. E enquanto eu olhava as imagens e o corpaço lindo da Mari, pensei em voz alta: "Martim e Dinah estão se esgoelando lá em cima". Aí ela mexeu lentamente o corpo, se espreguiçou, sentou na rede e me olhou com uma cara de sonho. Disse: "Dinah está em Londres ou Paris, Anita. Martim conversa com ela, com a mãe, com os livros, com o mundo. Mas sempre sozinho".

16.

Paris, outono, 1979

No único caderno sem pauta, observo dois desenhos do rosto da Laísa; num deles, a expressão contraída, os olhos tristes; no outro, ela olha sem tristeza um pássaro de madeira, que Mariela trouxera de uma aldeia do Amazonas. Nos traços com nanquim, enfatizei os lábios grossos na boca pequena, lábios que não se tocam e formam um orifício no rosto magro e alongado.

Fiz esses desenhos na noite em que os pais da Laísa chegaram de surpresa à casa da Fidalga. Eu revisava a tradução de um ensaio de Albert Camus quando escutei uma voz enérgica, de mulher, e em seguida uma voz masculina, dócil, que logo calou. Desci até o sétimo degrau da escada e fiquei sentado, à espreita.

O pai, inerte no corredor, parecia um homem de cera. Baixo e gorducho, usava uma camisa de tergal branca abotoada até o colarinho, de onde caía uma papada vermelha de peru velho. Mirava resignado os tacos do piso, enquanto a mãe dizia que Laísa era uma artesã de porcarias, e seu pai um frouxo, não devia dar dinheiro à filha nem conversar com ela.

"Teu pai estragou tua vida."

Laísa, ajoelhada no tatame, olhava o homem de olhos baixos.

O Nortista entrou na sala, atrás dele Mariela segurava uma máquina fotográfica; os dois ficaram de frente para a mãe da Laísa.

"Hoje mesmo você vai voltar para casa."

"Esta é a minha casa, mãe."

A mulher ergueu o queixo para Mariela e para o Nortista: "Tudo nesta casa é vergonhoso. Na outra vez que vim aqui, essa ruiva hippie vivia com um grandalhão petulante. Agora ela aparece com esse cabeludo com cara de índio. É com esse tipo de gente que você mora? Teus pais merecem isso?".

Quando Marcela abriu a porta telada do quarto, a mulher encarou-a, e Laísa se ergueu num susto.

"Grandalhão petulante? Índio?", perguntou Marcela. "Que papo é esse?"

"A senhora é muito simpática", riu Mariela. "Posso tirar uma foto do seu rosto?"

"Vocês todos... Vocês não valem um tostão. Arruma tuas coisas e vamos embora, Laísa."

"Ela não vai sair desta casa", afirmou Marcela, apertando e beijando a mão da Laísa. "Não vai viver longe de mim."

O Nortista riu, nervoso, Mariela disparou a câmera, o flash espocou na sala. A mulher, paralisada, parecia em estado de choque; quando virou o corpo para o corredor, me viu sentado na escada e deteve o olhar por uns segundos no meu rosto, talvez indagando quem eu era, o que fazia ali, separado dos outros. O pai da Laísa se aproximou da mulher, abraçou-a. Quando saíam, ela soluçava.

"Você não devia ter falado isso."

"Não mesmo, Laísa? Por que calar…?"

17.

Anotações da Anita (sem data)

"Por que você chama Julião de santo?"

"Um assassino pode virar um beato, mas tem que passar por uma terrível provação."

"Mas Julião não é assassino, Ox."

"Basta vasculhar nossa alma, Anita. A gente encontra piedade e crueldade em algum lugar."

Os dedos do Ox roçaram meu queixo, desceram pelo pescoço até a cava do decote...

Sinto saudade da voz de cachorrão, sábia e discordante, capaz de tirar os moradores do sério, ironizar os projetos mirabolantes do Sergio San e compará-los com os de arquitetos que eu desconheço. Ox gravava a própria voz lendo poesia, interessava-se pelos pombos do Julião, pela nossa atividade vespertina e noturna no circo, pela cultura de uma etnia indígena pesquisada por Laísa.

Quando ele decidiu sair da Fidalga e da vida da Mariela, Marcela ainda tentou convencê-lo a mudar de ideia.

Naquele domingo, eu e o Julião chegamos do circo e não vimos os livros de arte, os discos de ópera e música clássica, a poltrona e o tapete persa. Os tacos do piso, amarelos e empoeirados, reapareceram. A sala cresceu com o vazio. Ox deixou na casa o aparelho e as caixas de som, e deu discos pra Marcela. Fez duas visitas à Fidalga. Na primeira, trouxe um buquê de flores amarelas e uma caixa de vinho tinto. Falou sobre os movimentos do amor, os que chegam à vida amorosa, os que partem. "E agora quem parte sou eu, agora é o poeta que vai atravessar o deserto." Ele tentava sair do luto da separação e fez um brinde à volta da libido, "que às vezes demora, mas um dia nos surpreende".

A presença do poeta nos deu ânimo. Sergio esperava do amigo uma provocação, que não veio. Ox dançou com todo mundo. Até o San entrou na dança. No início, contrariado, ou desconcertado com os rebolados e gracejos do Ox, com a voz que dizia: "Dança, San, a vida não pode ser tão séria". Dançávamos e bebíamos, parecia que a gente ia desmoronar. Bebi muito, fui ao banheiro e tentei vomitar. Não consegui. Fiquei debaixo d'água, sentada, meio zonza, pensando e escutando a música que vinha da sala, a água fria na minha cabeça e a voz do Tom Zé. Quando voltei pra festa, Martim tocava violão e cantava com a mesma voz afinada daquela festa no Alto da Lapa, nem fazia tanto tempo. De repente, parou de tocar, abraçou o Ox, pegou o violão e subiu. Mariela perguntou pro Ox se ele queria dormir na edícula. "Recomeçar o que acabou para sempre?", disse o vozeirão.

Lá embaixo só ficaram os dois. Deixei a porta aberta e

escutei a Mariela falar em dinheiro, um empréstimo... A conversa continuou com sussurros, não escutei mais nada.

A edícula dormiu e amanheceu em silêncio.

Na segunda visita, Ox apareceu com Cérbero, um cachorro peludo, cor de taturana. Sentiu a presença do Nortista, ficou uns minutos na calçada, foi embora e até hoje não voltou.

Anotações da Anita (sem data)

O Nortista dorme duas, três noites seguidas na edícula, janta com a gente e some por uns dias. Sergio San reuniu os moradores e exigiu que o hóspede pagasse uma parte do aluguel e das despesas. Julião sugeriu que Lélio não pagasse nada, mas S. San convenceu Mariela a cobrar do namorado o dinheiro das refeições.

Julião achou isso mesquinho: "Cobrar esse rango fajuto de quem tá na pior? O cara não tem um puto no bolso. Sergio San não suporta a vida nômade do Nortista, Anita. Não suporta ver uma pessoa acordar aqui e passar uma semana fora, sem dar satisfação a ninguém, sem dizer onde dormiu. Sergio detesta a liberdade do Nortista".

O julgamento do Julião é severo, mas será justo? Eu temia isso, nesta ou em qualquer comunidade: julgar e ser julgada o tempo todo, expressar um sentimento ou uma opinião e ser mal interpretada. Mas a vida comunitária me permitiu sair de mim mesma, conhecer mais um pouco Julião, pensar na amizade, esse mistério (quase amor, ou mais que amor por alguém). Como surge a simpatia entre duas pessoas? Por que me aproximei da Mariela? Por que Dinah, que até hoje só vi uma vez, me pareceu uma amiga? Por que Sergio San revela certas coisas pra Mariela, e outras pra mim? Coisas íntimas, que S. conta pra gente. Não sabe que eu e a Mari, em conversas também íntimas, revelamos tudo que ouvimos dele. Sei que o San sente repulsa pelo Nortista. Nesta caderneta escrevi que havia sentido isso por Martim, mas meu sentimento em relação a ele mudou nesse tempo da Fidalga.

Quase sempre durante a noite, Martim fecha a porta do quarto; de dia, com a porta entreaberta, dá pra ver a metade da cabeça e imaginar a bagunça ali dentro. De vez em quando escuto estalidos da máquina de escrever portátil, um presente da avó. Ele colou um cartaz na porta: "Adeus, Modulor! É tempo de traduzir".

Quem é Modulor? Traduzir o quê? O próprio Martim é uma interrogação melancólica.

Domingo passado, ele quis ir a um show na Vila Prudente, a lona amarela e verde do circo foi armada num descampado cercado pela pobreza. Depois do show, nos elogiou: "Vocês são grandes atores circenses". E ainda disse: "O circo pode ser uma saída pra mim, não é preciso memorizar um texto, os trapezistas não falam".

Dormiu animado com essa descoberta ou revelação. Mas todo o entusiasmo da noite secou no café da manhã: ele não ia conseguir se equilibrar nem dar saltos no espaço, seria vencido pela vertigem.

Certa vez o Ox comparou a alma do Martim com uma gangorra embriagada: subia e descia, sem nunca alcançar o equilíbrio.

Onde anotei isso? Num papel solto? Numa página arrancada da caderneta? Na memória?

Diário do Ox (sem data)

"Os cavalos estão prontos. Vamos à fazenda de um vizinho."

A voz me acordou quando amanhecia. Uma fina camada de gelo cobre o cafezal, o telhado da tulha, o viveiro de mudas e a encosta dos morros. Tudo está imóvel e quieto: um mundo surdo nesta terra de ruídos proibidos. Mulheres e filhas de colonos, velas acesas nas mãos, rezam entre fileiras de arbustos de café; escuto o eco das orações, o zumbido de um besouro, barulho de bota no assoalho de peroba.

A sentença do meu pai ainda vibra nas paredes do quarto.

Vesti roupa de inverno, calcei as botas, minha mãe me deu um par de luvas de couro e um gorro grená.

"Segura as rédeas", disse meu pai. "Firme, com mãos de homem."

O sol ralo ilumina o campo. No horizonte esbranquiçado o cafezal reaparece, escurecido, e as velas se apagam em mãos trêmulas. Não sinto o cheiro das magnólias nem o cheiro enjoativo de jasmim. Fedor de arbustos queimados pela geada, a casa-grande se atrofia com o trote dos dois cavalos, meu pai ereto na sela, ansioso no ar seco, frio. Na varanda, minha mãe dá adeus com mãos enluvadas, um xale preto lhe cobre os ombros, o rosto branco perde nitidez, a forma do corpo se dissolve com a distância. Cavalgamos a meio-galope, emparelhados. A represa e a capela se afastaram, a geada também queimara o milho, o feijão e as verduras cultivados pelos colonos. Passamos a jusante da fazenda vizinha, a mesma cor de ferrugem das folhas enroladas, mortas, o mesmo silêncio e quietude no amanhecer de segunda-feira. Maldição da natureza nos cafezais de São Paulo e do Sul.

"Quem a gente vai visitar? Qual fazenda, pai?"

Por que não me responde? O trote agora mais lento no caminho de barro coberto por uma pele de gelo, a casa-grande é uma mancha amarela, e minha mãe, um ponto indistinto no amanhecer azulado. Saímos do caminho e entramos na mata escura, a água gelada do Turvo corre ali perto, o alazão quase esbarra numa árvore, a lanterna do meu pai foca um galho grosso da peroba.

"O marceneiro foi enforcado aqui. Depois esquartejaram o defunto."

A voz do meu pai, o calafrio que ainda sinto.

O chicote na mão direita apontou meu peito; a outra mão focou a lanterna nos meus olhos. Cegueira de tanta luz.

"O que ele fazia contigo na marcenaria?"

Repetiu a pergunta com a voz grave, que eu herdei. Não enxergava o rosto dele, percebi o movimento confuso das mãos, de repente o foco de luz deu giros e enlouqueceu, a lanterna e o chicote caíram na mata, meu pai enlaçou o pescoço do alazão. Escutei um gemido, pressenti o bafejo da morte, a água gelada do rio Turvo inundava as margens, vi o olho de ciclope aceso, deitado na folhagem escura, e antes que eu apeasse para sentir o coração do homem, o alazão saiu trotando. Os braços do meu pai, enlaçados no pescoço do animal, correm na mata sombria.

O homem e o alazão atravessam o tempo, aparecem galopando nos meus sonhos e lembranças.

Casa na rua Sumidouro, Pinheiros, São Paulo, setembro, 1974

"Entre, companheiro. Pode me chamar de Barbicha. Ou Barbicha de Bode, tanto faz. A editora é pequena, essas duas saletas aqui no térreo. O depósito de livros fica lá atrás."

Acendeu um charuto, me conduziu a um jardinzinho e parou diante de uma jabuticabeira. "Essa árvore não é um milagre? Os frutos brotam dos galhos, do tronco. Mil pupilas pretas, assombradas em galhos retorcidos, devoradas pela noite. Uma imagem trágica da natureza nos fundos de uma editora clandestina. Bom, vamos ao assunto. Nosso amigo Damiano me disse que você trabalhou na finada Livraria Encontro. Jorge Alegre foi um bravo livreiro. Mandei muitos livros pra ele, mas sem o nome e o logotipo da editora. Jorge costurou a boca na prisão, por isso não me pegaram e a editora não foi fechada. Mas é um risco trabalhar aqui. O que você quer fazer? O que sabe fazer?"

"Revisão de textos, traduções..."

"Você já fez isso?"

"Traduzi poemas para a *Tribo*."

"Para os índios? Qual tribo?"

"*Tribo* era uma revista de Brasília."

Expeliu uma fumaça fedorenta, se agachou e tocou o charuto aceso em vários pontos de um formigueiro; observou, com uma curiosidade risonha, a dispersão agônica das saúvas. Antes de se erguer, estorricou a rainha e enfiou o charuto no centro da casa marrom.

"Vamos começar com a revisão de um manuscrito? Depois a gente pensa numa tradução. Damiano traduz para a editora, mas usa um pseudônimo. Você pode trabalhar em casa, não precisa vir todos os dias."

Arrancou uma jabuticaba, mastigou-a e rodeou a árvore; os olhos sagazes passavam entre galhos, folhas e frutos. Mil pupilas pretas, assombradas... Recordei as colunas de livros no escritório do Jorge Alegre, a mulher lendo palavras proibidas no labirinto de papel impresso. O Barbicha se afastou da árvore, parou perto de mim, olhou para baixo e pisou com força a fileira de saúvas sobreviventes.

"São assassinas, já pelaram uma árvore", ele disse, examinando meu rosto. "Vamos acertar o salário? Não posso pagar o valor de mercado... Trabalhamos por uma causa, nossa causa nobre, Martim."

18.

Place de l'Estrapade, Paris, outono, 1979

Os bares estão fechados, os turistas ainda dormem, a cúpula do Panthéon mal se livrou da noite, o único ruído, distante e fraco, vem de um caminhão de lixo, talvez na Rue Mouffetard ou na Place de la Contrescarpe.

Lembro que no começo de 1974 Dinah ainda estava na Europa, ela já passara pela Grécia e Turquia, e em nenhum postal ou carta li o nome da Lina. Antes de viajar para Londres, jogara na minha cara palavras pesadas: "Se tua mãe estivesse viva, escreveria de qualquer lugar do mundo. Você imagina o impossível, Martim".

Imaginar o impossível. O que mais seria possível na razão de existir? A imaginação não seria uma realidade possível em qualquer lugar do mundo? Num caderno de Brasília, de 1971, havia poucos desenhos e palavras nesse ano de isolamento e depressão, de visões do rosto materno sobre as águas do Paranoá, de sonhos em que mãos fortes e anônimas estrangulavam minha mãe com uma gravata estampada de argolas de fogo.

Num fim de tarde, véspera do Natal de 71, Dinah ligou para marcar um encontro na Igrejinha, depois a gente iria a um "santuário na Asa Sul, o templo mais sagrado de Brasília". Que templo era aquele?

Dinah me esperava sob a cobertura da Igrejinha; deixou no chão uma sacola de lona e, quando me beijou, tentei entender por que a evitara por tanto tempo, mesmo sentindo saudade, e sabendo que a amava.

Andamos até a entrequadra 108/308 e entramos numa cavidade formada pelos troncos de dois fícus imensos. "Meu santuário, Martim. Aqui a gente pode fazer o diabo. Não é preciso se isolar numa casinha de caiçara no litoral paulista."

Desde quando Dinah frequentava aquele santuário? Ela nem deu tempo para o meu ciúme: já era noite no antro vegetal, chuviscava lá fora, vozes vinham do térreo de um bloco, Dinah tirou uma colcha da sacola e estendeu-a num vão entre as raízes. Não queria me ver deprimido: a depressão afogava a vida, era o fim de tudo. "A gente vai dormir aqui", ela disse. "Trouxe um bolo natalino, bebida e sanduíches. O Nortista deve jantar na casa da Baronesa, vai dormir lá, com a Vana. Você ia ficar sozinho no teu quarto? Por que se afastou de mim, dos amigos, das atividades no campus? A solidão extrema anula a compreensão da existência."

Lembro que passamos a noite no leito estreito entre raízes grossas, sentindo a umidade pegajosa da folhagem das árvores siamesas. Noites assim não demoram, a avidez e o desejo se apagam quando a vida volta ao assombro do presente. Que significado tinha para mim o empenho político da Dinah, em contraste com o desejo e a emoção do amor? Ela retornaria à militância na cidade seca, assolada pelo terror e vilania, enquanto o santuário erótico acolheria outros amantes.

De manhã, no meu quarto da W3, anotei umas frases sobre a noite natalina no santuário, depois risquei tudo. Quando anotava o que acontecera horas antes, na véspera ou em dias anteriores, a memória me traía a todo instante, mas a solidão e o desejo de escrever me ajudavam a inventar episódios e diálogos que poderiam ter acontecido, palavras de uma memória fugidia, opaca. Mas no palco, diante de uma plateia, as histórias são encenadas num tempo sem recuo, a voz e a vida da personagem não podem esperar. Se eu esquecesse uma frase, ainda poderia reparar esse lapso ou distração, mas eu esquecia quase toda a fala da personagem, como se dera na estreia da peça *Prometeu acorrentado*, em setembro de 1970. Depois da encenação, no ônibus de Taguatinga para o Plano Piloto, lembrara cada uma das cinco falas do coro, e essas lembranças tardias me derrotavam...

A passagem do tempo avivou essas recordações... No centro da pracinha a fonte com quatro cabeças de anjo tem a mesma cor do céu, um fio de água escorre das bocas, o riso e o olhar nos rostos de pedra insinuam gracejos cínicos, provocadores. Parecem cabeças decepadas, zombando do tempo e da morte.

Dinah teria atravessado a pequena e bela Place de l'Estrapade, memória de um terror antigo?

A memória é uma voz submersa, um jogo perverso entre lembrança e esquecimento.

19.

Pensão Genoveva, Liberdade, São Paulo, 1974

Tarde ensolarada de setembro: o Nortista insistiu que o acompanhasse à Liberdade. "Tu conseguiste um trampo numa construtora e numa editora, publicas resenhas na imprensa, tua avó te dá uns trocados. Eu não tenho emprego, avó, nada. Damiano me ofereceu um trabalho. Ele quer conversar comigo, mas exigiu tua presença."

Na pensão da Tamandaré moram balconistas, garçons, aposentados, estudantes de um cursinho. Um casal de velhos tomava sol no pequeno pátio. "São meus vizinhos", disse Damiano, depois de me abraçar. "Quando faz sol e não venta, eles saem da toca, regam as hortênsias e a pitangueira. Vão à missa aos domingos, e ao meio-dia fazem um churrasquinho no pátio. É a velhice na Liberdade."

Não via Damiano Acante desde dezembro de 72, quando foi vaiado e chamado de traidor e covarde no campus da UnB. Não parecia chateado pelo fato de eu não o ter procurado; ao contrário, me arranjara um emprego na editora do Barbicha, e agora dizia que Jorge Alegre tinha ficado mais de um ano na prisão, primeiro numa unidade militar em Gama, depois no Centro de Informações do Exército, em Brasília, até ser conduzido para a ilha das Cobras. Quando o avião da FAB sobrevoava a baía da Guanabara, os militares ameaçaram jogá-lo no mar. Em março foi solto. Ficou umas semanas na capital, em prisão domiciliar, vigiado. Em maio viajou para Portugal com a companheira.

Damiano abriu um romance de Graciliano Ramos e pegou uma pequena foto colorida do Jorge Alegre com a mulher no Aeroporto de Lisboa.

"O livreiro português e a princesa nagô", exclamou o Nortista.

"Foram recebidos com cravos vermelhos", riu Damiano. "Jorge foi um estudante antifascista. Em 1962, foi preso várias vezes nas manifestações em Lisboa, Coimbra e no Porto. Conseguiu fugir pro Rio, depois se aventurou em Brasília e abriu a Livraria Encontro. E é sobre um encontro que eu quero conversar com vocês. Um encontro no palco."

Ele me deu um texto datilografado, o Nortista pegou a fotografia e aproximou-a do rosto.

"Soube pelo Nortista que você quer largar seu emprego numa construtora. Já falou com o Barbicha de Bode, não é? Agora quero que você trabalhe na peça que escrevi. Dinah conversou contigo sobre esse assunto. Uma encenação curta, Martim, uns quarenta e cinco minutos. Depende da respiração em cada noite. Vamos ensaiar numa quitinete do Copan. Você e o Nortista. Filhos falando sobre os pais, como se estivessem em lugares e tempos diferentes. Você vai falar uns cinco ou seis minutos, com longos intervalos entre cada fala. O Nortista vai memorizar quase todo o texto."

No centro do pátio, o sol batia na face morena e enrugada do velho; de frente para a janela do quarto de Acante, o rosto da mulher, na sombra, meditava.

"O filho lacônico e o filho eloquente, Martim. As indicações estão aí no texto. Depois me diga se topa ensaiar."

Anotações da Anita
Sexta-feira, outubro, 1974

Gestos delicados do visitante. Polidez rara. O sotaque dele me confundiu. Qual a origem daquela voz um pouco cantada? O som da vogal "e" nas palavras "teatro" e "verdade" é levemente aberto. O olhar dele também me confundiu, parecia guardar alguma coisa. Martim ficou agitado, como alguém diante do infortúnio. Ou quando desperta de um pesadelo de prisioneiro. O Nortista sorriu e abriu os braços para o visitante: sorriso cúmplice, abraço de parceiros. Os três sentaram nas almofadas e no tatame. Fiquei na copa, com a cabeça no corredor, bisbilhotando.

O visitante disse pro Martim que ele devia reconsiderar sua decisão. Falou de "transparência dramática", "duas personagens num cenário despojado, separadas por uma tela e pelo tempo... Poucas frases, Martim. O silêncio é um modo de falar. Essa peça é um ato de purificação. Seis semanas de ensaio...".

Ficou de pé e leu textos curtos. Decorei o sétimo, lido com entonação forte, dicção de dar inveja: "Quando o coração não é cúmplice das palavras, um filho se sente traído diante da incompreensão ou do egoísmo dos pais...".

Será que viram no corredor minha cabeça de espectadora? O visitante segurava a folha e olhava com insistência pro Martim, como se o desafiasse a romper a indecisão. O desafio não era apenas ler e decorar o texto, mas também representar o filho que se sente traído, paralisado por angústias e pesadelos, sem saber o paradeiro da mãe, talvez a mulher perdida ou escondida.

Martim saltara da infância para um tempo de violência, calafrios e perdas? Tempo que só escurece o coração. Quando ele e Laísa segredam no quarto fechado, Martim oferece o pai ao sacrifício. E Laísa, a mãe?

Será menos doloroso imolar o pai?

Martim deu vários goles no gargalo de uma garrafinha, ficou de pé e pegou com firmeza uma folha. Leu em silêncio, largou a folha e falou duas frases, como um ator.

O visitante e o Nortista aplaudiram com o olhar.

Era a semente de uma encenação, o preâmbulo do teatro.

Anotações da Anita
Novembro, 1974

Chega tarde do ensaio noturno, escuto a fala sem titubeio, como se ele possuísse as palavras da personagem.

A noite de ontem (terceira insônia na Fidalga) foi estranhamente erótica. Julião dormia feito um dopado. Uma voz me tirou da cama. Martim estava lá embaixo, com a insônia dele. No alto da escada, eu escutava a voz recitar um poema. No fim, dizia: "W. H. Auden, revista *Tribo*". Após uma pausa pra beber, tornava a recitar o mesmo poema. Não era a voz cavernosa, empostada do Ox. Martim recitava para si mesmo, ou para Dinah, amor enorme, tão profundo quanto impossível? Ou possível apenas em momentos esparsos e perigosos? Relâmpagos e trovoadas sobre um mar revolto, viagem vertiginosa de uma paixão à deriva.

Estava sentada no corrimão, que separava minhas coxas nuas no calor da noite. Me assustei por sentir ciúme da Dinah, tão viva na voz do Martim recitando versos de outro.

Hoje, depois de ensaiar no quarto, ligou para uma mulher. "Quer ver uma peça, Cantora? É dirigida por um ex-professor de Brasília. O ator é um amigo também de Brasília."

Por que ele se excluiu da peça? Pudor, vergonha?

Anotações da Anita
Quinta-feira, 21 de novembro, 1974

Eu tinha acabado de chegar da USP, depois de uma tarde de dramaturgia e interpretação num barracão da ECA, interrompida por discursos e panfletagens. Na sala, o Nortista resmungou: "São quase seis horas, ninguém sacou que o Martim ia aprontar. Quando a gente se livra das ameaças ao teatro, um amigo faz uma sacanagem dessa. A sessão de estreia é às nove, marcamos com o diretor duas horas antes num bar do Bexiga".

Sergio San abriu a porta telada. Ele também queria falar com o Martim; no rosto de S. uma tristeza recente rasgava ainda mais seus olhos. Que segredo guardava naquela fenda no rosto, no rasgo do olhar?

"Foi a todos os ensaios e agora o leso me deixou na

mão", lamentou o Nortista. "No momento mais importante, pula fora. Não está em Santos. Ou a avó dele mentiu pra mim."

Senti o cheiro do caçador. Julião carregava uma rede cheia de pombos, e quando o Nortista ia perguntar por Martim, a voz do Sergio San se antecipou: "Leva logo esses bichos nojentos pro quintal, senão a sala vai feder".

Os pombos, presos aos fios finos da rede, arrulhavam baixinho. Julião desafiou Sergio com o olhar e saiu da sala, imitando os arrulhos. Só então S. disse que ele e Martim tinham sido demitidos pelo construtor. "Martim parou de fiscalizar as obras, simplesmente sumiu. Perdi um empreguinho de merda, Anita. Mas o que eu perdi mesmo foi outra coisa..."

Ele queria desabafar, na intimidade, mas o Nortista falava das semanas de ensaio, da covardia ou medo do Martim. Sergio escutava com um sorrisinho cruel e demorado, como se o fiasco da estreia da peça atenuasse o seu sofrimento pela perda de alguma coisa preciosa. S. ainda se deleitava com o desespero do Nortista quando o Julião surgiu no corredor, segurando um cacho de pombinhos decapitados; a outra mão apertava o cabo de uma faca; a lâmina, suja de sangue, mirou o peito do Sergio. O deleite cruel no rosto dele virou pavor. O cacho de aves era um ramalhete de asas murchas. Os defuntos, de cabeça pra baixo, ainda sangravam. E então o caçador disse: "Os pombinhos fedem, Sergio San? Que porra de fedor é esse? Você sente nojo dos pombos, do meu trampo ou de mim?". Nesse instante Laísa e Marcela entraram na sala e ficaram paradas diante da cena. Aí o Julião falou pro Nortista: "Dá uma olhada na cerca de bambus. Corre logo pra lá, cara, você e a Anita. Vou ficar na sala. Quero ver o Sergio San de joelhos. Esse puto vai lamber o sangue sagrado dos meus pombos".

Laísa foi pro quarto, Marcela apertava os quadris com as mãos em punho, eu e o Nortista corremos até a cortina de bambus no fundo do quintal. Mariela e Martim estavam sentados debaixo da copa da mangueira anã; Martim repetia sua fala, Mariela focava uma lanterna no texto e assentia com a cabeça.

Tudo naquele fim de tarde parecia um ato improvisado de uma peça. O Nortista perguntou desde quando eles estavam ali.

Sem mover os olhos, Martim respondeu: "É o último ensaio".

Casa da Fidalga, Vila Madalena, março, 1975

"O mentiroso se diz engenheiro. Mentiroso e ignorante. Um engenheiro calculista sabe que a forma, a estrutura, os materiais e cada detalhe do projeto são pensados pelo arquiteto. Ox me chamava de ingênuo, mas sei que o projeto traduz uma visão do arquiteto sobre a moradia, o trabalho, o lazer, a relação das pessoas com o bairro, a cidade, a natureza. A vida… Nossa visão de mundo está implicada no projeto. Pode ser pretensioso, mas é verdadeiro."

Sergio San falava e desenhava com linhas finas um labirinto; vi no papel-manteiga perspectivas do Masp e estudos de intervenção urbana em bairros da periferia. A mão que segurava a lapiseira apontou as cópias heliográficas na parede.

"Um construtor escroto! Estragou meus projetos de

galpões e casas. Fez isso por ganância, ignorância, estupidez. E é essa porcaria que se faz no Brasil... projetos improvisados, horrorosos, cidades sem planejamento. Mas a gota d'água foi a pintora de palhaços. No dia da estreia da tua peça, deu tudo errado. Fui cobrar do construtor a grana de um projeto na Casa Verde. A filha dele me convidou pra tomar um suco na cozinha, mas era só um pretexto. Ela queria expor os palhaços numa galeria ou no Salão Caramelo da FAU, os estudantes e professores iam admirar as pinturas expressionistas. Não sei de onde tirou essa palavra. Não tem nada de expressionista nos palhaços. Ela se julga uma Tarsila do Amaral? Um Flávio de Carvalho ou Iberê Camargo de saia branca? Será que estudou a obra desses artistas? Não conheço donos de galeria, sugeri que ela levasse os palhaços a um marchand, ou vendesse os quadros na praça da República, no largo do Arouche, na calçada do Parque Trianon. Fui ingênuo, meu. Odete se ofendeu... 'Quem você pensa que eu sou? Uma hippie, uma artista de rua?' A voz raivosa fica feia, Martim. Saí de fininho, e quando entrei no quarto fedorento, o construtor quis saber onde eu estava, aí eu disse: 'Na copa, conversando com sua filha'. Ele me encarou com um olhar ameaçador e falou assim mesmo: 'Conversando, né? Japa de merda. Você e o teu amigo, dois subversivos. O mestre de obras me disse que ele distribui panfletos pros operários'. O cara nos xingava de tudo, Martim. Aí Odete apareceu. Falou que eu tinha bolinado e machucado a bunda e os peitos dela. Abriu a blusa branca e mostrou os seios pro pai. Vi duas peras rosadas, aquilo sim era arte, meu. Uma natureza viva e deliciosa. O construtor sentou na cama e pediu pra filha pegar a caixa de medicamentos e preparar a seringa. Odete ficou pálida, disse que não era a hora da injeção. Saquei o que o puto queria. Odete já tinha falado do revólver na gaveta do guarda-roupa. Saí em disparada pela Topázio e só parei no Parque da Aclimação. Quantas lembranças boas nos passeios solitários pelo parque… Casas térreas e sobrados, edifícios baixos com colunas cilíndricas, varandas envidraçadas em fachadas dos anos 40 e 50. Uma arquitetura digna, projetada numa escala humana, quando São Paulo tinha uns dois milhões de habitantes. Observava uma fachada e imaginava como os moradores usavam as áreas comuns. Os ambientes eram muito divididos? A iluminação natural e a ventilação eram razoáveis? Tinha um jardim interno, uma sala que dava para um quintal ou pátio? De repente esses devaneios de arquiteto sumiam e eu via os seios da Odete, peras perfeitas, cheirosas e macias. Me lembrava das manhãs na rua Topázio… O construtor pegava um táxi pra ver uma obra e pagar os operários. Odete só queria transar na cama do pai, eu ficava nervoso, pedia pra gente ir pro quarto dela, mas não adiantava, Odete queria sentir o cheiro do doente, aí eu esquecia a cama, o construtor e o perigo, e depois ela arrumava tudo, trocava o lençol, colocava a Bíblia no mesmo lugar, e a gente conversava sobre as pinturas, as cores maltrabalhadas pelas pinceladas toscas, a luminosidade sem sutileza, a mesma expressão tétrica nos rostos dos palhaços. Um dia eu ia dizer que ela não era uma pintora… Mas alguém já nasce artista? Na juventude você quer ser arquiteto, pintor, ator, dançarino, cineasta, músico, mas a vida leva pra outro caminho. Não podia dizer pra Odete que ela nunca seria uma artista. Disse que ela devia estudar num ateliê de pintura, assistir aulas da Renina Katz, ler livros de crítica, ver as obras do Masp e de outros museus da cidade, viajar pro Rio e visitar o Museu de Arte Moderna. Mas o construtor obrigou a filha a largar os estudos. Ela não conseguia se desgrudar do pai, cozinhava, lavava a roupa, fazia tudo pra ele. Ainda faz. Escrava de um pai doente. E eu pensava: orra, meu, os dois são loucos de pedra, vou me picar daqui e arranjar outro emprego. Mas, duas vezes por mês, Odete dizia: 'Amor, na manhã de tal dia papai vai ver as obras'. Aí eu matava as aulas de hidráulica e ia de Fusca pra rua Topázio, ficávamos juntos das nove às onze e meia, nem um minuto a mais, o falso engenheiro almoçava em casa."

Pôs a lapiseira sobre o labirinto de linhas finas, que lembrava vagamente um rosto feminino.

"Agora eu faço reformas de casas e apartamentos. Fazer o quê? Projetar caixotes de concreto com fachadas de vidro fumê, essa arquitetura-mausoléu? Edifícios neoclássicos, com janelinhas ridículas nas fachadas revestidas de azulejos? Ou a horrível arquitetura-pombal pra confinar os pobres? Nosso sonho de projetar habitação popular digna naufragou, Martim. Nem por isso eu vou desistir. Ox dizia que o arquiteto-artista não tem mais lugar no Brasil, nem no nosso tempo. Mas ele admira os projetos do Artigas, da Lina Bo Bardi, do Paulo Mendes, do Joaquim Guedes... e considera o João Filgueiras, o Lelé, genial. Eu ainda acredito no gesto inventivo que desenha no presente a moradia do futuro. Será que eu sou o penúltimo romântico? Por que o projeto de Brasília perturba tanto o Ox? Em 1957, Lúcio Costa e Niemeyer não podiam prever o golpe de 64. Um projeto ousado e visionário não pode dar certo num tempo obscuro. Brasília foi a nossa última utopia realizada, antes do toque militar de recolher?"

Casa da Fidalga, Vila Madalena, São Paulo, maio, 1975

Não fui a Santos, comprei cerveja e conhaque na Mercearia São Pedro, fiz a faxina na casa e preparei arroz de carreteiro com a sobra do jantar. Mariela e Laísa almoçaram comigo. Dinah chegou da Europa há três semanas, mas só ontem telefonou para dizer que viria à Fidalga na tarde deste sábado.

"Mais de um ano de separação é muito tempo", disse Mariela. "Mas o que vale é o amor. O amor sem cobrança."

Fez um pequeno buquê com flores da romãzeira: um presente de boas-vindas para Dinah. Laísa deixou para a visitante uma pulseira de sementes pretas e vermelhas e saiu com Mariela.

Dinah não exige nada, talvez por isso se sinta tão livre, como se estivesse sempre só. Quando eu recebia postais e envelopes com selos dos países por onde ela passava, uma parte da Europa e um pedaço da Ásia chegavam à Vila Madalena; imaginava Dinah e um amante em Copenhague, Esmirna, Istambul, Atenas, e tentava decifrar o sentimento na caligrafia: o tremor, a firmeza, o tamanho das letras, a inclinação das frases, "um beijo saudoso" ou apenas "um beijo". Num postal de 7 de janeiro, enviado de Roma, ela mencionou um homem parecido com o Geólogo; as letras, atrofiadas, emitiam sinais de tensão, as frases pouco espaçadas (fileiras compactas de formigas) evocavam o provável martírio do líder estudantil preso e desaparecido, e davam a impressão de que acabariam num enorme lamento. Mas não. "O Geólogo sempre viverá na nossa memória, Martim. A história não perdoará os assassinos." As últimas palavras do postal eram de impossível capitulação, de recusa a uma tristeza demorada, profunda, destruidora.

Essa mulher tão diversa era uma miragem em cidades frias no outro lado do mundo, e nós só possuímos quem está a nosso alcance. Dinah nunca perguntava se eu ia enviar cartas ao endereço londrino; mesmo assim, escrevi várias, com fúria e paixão, falando da minha espera ansiosa, de um amor cada vez mais irreal, imaginário, do desejo de rever um corpo que parecia perdido. Rasguei todas as cartas, pensando: este é o meu castigo. E agora Dinah está em São Paulo, com suas noites dormidas com outro, e eu, com o pensamento nessas noites secretas, europeias ou asiáticas.

O que eu tinha feito na ausência da Dinah? O trabalho na editora do Barbicha: revisão de manuscritos e uma tradução; resenhas de peças, leitura de obras poéticas e teatrais; uma noite de vigília, escondido na cozinha do Paribar, depois de fugir do cerco da polícia à Biblioteca Mário de Andrade e à praça Dom José Gaspar. Falaria do texto do Damiano: pais e filhos numa encruzilhada, o desejo de entender as lacunas e o vazio de uma vida, quando o destino já não permite saída alguma. Ia dizer tudo isso a Dinah, mas a emoção do reencontro me calou, como se o tempo, em suspenso, abolisse a ânsia da espera. Depois, no tatame, fui tomado pela mesma frustração e desconfiança que sentira num sábado nublado de 1973, quando Dinah voltara de Brasília. O corpo saciado, o desejo insatisfeito.

E, enquanto ela falava de Brixton e de outros bairros londrinos, de peças de Brecht e Artaud encenadas para imigrantes, de escolas de teatro parisienses, da formação de atores em bairros da periferia de São Paulo, eu me perguntava por que ela havia demorado três semanas para me dar um alô. Nossa história ainda fazia sentido? Percebia no rosto da Dinah alguma coisa de sim e não, de amor agora, sem amanhã. Ela sabe separar sentimentos; depois, ao misturá-los, me deixa sem certeza alguma. Ou com as incertezas do silêncio. A perda do amor. Era difícil encarar a atriz militante, quase tão difícil como encarar a verdade. Não consegui contar como tinha vivido nesse longo tempo de separação, a sensação de abandono, a tristeza e a frustração pela ausência da minha mãe. Disse apenas que o texto do Damiano Acante me surpreendera, como se ele conhecesse meu pai e minha relação com ele.

"Damiano conhece um pouco essa história, Martim. E muita coisa ele intuiu, imaginou. Rodolfo está vivo e mora em Brasília, mas na tua cabeça... Você tem certeza de que ele é apenas um pai vingativo, manipulador? Um homem insidioso, perseguidor? Essas certezas podem ser uma ilusão. Encontrar tua mãe viva não seria outro engano? Li o texto da peça. Damiano adaptou tua tradução de um poema de Auden, publicada na *Tribo*. Você devia pensar nesses versos: 'Não basta gostar da ilusão, é preciso conhecê-la, senão vamos passar a vida confundindo o que dissemos com o que realmente somos'..."

Quando Dinah saiu, levando a pulseira de sementes e as flores da romãzeira, liguei para um apartamento em Brasília. Uma voz masculina atendeu, mas não era a voz paterna.

Anotações da Anita
Quarto da Fidalga, junho, 1975

Frio e chuva em São Paulo. Mais de dois meses de greve na ECA. Todo dia há debates sobre o ensino, a universidade, a liberdade. Os estudantes participam de assembleias, como nunca vi antes. O diretor da Escola pediu exoneração ou foi demitido? Alguma coisa está mudando.

(Perguntar pro Sergio San: o que está mudando?)

Nas aulas de interpretação e dramaturgia os atores e atrizes improvisam textos, assim os censores e delatores ficam confusos, não sabem o que será dito. Encenações com poucas palavras, ou só linguagem corporal. Me lembrei do Martim e do Nortista no ano passado. Todos da Fidalga foram ver os dois no palco. Sala pequena, uns sessenta lugares. Cenário com poucos elementos: estruturas de madeira de uns dois metros de altura em forma de U invertido; telas de seda separavam os atores, e estes da plateia. A luz forte no começo da peça refletia na tela os gestos e movimentos dos corpos, a expressão do rosto, o olhar. Aos poucos, a luz enfraquecia, o corpo dos atores ficava menos visível, e na escuridão da cena final Martim falou do lugar mais sombrio da vida.

Nas cenas com a voz dele, eu pensava: vai dar um branco, Martim vai esquecer o texto. E esse branco era encenado de vários modos: uma hesitação, um momento de silêncio, palavras e frases repetidas, a expressão sofrida de uma lembrança perdida. Ou do que é impossível lembrar. O esquecimento e a lembrança estavam no centro do monólogo do Martim.

Praça da Sé e Cemitério da Consolação, São Paulo, outubro, 1975

Modorra de vilarejo na rua mais estreita da Vila Madalena: uma árvore seca na calçada, uma mulher rega um vaso com flores lilases, e a lembrança da voz da Dinah: "É preciso vencer o medo, Martim, você devia ir à missa na Sé e protestar. Mas não vamos juntos, quero ir só...".

As flores, a árvore, a mulher e a modorra sumiram, meu ônibus descia devagar a Consolação: "Comprou uma casinha em Itaquera, agora quer casar comigo...". "E por que não casa?" "Minha mãe não quer..." "Mas o coração é teu, casa logo, sua boba..." "Ele tem três filhos com a ex--mulher..." "Três? E daí?" Cine Belas Artes, sons de buzina, "lustres e material elétrico pelo melhor preço", viaturas da polícia. "Uma casinha linda, precisa ver... E a tua patroa, deu aumento?" Saltei em frente à Biblioteca Mário de Andrade, passei ao lado do Mappin, na travessia do viaduto do Chá vi um estudante da FAU que insultara Ox e a revista *Poesia & Desenho*; na rua da Bolsa do Café, ele desenrolou e ergueu uma pequena faixa de pano e se dirigiu à praça sitiada. Dinah estaria dentro da Catedral? Não vi o Corcunda do Colégio Marista, alguém me deu um panfleto de protesto contra o assassinato de Vladimir Herzog, a homilia do arcebispo de São Paulo ecoava no começo da noite. Policiais e cães alternavam latidos e ameaças, luzes vermelhas de viaturas lambiam olhos animalescos, tudo lembrava os cercos e invasões do campus da UnB: os cavalos, viaturas, armas e uniformes... Agentes à paisana fingiam-se de jornalistas e tiravam fotos na praça, e nos balcões e janelas dos edifícios. No fim da missa, não vi Dinah sair da Catedral, voltei à Consolação e entrei num boteco. Um copo de vodca com gelo. No balcão, uma mulher escutava a amiga dizer: "São uns burocratas e tecnocratas de merda".

Lembrei a noite do filme cubano na Livraria Encontro: depois do cancelamento da sessão, fui com a Dinah à casa do Lázaro. Ela se estirou no sofá da saleta calorenta e dormiu logo, acostumada com as noites em Ceilândia Norte. Deitei no chão, latidos vinham da rua de terra batida, baratas se aninhavam nas rachaduras do cimento, Lázaro e dona Vidinha dormiram no quarto. Horas longas, de vigília até o amanhecer, quando dona Vidinha me viu sentado no chão, ofereceu café e bolo de fubá, e se curvou para Dinah: "Levanta, menina, é hora da missa. Hoje é dia de trabalho com o povo de Ceilândia". A voz terna mas enérgica me tirou da prostração, dessa voz vem a força do Lázaro, pensei, a caminho da igreja de madeira. Um padre celebrava missa para fiéis humildes; ele pregava nas cidades-satélites do DF e ajudava a construir barracos em Ceilândia. Repetiu palavras de apóstolos, falou do sofrimento de Cristo, dos pobres que sentiam no corpo e na alma esse sofrimento: Lázaro e a mãe dele sentiam essa dor, os moradores das cidades-satélites sentiam essa dor. Depois da missa, uma mulher e cinco crianças entraram num lote, a mãe se dirigiu ao rosto avermelhado do sacerdote: "Antes de construir aqui meu barraco, vou jogar no lote um punhado de terra e farinha lá da Paraíba, que assim agora essa terra é também minha".

Dinah, Lázaro, dona Vidinha e outros começaram a cavar uma valeta nos limites do lote, trabalhariam naquele domingo, a atriz dormiria em Ceilândia. O sol secava o solo do cerrado desmatado, um velho dormia na entrada do templo tosco, sem pintura nem torre, com um pequeno sino pendurado por uma corda no frontão da fachada. Quem teria ido à primeira missa da Catedral, o grande templo de Brasília? O pai da Ângela, o general-presidente, outros políticos e militares, a Baronesa e o coronel Zanda. Talvez Margarida, Rodolfo e o sócio dele: uma confraria de sócios, protegidos por anjos de bronze que flutuam num pedaço de céu artificial. Não esquecera a voz da Baronesa num sonho: teu pai pergunta por ti, ele quer pagar tua passagem aérea para Brasília, tu podes trabalhar no escritório dele e morar na mansão do lago...

Raiva desse sonho! Por que detestava a mulher que me ajudara a fugir de Brasília? Quando sonhara com a voz da Baronesa? Talvez no dia do reencontro com a Dinah, quando liguei para Rodolfo e escutei a voz de um homem qualquer. Ri daquela voz, fraca. Uma dose dupla de vodca. Copo cheio, duas moscas na borda, numa cópula safada, tirando sarro da minha cara. O mesmo boteco onde eu e Ox conversamos com Évelyne Santier. Sergio San, Ox, Mariela, os poetas, tradutores e artistas da *Poesia & Desenho*... Arquitetos sem projetos. A fachada do Copan ondulava ali perto: projeto dos anos 50, a década do esplendor, que culminou na construção de Brasília; e, poucos anos depois, "o toque militar de recolher", dissera Sergio San. Um menino ajoelhado passou graxa nos meus sapatos, mãos pequenas e ágeis os esfregaram com um pedaço de pano, o couro preto brilhou; desviei o olhar do chão para a rua: uma Veraneio cinzenta, um cacho de capacetes dessa mesma cor; afastei as moscas do copo: mais um gole, a garganta e o peito ardidos, um pouco de calma na alma. Rasguei o desenho do Sergio San com os pontos de fuga; no outro lado da Consolação avistei o Barbicha de Bode, boina cor de ferrugem na cabeça. Fuma charuto enquanto lê manuscritos, e em manhãs inspiradas enche a boca de jabuticabas, cospe os caroços e canta uma ode à árvore: "Ó corpo vegetal leproso/ com mil olhos noturnos/ nesse tempo escabroso...". Um poeta e tanto! Publica ensaios e traduções: capas feias, as páginas descolam-se da lombada quando o livro é folheado. Paga menos que o construtor. Tudo pela causa, "nossa causa nobre, Martim"! O Barbicha acenou para alguém perto do bar, o engraxate enfiou o dinheiro no bolso, moveu-se agachado ao redor, em busca de outros sapatos. O céu de São Paulo escurecia. Mansão na beira do Paranoá, projetos de arquitetura no escritório do Rodolfo. Voz de um sonho. Mas a voz da Ondina era verdadeira: "Em agosto de 1958, minha filha fugiu da rua Tutoia e veio com você para Santos... Fugiu do teu pai, da humilhação. Uma semana depois, ele quis que vocês voltassem para São Paulo. Tua mãe não queria, eu fui culpada, implorei para ela voltar. Você tinha uns cinco ou seis anos, Martim. Teu pai nunca mais amansou. Homem bruto não amansa, mas minha filha não foi educada para engolir desaforos...".

Grupos de estudantes vinham da Sé, vaiavam os soldados e se dispersavam; subi a Consolação, passos trôpegos, talvez mais um trago de vodca no Riviera, um filme no Belas Artes, quem sabe uma peça. Uma mulher na calçada pichava o muro do cemitério, um cara saiu de um lugar mais escuro, escreveu outra palavra e lançou para o alto o tubo de spray, que caiu no lado dos mortos. Ergui a cabeça, vi uma cruz e um anjo de pedra, me aproximei das palavras pichadas, li "assassinos" e "covardes". Os dois saíram em disparada; quase por instinto apressei o passo, sentia ânsia e tontura e, quando eles alcançaram o fim do quarteirão, eu já não duvidava se a mulher era ela: os ombros largos, a coragem nos gestos e no corpo todo, o mesmo modo de pichar palavras de protesto, as letras espaçadas escritas da direita para a esquerda, como ela fazia em Brasília e nas cidades-satélites do DF.

Saíram da Consolação e correram numa rua que se bifurcava, os corpos juntos, mais longe na noite.

Fiquei encostado no muro do cemitério, a respiração sufocada, bafejando ódio.

Casa da Fidalga, dezembro, 1975

Há quanto tempo vivo nesse disfarce que me condena a mentir para mim mesmo e para Dinah?

Num sábado, de noitinha, escutei a mãe dela dizer: "Minha filha não para em casa. É monitora de duas disciplinas na PUC, encena em vários lugares e ainda trabalha na cooperativa habitacional. Ela sempre me avisa quando vai passar a noite fora. Hoje vai dormir aqui. Você pode ligar depois das onze?".

A voz e o riso da Dinah pareciam sons de uma conversa sonhada; quando ela disse: "Amanhã talvez eu durma na Fidalga", minha alegria disfarçada tentava eludir o sofrimento. Mesmo assim, esperei-a na noite daquele sábado, na madrugada insone do domingo.

Na manhã da segunda-feira, revisei um texto para a editora do Barbicha e telefonei para o Ox.

"O diabo é que no país de Brás Cubas você ama uma atriz e militante. São duas atividades árduas, não sobra muito tempo para amar, Martim. É melhor você passar na Pulga e se embriagar com a voz da tua amiga cantora."

Dava uns acordes no violão que Julião me emprestara, tocava e cantava no quarto, olhando a letra das canções num livro enviado pela Cantora, antes de sua viagem ao México.

*

Coyoacán, Cidade do México, fevereiro de 1976.

Querido Martim,

Será que esta carta vai ser vítima de algum desvio que não seja obra do acaso? Digo isso porque não sei se você recebeu os postais enviados da Califórnia. Pelo jeito, não.

Mudei o itinerário da viagem, fui primeiro a Berkeley/San Francisco, onde morei uns meses, fiz várias amizades na Bay Area, nenhuma inimizade, e ainda me desintoxiquei das bebedeiras na Pulga e do medo das noites brasileiras, com rondas e batidas policiais antes e depois dos shows. Sair do Brasil, viver bem longe da violência, serenou meu espírito. Trouxe livros (dois deles você me deu), folhetos de cordel, discos e fitas cassete com minhas canções preferidas, que eu interpretava na entrada da UC Berkeley, um dos campi mais livres do mundo acadêmico.

As aulas de canto em Berkeley afinaram minha voz. Cantei num recital de poesia em San Francisco para uma plateia com muitos exilados latino-americanos, africanos, asiáticos e expatriados mexicanos. Ken, um poeta norte-americano, leu em inglês e espanhol um poema à memória de Victor Jara. O poeta estava em Santiago durante o golpe de 73, foi preso pela polícia chilena e interrogado por um compatriota, agente da CIA. Ken falou do terror de Pinochet e das atividades sinistras da CIA no Chile e em países da A. do Sul e Central. Não quis ouvir tudo, a violência me faz mal, Martim. Depois assisti a uma peça ao ar livre e me lembrei de uma noite num teatro do Bexiga, tu e outro ator no palco dividido por uma tela de tecido transparente, os dois fazendo perguntas sobre a relação com os pais, indagações para si mesmos, sem respostas. Eu estava lá com dois amigos músicos, a Eliete e o Arrigo. Você escapuliu depois da encenação, conversei com os meus amigos sobre a peça, dormi pensando nas palavras, na impossibilidade de ser compreendido, na perda de humanidade. O outro ator falou dessa perda, um trauma sem fim, até recordei uma frase de um artigo sobre uma peça que vi quando era muito jovem: "Seria desumano humanizar o desumano".

Em maio do ano passado, eu estava atarefada com os preparativos da viagem; a gente conversou por telefone, tua namorada tinha chegado não sei de onde, e só então eu soube da existência dela. Também não sabia do sumiço da tua mãe. Você fala sobre isso na peça. "Minha mãe é uma figura incorpórea, uma sombra que me cerca e me enlaça. Não posso vê-la, e ainda assim me atrai e penetra meu coração." Isso é verdade ou foi inventado pelo autor do texto? Eu acreditei em tudo. Mas é também verdade que você se esconde, Martim, parece um caracol ou um caramujo-do--mato, nem as antenas ficam à vista. Agora, pensando bem, o papel da tua personagem foi escolhido a dedo, a intuição do autor/diretor foi certeira, tua atuação me surpreendeu, você gostava de falar de poesia e grupos de teatro (CPC/Opinião, Oficina, Arena), assistia a peças, mas nunca me disse que era ator. Por que tanta omissão? "Um filho emparedado pelo silêncio e pela dúvida pode sobreviver?" Essa pergunta feita no palco... não será você mesmo?

A Cidade do México me encanta. A cidade ou um mexicano. Talvez ambos. Canto às sextas e aos sábados numa casa noturna, o Tulix Káapeh (Café Libélula, em maia). A lagarta virou borboleta, solta a voz e voa nas noites da Zona Rosa.

A foto do postal é uma escultura de Tlaloc, deus da chuva e da água. Tantos deuses, tanta violência, mas os mexicanos se orgulham muito de sua cultura. Talvez sintam nostalgia de um passado exuberante, que ainda vibra por toda parte. No México o passado é imortal. Mas os mexicanos sentem também frustração e ressentimento em relação aos bárbaros do Norte, seus vizinhos prósperos. Misturam fel e adoração, em doses iguais.

Onde estão nossos deuses e mitos de origem? Perdemos nossa alma indígena?

Um beijo da Cantora.

Mande uma palavrinha para esse endereço de Coyoacán.

Casa da Fidalga, março, 1976

Ainda chuviscava, Caetano cantava "Araçá azul", os amigos bebiam cerveja, caipirinha e fumavam.

"Mato Grosso e Rondônia, Laísa? É preciso ir tão longe, só pra fugir da nossa república?"

"Não vou fugir de São Paulo nem da Fidalga, San. Quero pesquisar os mitos dos nambiquaras."

Contou que no Carnaval de 1971 estava em Paraty, na casa de uma família que viajara para Buenos Aires. Um dia, Quarta-Feira de Cinzas, os índios amanheceram na varanda.

"Não sabia nada dos índios, na minha escola não falavam deles. Nem sabia que tinha uma aldeia indígena não muito longe da casa dos meus pais, aqui em São Paulo. Dormiram duas noites na varanda, o caseiro viu os índios e disse que eles tinham que sair dali, eram traiçoeiros, vagabundos e sujos. Eu tinha que trancar a porta da casa, eles seriam capazes de me matar, era melhor expulsar aquela gente. Mas não foi preciso expulsar ninguém. Eles me deram duas pulseiras e foram embora. Essas pulseiras nunca mais saíram do meu braço. Esqueci o rosto do caseiro, mas não as palavras. Naquele ano, quando entrei na USP, minha mãe dizia que o meu corpo era sujo, que eu me vestia mal, parecia uma vagabunda, meu diploma de ciências sociais não ia servir pra nada. Saí de casa e vim morar aqui. Nos primeiros meses, Marcela e Ox me ajudaram, depois comecei a vender pulseiras e colares. Ia ver meu pai numa das padarias, ele me dava dinheiro e tentava me convencer a voltar pra casa. Jurou que não ia contar pra minha mãe onde eu morava, mas contou. Agora vou tirar um cochilo. Depois do almoço vou ao Itaim vender bijuterias no bazar de uma amiga."

Mariela colheria romãs, mais tarde tiraria fotos de um jogo no Pacaembu; Sergio San trabalharia em casa, o Nortista e Marcela preparariam o almoço e depois iriam ao cinema; Anita e Julião descansariam antes de ir ao circo. Dinah almoçaria com a mãe ou com os amigos? Onde ela iria atuar? Talvez em São Bernardo, com os atores do grupo Ferramenta. Ou na Estação da Luz, lugar próximo do perigo?

O som de uma sirene perturbou o silêncio do bairro; todos ficaram tensos, Julião foi até a calçada e voltou uns dez minutos depois: "A vizinha tá passando mal, a empregada chamou uma ambulância".

"Deve ser um aviso", alertou Mariela.

"Aviso?", riu o Nortista.

"Se essa vizinha racista está nas últimas, é sinal de que a ditadura também está."

O Nortista discordou: "E os militares mais ferozes? Uns meses atrás, o operário Manoel Fiel Filho foi assassinado, Dinah foi à missa de sétimo dia. No ano passado vários militantes…".

"Foi só um pressentimento", murmurou Mariela.

A ambulância silenciou. Canto de pássaro no quintal.

"Deve ser um sanhaço."

"Canarinho-da-terra, Marcela", opinou Laísa.

"Um sabiá-laranjeira", afirmou Sergio San. "Vocês não conhecem o Brasil, nossos passarinhos."

Vozes na casa vizinha.

"Velhota racista!", disse Anita.

"Tem certeza?", perguntou Julião.

"Só você atura essa agiota", disse Anita. "Não devia ter ido lá. Essa velha te enfeitiçou?"

Casa da Fidalga, 1976

No primeiro sábado de agosto, ele vai expor as pinturas numa galeria de arte no Rio. Você devia ir, filho.

Voz da minha mãe. O rosto, mesmo envelhecido, era reconhecível. O pintor, ao lado de uma tela branca, olhou por uns segundos para mim, entrou na tela e sumiu.

No sonho, não pude odiar o amante da Lina.

20.

Place de Furstemberg, Paris, outono, 1979

Um sonho sem data: maio, junho de 1976? Lembro que esperei cada dia até o primeiro sábado de agosto, quando viajei para o Rio para encontrar minha mãe e o artista. Não tinha decifrado a mensagem dela nas frases sonhadas. Certas coisas são percebidas tarde demais: o primeiro sábado de agosto era o dia do aniversário da Lina.

Quando eu vivia em Brasília e ela em Minas ou num sítio em São Paulo, esqueci uma única vez o 7 de agosto, e enviei a Lina uma carta falando do remorso e do esquecimento. Na resposta, ela escreveu que não era vergonhoso esquecer uma data de aniversário. "Muito mais grave é a indiferença, filho. Insuportável é a falta de afeto."

Se, para ela, a indiferença é grave, e a falta de afeto, insuportável, como traduzir esses anos de silêncio? Que destino a impossibilitou ou proibiu de ser mãe? A que tipo de constrangimento foi subjugada?

Nessa carta longa sobre a indiferença e o desamor, ela lamentava não poder ver Ondina nem o irmão Dacio, expatriado em Boston. Pensava muito no finado pai e em mim. Relembrou nossos aniversários na Tutoia, os poemas juvenis que eu escrevera para ela, "guardados para sempre". Até citou o último, de 1967, que eu havia esquecido: "Quando tudo estiver perdido/ e todas as ilusões estiverem enterradas/ vou acreditar em ti, nos teus olhos...".

No fim da carta, escreveu: "Sei que teu pai cometeu e comete erros. Eu mesma cometi alguns, Martim. Mas você não deve ceder à indiferença. Há muitas formas de amar. Indiferença é traição".

Agora não me sinto culpado. Esquecer o dia do nascimento de uma pessoa que é amada não seria uma recusa inconsciente à sua morte?

21.

Bar do Xará, Vila Madalena, primeiro dia de agosto, 1976

"Por que os ideogramas não foram traduzidos?", perguntou o amigo da Dinah.

Folheavam a revista *Poesia & Desenho*, e eu olhava na parede em frente uma gravura de dois dragões em combate. Dinah pediu à garçonete que traduzisse os ideogramas, a moça foi mostrar a revista a um velho chinês atrás do balcão e, quando voltou à mesa do restaurante, disse que os ideogramas contavam a história de um sonho: um chinês sonhou que era uma borboleta e, quando acordou, não sabia...

A garçonete, calada, negava com a cabeça voltada para o velho. Escrevi na caderneta: a filha ou neta do chinês esqueceu a tradução de um sonho. Dinah sorriu, mirando o rosto tímido da moça.

Estava feliz nesse domingo: o almoço com a Dinah e os amigos na casa da Fidalga, o tempo que passara com ela no tatame do quarto, o amor na tarde fria e nublada não parecia perdido. De noitinha, me convidou para jantar num restaurante chinês em Pinheiros, os pratos eram fartos, bons e baratos. "Convidei também um amigo... Ele é engenheiro, estava em Vila Iracema naquele domingo."

Vila Iracema e aquele domingo pareciam longe, o engenheiro virou o corpo para a parede e perguntou por que eu gostava da gravura. Dinah, inquieta com o meu silêncio, recordou uma noite na Fidalga. "Ox estava inspirado, Martim. Ele disse que o texto chinês era um conto fantástico, uma fábula metafísica. Mas em vez de traduzir os ideogramas, citou filósofos gregos e poetas latinos para falar do tempo e da eternidade. Falei pro Ox que a memória dele era prodigiosa, parecia um ator em cena, solitário e eloquente. Ele riu e disse com uma voz aguda, em falsete: 'Funes e o bom vinho da Borgonha agradecem tuas palavras'. Depois ele me explicou quem era Ireneo Funes."

Tentava encontrar essa noite na memória. Sentia o olhar hostil do engenheiro, vi Dinah abrir e fechar minha caderneta, e esse gesto repetido me lançou à voz da Ângela, numa noite em Brasília: "Você reparou nas linhas das mãos da Dinah, nos caminhos percorridos por essas linhas?". Uma lufada fria golpeou minha cabeça, alguém fechou a porta com um baque seco e entrou com pisadas fortes; Dinah levantou e beijou o rosto de um homem alto e grisalho: o falso espectador que a aplaudira na cena final de uma peça. Usava um poncho cinza-escuro, as rugas cavadas no pescoço pareciam cortá-lo em várias partes; acendeu um cigarro, expeliu sem força a fumaça da primeira tragada e, quase sem mover a cabeça, perscrutou a sala, sentou na cabeceira da mesa e disse: "Boa noite, companheiros". Era a primeira vez que eu o via de tão perto: o olhar frio na claridade amarela, as feições e o timbre da voz semelhantes aos do amigo de Ceilândia. Um Lázaro enrugado. Mas qual: o de Lucas ou João? Pegou o copo da Dinah, bebeu o resto da cerveja e pediu mais uma garrafa à garçonete. Sussurrou: "A correlação de forças políticas está mudando... O encontro nacional dos estudantes na USP foi um avanço para o movimento. Recebi um convite para encenar em São Bernardo, vou escolher os atores na próxima reunião".

A voz baixa falava de grupos políticos divergentes, propostas vitoriosas e vencidas, mobilizações estudantis em todo o país. Os dois dragões perderam a cor e a forma, vi na gravura chinesa um poncho de lã cor de rato, depois surgiram os lábios finos no rosto ardiloso da Baronesa; tomei vários goles de conhaque, até esvaziar a garrafa. Os dragões voltaram à gravura, e sumiram num lampejo; a parede tremeu, dei de cara com os olhos alertas e cismarentos do embaixador Faisão, escutei uma voz dizer, sem ironia: "Você e sua consciência, jovem paulista". Outra voz, na cabeceira e agora mais alta, perguntou: "E essa revistinha? Quem publicou isso?".

"Estudantes de arquitetura", disse Dinah. "Mas todos já se formaram... Um amigo do Martim era o editor."

O ator leu versos de Ezra Pound traduzidos por Ox, fechou a *Poesia & Desenho*, desdenhou os ideogramas na capa: "Mais uma revista elitista, editada por filhos da burguesia. Desenhos e textos a serviço de uma casta intelectual".

Enfiei no bolso do casaco a garrafinha vazia e a caderneta, pedi a conta à garçonete. Filha ou neta do chinês?

"Arquitetos querem projetar sem a práxis. Nunca entraram nas favelas das Marginais, em nenhuma favela de São Paulo. O trabalho da Dinah na cooperativa é mais transformador que mil projetos de arquitetura."

O fogo dos dragões saía da gravura e queimava a parede, um mar de luz difusa ofuscava minha vista, a mão esquerda, morna, da Dinah tocou minha mão suada. Naquela tarde de inverno no tatame, nenhuma imagem de morte ou tragédia assombrara meu pensamento, agora o amor se amargava, o ciúme vinha a galope com açoite em brasa: Dinah e o ator estavam juntos desde a encenação da peça com o Nortista? Talvez desde antes: nas noites em que ela dormira fora do apartamento na Lapa.

"Você viu as casas da cooperativa na Vila Iracema, cara, mas não sacou nada", disse o ator. "E ainda atrapalhou nossa reunião, esculhambou o projeto, declamou poemas que ninguém entendeu... Os operários tiraram sarro daquela palhaçada."

O mesmo tom assertivo e ameaçador da voz de um líder numa reunião em Brasília. Beijei os lábios da Dinah: não era melhor a gente cair fora? Ela apertou minha mão: ia ficar mais um pouco com os amigos. Levantei e me dirigi à garçonete: "Como se diz rato em chinês?". A moça sorriu com discrição e pronunciou sons que eu repeti, encarando o ator grisalho na cabeceira da mesa. Ele arrastou a cadeira até encostá-la na parede, ergueu-se devagar e tocou o indicador teso na minha testa: "Você é que é um rato. Um rato bêbado. Um inútil no palco e na vida. Um ator de merda, alienado, inútil...".

Fechei com força, lentamente a mão direita, como se dominasse um inseto monstruoso. Recordo o som do estalo no focinho do ator, o grito agudo da Dinah, uma voz masculina em chinês, uma confusão de socos e chutes e insultos. Andava depressa na calçada da Mourato Coelho, passos longos, sem olhar para trás. Nunca olhar para trás. A mão direita esmagava o inseto, e eu já esquecera a palavra "rato" em chinês. Talvez viaje para o Rio. Loucura acreditar num sonho? Sábado de manhã pegaria o ônibus, de noitinha abraçaria minha mãe numa galeria de arte, não veria a máscara do rosto envelhecido, esqueceria Dinah, tentaria... O rebuliço no restaurante chinês, a correria dos clientes, o ator grisalho batido, o focinho dele no chão, a voz de conspirador, com suas crenças e certezas, calada. Na noite sem rumo, descia uma rua e fui atraído por uma batucada. Roda de samba na Pérola Negra. Julião e Anita estavam lá, na alegria noturna; ela me viu na porta, agitou os braços, de repente ficou parada. Durante o almoço, Dinah tinha falado de uma escola de teatro parisiense, Anita se animara com a ideia de morar na França, ela cutucou Julião: "Vamos estudar em Paris?". Ele amassou com o garfo uma batata: "Hoje tem circo e samba, Anita".

Um ferimento na testa, ardor na boca, lábios lacerados, salgados pelo sangue; o volume da batucada aumentava, vomitei na calçada da Girassol e vim para este bar. Abri a mão direita, o inseto monstruoso caiu. Olhares me cercam: o que essas pessoas estranham? Por que me acusam? Beber para ficar sóbrio, e naufragar sozinho. "Você reparou nas linhas das mãos da Dinah, nos caminhos percorridos por essas linhas?" Ri da briga no restaurante chinês, o amigo e o amante da Dinah no chão. É isso a coragem?

"Um ator de merda, alienado, inútil..."

Lembrei os versos de Álvaro de Campos, o engenheiro metafísico:

Não fazer nada é a minha perdição.// Um inútil. Mas é tão justo sê-lo!

22.

Paris, outono, 1979

Céline chegou ao estúdio às duas e quarenta da manhã; ela e um velho clochard tinham bebido e conversado no Passage du Chantier. "O velho não sai das ruas de Paris desde o fim da Segunda Guerra. Ele entra em cafés e restaurantes e faz discursos contra a violência. Já foi detido várias vezes por distúrbio. Anda por République e Nation, mas prefere dormir neste bairro, ele diz que a Rue du Faubourg Saint-Antoine é uma das mais heroicas de Paris. Os pequenos heróis estão caídos nas calçadas, galerias e passagens. Falei de ti, *pauvre métèque brésilien*! Ele quer te conhecer. Um dia a gente dá um pulo no Passage du Chantier ou de la Main-d'Or."

Céline roçou os dedos na parede: "Quem é essa moça?".

"Minha mãe. Lina."

"Tão jovem assim?"

"Você já viu essa foto."

"Mas agora vejo uma imagem diferente. A sobriedade descobre outras coisas... O olhar não tem nada a ver com o sorriso. Parece o olhar de outro rosto. Ainda não bebi uma gota... Tem vinho nesse estúdio? Vinho, uísque, vodca, *poire, armagnac*?"

Vasculhou o estúdio, achou no canto da cozinha a garrafa de uísque que ela mesma trouxera na semana anterior, quando me emprestou livros. Bebeu no gargalo, me olhou com uma expressão de falsa sobriedade, mas a qualquer momento o rosto poderia virar uma máscara cinza e revelar a angústia ou a recusa à vida. O horror de estar viva.

"Lina, tua mamãe... Como ela aparece nas tuas memórias? Esse rosto quase sorridente... Desconfio desse sorriso. O que ele esconde?"

Bebeu mais um gole, pôs a mão na minha cabeça, espiou a folha datilografada.

"É injusto que você escreva tanto sobre tua mãe. Só se conhece uma pessoa nas páginas de um romance ou nas sessões de psicanálise? Ou os pacientes, escritores e leitores inventam suas verdades? Minha mãe não existiu para mim, não consigo escrever sobre essa senhora, muito menos sobre o meu pai, nem mesmo duas palavrinhas. Se eu escrever 'meu pai', tudo treme ao redor, tudo treme dentro de mim... Posso falar dele, mas não consigo escrever. E você não gosta de me ouvir... *Putain*, essa garrafa de uísque está quase vazia! Teus companheiros do Círculo beberam? Aquele Damien? Acho que você bebeu com Évelyne e as amigas dela. Uma festa com as jornalistas da Radio France... Ou foi uma festinha dos dois tradutores nesse *petit bordel*? Essa página... Não entendo tudo. Dizem que a língua portuguesa falada no teu país é suave e melódica. *Voilà* mais um mito brasileiro, um mito linguístico. O que está escrito nessa folha? Por que não traduz para mim?"

Céline tirou a folha da máquina e deitou na cama. Lia e bebia, franzindo a testa. "Ah, posso entender alguma coisa, as aulas de espanhol no liceu me ajudam. Gosto dos versos desse engenheiro metafísico. *Sacré poète!* Eu também não faço nada, estou perdida e me sinto inútil. O que fazer nesta vida? É a minha existência que está em jogo, Martim. Você e Évelyne deviam traduzir poesia, mas só traduzem um monte de textos com números. Para quê? Para sobreviver? Trabalhar para sobreviver é uma morte antecipada. Essa garrafa vazia também é a morte, uma corda pendurada no galho de uma árvore. Corda traiçoeira, antes de qualquer amor."

Jogou a garrafa no chão; a folha ficou ao lado do corpo, que adormeceu encolhido, as mãos juntas e fechadas, como se estivessem algemadas, ou em repouso, depois da luta.

Peguei na cama a folha datilografada, tão diferente das anotações feitas há mais de três anos. Reescrever: intuir outra realidade, imaginar de novo. Rabisquei o que me lembrava da conversa com Céline, até as últimas palavras: "Corda traiçoeira, antes de qualquer amor". Depois me deitei junto dela e abri suas mãos delicadas. Quando acordei, ela estava nua diante da janela, a roupa no ombro. Vestiu-se e virou o rosto para a luz do outono. Disse, em voz baixa, que tinha se distraído quando a gente estava transando: "Não foi exatamente uma distração… Pensava no rosto da tua mãe… Você me fala pouca coisa dela, e eu não posso ler e entender tudo na tua língua materna".

Céline ia encontrar um amigo filósofo, que Évelyne apelidara de Petit Sartre. Fui a Neuilly-sur-Seine e ofereci ao meu aluno uns exemplares do tabloide do Círculo: qualquer dinheiro ajudaria as crianças, órfãs de pais assassinados pelas ditaduras latino-americanas. Leu os poemas e, sem dizer palavra, me deu cinco cédulas de cem. Peguei o metrô para Pantin; depois atravessei a Porte de la Chapelle e o Boulevard Péripherique e caminhei até o canal de L'Ourcq, o sol das seis iluminava a água e os corpos imigrantes, um menino fazia embaixada perto da mãe, minha última visita a Aubervilliers fora em fevereiro de 77, na véspera da mudança do quarto da Goutte-d'Or para o estúdio da Rue d'Aligre. A bola rolou na minha direção, chutei-a de volta para a criança argelina, a mãe agradeceu com um sorriso, um véu verde cobria-lhe a cabeça, escutei uma voz arrastada atrás de mim: *"Hola, profesor, qué hacéis acá?"*. Gervasio, de costas para o poente, segurava uma sacola de plástico; a bagana caiu da boca, ele apertou minha mão, ergueu a sacola e perguntou em francês se eu gostaria de comer "alguma coisa" com ele e Huerta.

Andamos até uma rua perto de um pontilhão de aço. Poucos e esparsos edifícios. Não eram novos, nem de estilo neoclássico, do século XIX: edifícios feios, talvez construídos entre as duas grandes guerras, separados por terrenos sem cerca; as fachadas descoradas e sujas lembravam as dos blocos da Asa Norte, detestados pelo meu pai. Nenhum bar, restaurante ou loja, tudo parecia árido, isolado naquele quarteirão de Aubervilliers. Que rua era aquela? Gervasio disse: "Rue du Lundi". Mas numa placa azul na fachada de um edifício baixo estava escrito: "Rue du Landy".

Entramos num saguão sombrio, subimos cinco andares por uma escada estreita, dobramos à direita e, no fim do corredor, Gervasio destrancou uma porta. Huerta datilografava numa maquininha portátil; quando me viu, fez uma expressão de algo sem sentido. "O professor brasileiro veio dar uma olhada num dos canais do nosso bairro", disse Gervasio. "Ele aceitou um convite para jantar com a gente."

A única janela do quarto dava para o vazio; eles usavam a pia e um banheiro "turco" no outro extremo do corredor. Dois colchonetes no chão, duas cadeiras, livros e jornais empilhados pelos cantos. Uma placa de madeira, presa à parede por duas correntes, servia de mesinha, onde vi num porta-retratos uma foto do Gervasio com Huerta e outro rapaz. Acima da placa, os mapas de Santiago e Buenos Aires. Gervasio encheu duas taças de vinho, tirou da sacola um bifão engordurado, cortou-o em três pedaços e chamuscou-os no disco do fogãozinho elétrico. Me ofereceu uma cadeira e ficou de pé. Eu mastigava e observava as minúsculas caveiras cravadas nos mapas. "Centros de tortura das duas capitais", disse Gervasio. "Necrópoles clandestinas... Há outras no fundo do mar, no deserto e nas regiões geladas, mas os mapas dos nossos países não cabem nas paredes de um quarto."

Gervasio falou do Camilo, o amigo deles, estudante de medicina; contou o que faziam no Chile, e como escaparam de Santiago logo após o Tanquetazo, em junho de 1973.

O quartinho cheirava a carne engordurada, Huerta segurava o prato com o pedaço do bife e olhava a foto em que ele, entre Camilo e Gervasio, abraçava os dois. Camilo era o único que sabia escutar, escrevera o Nortista.

"Mas o que você veio fazer em Aubervilliers?", perguntou Gervasio.

Falei que tinha deixado o dinheiro do Círculo na Associação France-Amérique Latine, "depois quis andar por aqui".

"Vendeu muitos jornais?"

"Poucos. Mas um aluno de português doou quinhentos francos."

Huerta se mexeu na cadeira, o pedaço de carne girou no prato: "Quinhentos francos?".

"Sim, talvez ele dê mais."

"Que aluno generoso, professor", exclamou Gervasio. "Se Jaime Dobles souber que esse ricaço faz doações, vai te chamar de traidor."

Eu disse que conhecia muito mal aquele Dobles, e que não me importava com o que ele falasse de mim.

Os dois se entreolharam de um modo indefinível, talvez uma mistura de regozijo e receio. Huerta deu uma mordida na carne e, antes de engolir, disse que eu tinha sorte de conhecer tão mal monsieur Dobles.

Gervasio pegou a taça do amigo e bebeu. Duas taças, dois pratos, duas cadeiras, dois colchonetes, dois mapas com as indicações do terror... Duas vidas exiladas num cubículo da Rue du Landy. Lá fora o poente sumira. A quase miséria do quarto não os envergonhava nem enfraquecia. A poucos passos de mim, era como se estivessem muito longe.

23.

Anotações da Anita
Vila Madalena, São Paulo, domingo,
1º de agosto, 1976

Mal acabou de almoçar, Martim subiu para o quarto. O Nortista disse baixinho que o amigo ainda lia poemas e distribuía panfletos na porta de escolas.

"Martim faz isso por culpa ou pra mostrar coragem?"

"É o desafio do guerreiro, Anita. Ele se arrisca para se sentir vivo."

"Mas o teatro de rua também é arriscado, Dinah."

"Tudo é arriscado neste país, Nortista. Mas o Martim se arrisca por nada. Esse ato solitário é inconsequente. Uma loucura pseudopolítica de um misantropo. Nossa única saída é buscar brechas e atuar... Há quanto tempo você está fora do palco?"

"A última vez tu ainda estavas na Europa. Damiano escreveu e dirigiu aquela peça..."

"Damiano me enviou uma carta para Londres", murmurou Dinah. "Disse que foi difícil convencer o Martim a atuar naquela peça. Ele não queria enfrentar a verdade no palco, porque na vida ele esconde essa verdade. Na nossa última noite em Brasília, a Baronesa me disse que o Rodolfo queria conversar com o filho. Depois o próprio Rodolfo ligou duas vezes, Martim pegou o telefone e ouviu o pai falar. Não me contou o que ouviu. Ele culpa o pai pelo sumiço da Lina, inventa coisas para acreditar em versões falsas ou fantasiosas. Por isso eu escrevi aquela peça, Nortista. Escrevi uma parte em São Paulo, terminei o texto em Londres e enviei pro Damiano. Martim não sabe disso. Se eu contasse, ele ia escapulir. E só seria capaz de encenar sem a minha presença."

"Eu também não sabia. O Damiano não me contou…"

"Você e o Martim são grandes amigos, Nortista. Amigos guardam segredos? Vocês são ingênuos, acreditaram que o Rodolfo ia cancelar o cheque que deu pro Martim. Era pura encenação do pai para intimidar o filho. Rodolfo mandou os dois homens invadirem o quarto de vocês. Ele só queria dar um susto… Disse isso pro Martim em Brasília."

"Não foi um susto, os policiais rasgaram as cartas da Lina, roubaram uma foto e…"

"É uma versão dele, cara. Martim usa a razão para imaginar… Ele acredita nas fábulas que inventa."

"Fábulas? Quando eu entrei no nosso quarto, ele juntava os pedaços de papel."

"Foi o que o Martim sempre fez com a vida, desde que a mãe se separou dele: rasgar, embaralhar e tentar juntar os pedaços. Antes de viajar pra Europa, falei pra ele que as pessoas faziam análise pra tentar entender por que sofriam. Mas ele não me escutava, até hoje não escuta. Está me esperando lá em cima, mas sei que não vai me ouvir. Encucou que a Anistia Internacional tinha notícias da Lina, e que eu ia viver com um amante em Londres. Me acusava, acusava o pai, xingava ele mesmo, só poupava a mãe. Traduziu uns poemas para a revista do Ox, agora traduz textos para uma editora. Não publicou nada desde a época da *Tribo*. Falei do *Beijo*, um jornal de estudantes da USP. Ele gostou do título e perguntou: '*Beijo* ou *O Beijo*?'. O trabalho na editora e as resenhas pagam as contas da casa e a droga do conhaque, mas a verdadeira atividade dele é ler e escrever. Sem isso, não sei..."

Dinah subiu para o quarto do Martim, o Nortista foi esperar a Mariela na edícula. Eu pensava nas cartas da mãe, na vida embaralhada do filho, em algum lance traiçoeiro. Nunca passei por uma prova de fogo dessas. De tardinha fui ver o Julião num circo na Vila Ema, depois, à noite, a gente passou no galpão da Pérola Negra, os amantes do samba estavam lá: Jorge, Pascoal, Henrique, o italiano Pasquale. Samba de mesa, alma da Pérola Negra. Às onze horas, um espantalho apareceu na calçada da Girassol; ficou por ali, meio penso, escutando o samba-enredo do Carnaval. Saiu mancando, com o rosto nas mãos. A gente encontrou o espantalho no Bar do Xará; ele olhava pensativo uma caderneta aberta, as mãos seguravam um copo e uma caneta. Tinha o olhar sereno. O rosto, uma lástima! Lábios inchados, sangue ressequido na barba rala; bem no centro da testa um corte fino e vertical parecia feito à régua, com estilete. Contou que havia lutado com um ator e com um amigo da Dinah. Não ia mais vê-la, mas aquela luta e um sonho faziam sentido na vida dele. "Qual sonho?", quis saber Julião. "Um encontro com minha mãe no Rio. Sábado vou viajar pra lá."

Anotações da Anita
Outubro, 1976

Desde que voltou do Rio, Martim se aproximou ainda mais da Laísa. São íntimos. Às vezes ela e Marcela entram à noite no quarto do meu vizinho. Já vi as duas descerem em manhãs de sábado, de mãos dadas, nuas e descalças, com a roupa nos ombros. Numa dessas noites escutei o vozeirão do Ox falar em inglês e francês. Alguém riu. Ox estava lá? Marcela não dá brecha pra confissões, talvez só pro Sergio San. Ela se impõe nas discussões, os olhos cinza-azulados desafiam um por um, com coragem. Os homens da casa murcham. De onde vem tanta força?

Martim trouxe do Rio revistas de poesia e dois lindos calendários poéticos do Nuvem Cigana. Presentes da Alice, uma tradutora e poeta carioca, amiga do Nortista. Contou o sonho dele pra essa Alice. Visitaram galerias de arte, mas não viram Lina. Martim lamentou que tinha sido traído por um sonho, sua mãe só aparecia em noites de traição.

A dor mais profunda e verdadeira só encontra alívio nos sonhos?

Casa da Fidalga,
último domingo de outubro, 1976

"Cineminha, Mariela?", perguntou Marcela. "São onze e meia. Laísa levou a caixa com instrumentos e bijuterias pro cinema? Ia jantar com a gente e estava escalada pra lavar a louça. Vocês sabem como ela é rígida com horários e regras da casa. Não consigo falar com o ex-namorado, acho que o cara se mudou. Sergio San ligou para a casa dos pais dela, Laísa não está lá."

"A mãe já estava dormindo", disse Sergio San. "Ficou aflita, mas não me ofendeu. Nem parecia a mulher que a gente conhece. Se falasse com sotaque de japonês, podia ser a voz da minha avó."

Sergio San convocou uma reunião e sugeriu avisar a imprensa; Anita queria falar com o arcebispo de São Paulo, Marcela discordou: Laísa não se envolvia com política, por que a polícia ia prender uma socióloga desempregada, uma artesã? Seria um absurdo.

"Mas o Brasil é um país de absurdos", afirmou Mariela.

Dormimos na sala, à espera de um telefonema. A casa e a rua amanheceram em silêncio. Às sete horas, Sergio San atendeu uma ligação, e repetiu duas vezes: "Fique calma"; depois disse: "Sua filha viajou com o namorado, ela está bem".

"Por que você inventou isso?"

"A mãe da Laísa estava chorando, Marcela."

"Mas era preciso mentir? Duas mentiras de uma só tacada."

"Assim ela fica em paz e deixa a gente em paz."

"Paz na minha cabeça, Sergio San?"

Novembro-dezembro, 1976

Na manhã de Finados, Marcela disse que acordara com uma intuição; dormiu uns dias fora de casa, voltou no começo da semana seguinte, não falou da intuição nem da

Laísa. Ela conseguira um emprego num instituto de pesquisa de mercado e assistia um curso de técnicas de microscopia de malária na Escola Paulista de Medicina. Nas poucas horas noturnas na casa, não saía do quarto. Os insones que passavam pela sala escutavam a voz de Gal cantar "Flor do cerrado" e "Canção que morre no ar"; na tela da porta, a fumaça do incenso e do fumo cobria os seios e a cabeça da Marcela, e, quando alguém perguntava por Laísa, ouvia respostas evasivas.

Numa madrugada de dezembro, ela contou a Sergio San que contratara um detetive particular, e a busca por Laísa mudara de rumo. Mariela e Anita, cismadas com o tal detetive e com o curso sobre malária, pediram a Sergio San pormenores da busca. "Marcela não quis abrir o jogo", ele disse, fazendo uma pausa enigmática. "Mas acho que nesse jogo tem um crime político."

Mariela também pensara na repressão, mas agora não acreditava mais nisso: "Se Laísa foi detida pela polícia, um detetive particular não vai ajudar… A gente está esquecendo o amor. Uma relação amorosa é um jogo mais complicado que a política, San. Quando a mãe da Laísa telefonou, você disse que ela e o namorado estavam viajando. Essa invenção pode ser uma verdade ou meia verdade. Laísa pode ter viajado com o ex-namorado ou com outra pessoa".

"Laísa não viajaria sem avisar a gente", afirmou Sergio San.

Ele insistia na suspeição de um crime político: "Uma ex-aluna de ciências sociais não pode ser sequestrada pela polícia? Pessoas inocentes são assassinadas, sequestradas, torturadas. Laísa não viajou, ela foi vítima de um arbítrio monstruoso, mais uma brutalidade da repressão".

Marcela, recolhida no quarto, não dizia nada. No rosto

abatido surgia um esboço de sorriso, um sinal de esperança, clandestino. Assim ela nos encarava, entre nuvens de incenso e fumaça, matutando viagens secretas.

No dia 23 de dezembro, nos deixou um bilhete: ia passar o Natal e o Ano-Novo com uns parentes no interior. Voltou na noite de 4 de janeiro, pagou a Sergio San o aluguel de dezembro e o rateio das contas. Não dormiria em casa, nem sabia se ia voltar.

Mariela e Anita levantaram o braço ao mesmo tempo e pediram para falar.

"Sou supersticiosa, não adianta fazer perguntas", afirmou Marcela. "Um dia eu conto pra vocês... se eu sobreviver."

Pôs numa sacola o *Manual de diagnóstico microscópico*, um gravadorzinho, fitas cassete, cadernos e roupa; abraçou e beijou os moradores da Fidalga; e foi embora da Vila Madalena.

O quarto da Laísa e da Marcela está desocupado; no par de tatames juntos, uma mancha mais clara no trançado de palha desenha o contorno de dois corpos. Ninguém mexeu em nada: os livros de antropologia e sociologia arrumados na estante; uma caixa de cedro com pulseiras, colares, pequenos alicates, fios de náilon e metal, sementes pretas, vermelhas e cor de areia; o diploma da USP e o calendário do Nuvem Cigana espetados com alfinetes numa placa de cortiça. Ao lado dos tatames, um arco de cinzas no bastão de incenso parece uma interrogação na boca do pote de porcelana.

Mariela e Anita usam colares e pulseiras feitos por Laísa; todos suspeitam que elas não vão voltar. Nas conversas na copa a gente passa das perguntas a especulações, hipóteses e, por fim, ao mistério e às incertezas do destino.

*

Ainda trabalho na editora do Barbicha de Bode e escrevo resenhas para um jornal de bairro e uma revista. Nenhum projeto de arquitetura, nem planos para o futuro. A esperança de encontrar minha mãe se subtrai a cada dia.

Um olho ainda sonha; o outro é pesadelo.

Laísa e Marcela liam meus poemas, depois Laísa lia trechos do seu diário. Escrevia sobre sua mãe; ou escrevia *para* sua mãe e fazia perguntas de uma filha abismada. Nenhuma palavra sobre o pai.

Uma noite, numa conversa sinuosa como uma espiral, Marcela imitou a voz do Ox nas aulas de inglês e francês para Laísa. "Ox deu os cinco tatames desta casa", disse Marcela, "os dois do meu quarto, os dois da sala e este aqui, onde você dorme." "E sem as lições do Ox", acrescentou Laísa, "eu não teria lido *Tristes Tropiques*. Não aprendi francês no colégio, Martim, minha mãe não se interessava pela língua francesa nem por nenhuma língua estrangeira. Nada de nada. Uma mulher de pouco cérebro... e muito coração, mas não pra mim."

Laísa saiu do tatame para observar de perto duas fotos da Lina: uma, colorida, a única original; a outra é um dos retratos 6 × 9 em p&b, fotografado e ampliado por Mariela; essas cópias maiores parecem imagens antigas: o rosto ficou um pouco granulado, o sorriso da foto original colorida esmaeceu, não sei o que dizem esses lábios.

"É como se tua mãe não pudesse dizer o que ela faz, e tua namorada soubesse disso, sem poder revelar", opinou Laísa.

As duas dormiram no chão do meu quarto, e Laísa, com seu jeito terno, maternal, era a mais desabusada, e as duas riam da minha expressão assustada com os gestos inusitados de um amor maluco.

24.

Paris, outono, 1979

Barracas da feira começam a ser erguidas, vozes com sotaque estrangeiro vêm lá de baixo, marquei um rendez-vous às seis horas com monsieur Bernetel, vou ajudar o feirante de Caiena a carregar caixas e vender frutas das Antilhas e da Amazônia, ainda dá tempo para escrever e pensar nas palavras da Laísa, comparar a foto p&b do rosto da minha mãe com a imagem colorida, o corpo inteiro sob uma árvore, como se ela estivesse viva. Agora percebo na foto ampliada, sem cor, um sorriso ambíguo, envolto por uma sombra, talvez a pergunta da Céline faça sentido... O que minha mãe esconde nesse sorriso?

A foto no sítio tinha sido tirada por Dacio?

Meu tio raramente escreve para Ondina. "De vez em quando, meu filho me manda um postal com vinte palavras, só para dizer que está vivo", disse minha avó na última carta.

Há uns dez anos, quando Lina enviou a Brasília essa foto colorida, eu pensava que ela sofria, e indagava a razão desse pensamento. Hoje, meu olhar desiludido transformou o rosto materno num espectro. "Como se tua mãe não pudesse dizer o que ela faz, e tua namorada soubesse disso, sem poder revelar."

Dinah, Sergio San, o Nortista e Mariela estão em São Paulo, cada um em seu refúgio provisório; Ângela não saiu de Brasília, a Cantora solta a voz em casas noturnas na Zona Rosa, Cidade do México. Ox estuda literatura em Yale e me pediu que comentasse o manuscrito "Poemas de New Haven", que ele vai ler na Universidade de Nova York. Já li os três longos poemas em prosa da primeira parte: "Asilo, refúgio", "Porto da loucura" e "Pai, infância, morte".

Laísa e Marcela vivem num tempo sem hora: dormem na noite úmida, sob as estrelas?

25.

Vilhena, Rondônia, 9 de janeiro de 1977.

Queridos amigos da Fidalga,
Eu e Laísa estamos de partida para uma aldeia alante-su-nambiquara, a umas cinco ou seis horas de carro de Vilhena. Na noite de 4 de janeiro, saí de casa sem falar nada sobre Laísa. A superstição, um dos meus vícios, me emudeceu. Pensava nisso enquanto dava uma boa caminhada até a casa do advogado, no Jardim Europa. Pediu que eu dormisse lá, a gente ia sair às cinco da manhã pra Zona Norte. Às quatro, eu já tava de pé na varanda. Que mansão, meus amigos! Saímos às cinco em ponto. Eu e o detetive já tínhamos percorrido ruas e avenidas de Santana, Vila Maria, Tucuruvi, Vila Guilherme, Jaçanã, Tremembé, Limão... Não vimos o pai da Laísa nas padarias desses bairros. Depois eu ia ao curso de microscopia de malária na Escola Paulista de Medicina, e de tarde fazia pesquisa sobre produtos de beleza e higiene.

No dia 5, cedinho, quando o carro atravessava a ponte das Bandeiras, vi a lua cheia e me lembrei de um verso: "A lua é a mãe do patético e da piedade". Você se lembra dessa noite no teu quarto, Martim? Laísa tinha lido uma carta pra mãe, uma das cartas que nunca enviou; quando ela viu a lua cheia e depois me olhou, lagrimando, você recitou o poema de um norte-americano e eu me lembrei disso na travessia da ponte e pedi ao advogado pra diminuir a velocidade ou parar o carro, aí ele perguntou se eu estava bem, e eu disse que estava ansiosa, e fiquei olhando o rio Tietê, sujo sob a ponte no restinho da noite.

Na avenida Voluntários da Pátria, perto da igreja de Santana, o detetive nos esperava ao lado de um orelhão. Na calçada, um baixote de boné segurava uma maletinha. Era o pai da Laísa. O advogado disse assim mesmo: "Não pergunte nada ao pai da tua amiga". Não é engraçado chamar Laísa de minha "amiga"? O detetive não foi com a gente, nem precisava. Deu uma folha de papel pro advogado e falou da Estrada Campestre, lá pras bandas do Morumbi. Saímos de Santana, nós três calados, e perto do Morumbi o pai da Laísa disse: "Como eu pude...?".

Paramos na frente de um casarão antigo, todo branco. "Clínica de Repouso Dr. Simeão Curtiz." O vigia abriu o portão de ferro, o advogado e o pai da Laísa entraram na clínica, eu esperei na calçada. Que silêncio naquela Estrada Campestre! Uma trepadeira com flores amarelas cobre as barras de ferro que cercam o jardim e protegem o casarão. Dr. Simeão Curtiz, um nome inesquecível, meus amigos! O nome e o homem. Afastei as folhas da trepadeira e fiquei de butuca. Meia hora depois vi uma bata azul-clara, um corpo alto, e uma cabeça raspada e arredondada, parecia uma bolona de bilhar cheia de carunchos. Atrás dele, o advogado, e mais atrás, Laísa, de mãos dadas com o pai. Quando ela me abraçou, senti um corpo sem força, senti uma amargura de morte e comecei a chorar. O pai beijava seu rosto e chorava feito uma criança, depois cobriu os olhos com o boné, envergonhado. O olhar dela parecia dizer "estou longe da vida". O pai me deu uma maletinha e disse pra Laísa: "Você pode ir embora, filha". "Minha mãe não vai maltratar você?", ela perguntou. Ele disse: "Vá logo, filha. Escreva para a padaria Novo Algarve pra dar notícias. Só peço isso".

O advogado tinha bolado um plano. Nós duas pegamos um táxi e passamos o dia num hotel no largo do Paissandu. Na maletinha havia um pequeno crucifixo de ouro, medicamentos, um envelope com dinheiro, uma estatueta de madeira de Nossa Senhora do Amparo e uma caixinha de papelão, cheia de pequenos sonhos e doces portugueses. Nenhuma fotografia. O pai da Laísa conhecia o plano da nossa fuga, mas ela temia que a mulher dele descobrisse tudo. De noite viajamos de ônibus pro Mato Grosso, dormimos em Cuiabá, e bem cedinho pegamos a primeira carona na direção de Vilhena. Que barra essa parte da viagem! Horas e horas na cabine de um caminhão de um Batalhão de Caçadores do Exército. No rosto da Laísa, a mesma expressão de alheamento.

Desconfiei do motorista, mas o soldadinho ficou na dele, só reclamava da estrada Cuiabá-Porto Velho nessas chuvaradas do inverno, a buraqueira no barro enlameado, árvores caídas, o perigo de atolarmos naquele mundão. No meio da tarde, saltamos perto de um acampamento do Batalhão de Engenharia de Construção, esperamos mais de uma hora na estrada até pegarmos carona no Fusca de dois molecotes que vinham de não sei onde e iam pra Vilhena.

Playboyzinhos babacas, filhos de colonos do Sul. Não senti medo do motorista do Exército, mas eu e Laísa ficamos apavoradas com um dos molecotes. No banco de trás olhávamos a floresta e as primeiras estrelas naquela solidão, o infinito por todos os lados. O Cruzeiro do Sul piscava lá em cima, eu respirava o ar úmido e via a floresta escurecer, via o mundo todo escurecer e pensava em cada um de vocês, nas palavras do Ox antes de uma massagem, na minha felicidade nada envergonhada em tantas noites com a Laísa… Aí uma voz apagou meu pensamento. "Olha ali aquele pretinho." O Fusquinha parou, o molecote ao lado do motorista esticou o braço pra fora da janela, ouvimos dois estampidos e logo em seguida uns ganidos de desespero e dor; os faróis iluminaram o barro e vimos um cachorrinho preto e mirrado caído na beira da estrada. Fechei os olhos, apertei a mão da Laísa, e por mais de uma hora ouvimos tiros, gemidos de cães, risadas na noite da Amazônia.

Perto de Vilhena eles pararam de rir, de matar. Não sei quantos cadáveres ficaram na estrada. Nosso contato era um japonês, mecânico das caminhonetes do Projeto Nambiquara. Dormimos na casa dele, em redes separadas. Vilhena é um vilarejo com ruas de barro, duas ou três avenidas e uma única escola. Quase todos são forasteiros, me surpreendi com essa Amazônia de sotaque sulista e nordestino. Nós também somos forasteiras, mas vamos viver na mata, longe daqui. O cheiro de serragem das madeireiras é sufocante, o ar fica cheio de pó avermelhado, o pó da floresta triturada.

Ao contrário do que eu esperava, Laísa teve uma noite tranquila. Eu é que não peguei no sono, ouvia as gargalhadas dos dois loucos assassinando animais perdidos na noite, ou me lembrava do rosto da Laísa na "clínica de repouso", um rosto mais sereno que o de uma morta.

Ela está melhor, até escreveu uma carta para o pai. Quando chora muito ou fica na fossa, toma um calmante e passa parte do dia deitada na rede, muda, talvez pensando no tempo de internação na clínica, no pai, ou no crime materno.

Lembram que o Sergio San ligou pra mãe da Laísa na noite daquele domingo? Ela devia estar sozinha, esperando nosso telefonema. Ninguém dormiu lá. Eu sabia o endereço e fui várias vezes a essa casa, dia e noite fechada. O telefonema da mãe da Laísa na véspera de Finados foi pura farsa. Uma mulher cruel até o tutano, meus amigos. O preconceito é desamor. E muito ódio, medo, infelicidade. Ela e o marido já tinham mudado de endereço. Sergio San tinha certeza de que Laísa havia caído nas garras da polícia, mas foi em outras garras, San, a mãe dela nada tem a ver com a tua avó japonesa. Nem a voz. Você desdenhou quando eu disse que a tirania familiar pode ser tão destruidora e nociva quanto a ferocidade do Estado, torceu o nariz quando eu falei que a falta de afeto, respeito e compreensão numa família era uma miniatura do Estado repressor dentro de casa. Por que não gostou de ouvir isso? Só porque eram palavras do Ox?

Laísa foi sequestrada por dois homens quando saía de noitinha da praça Benedito Calixto; não resistiu, entrou no Corcel branco e foi internada na noite daquele domingo, os pais esperavam por ela na clínica da Estrada Campestre, depois eles iam visitar a Laísa três vezes por semana.

O calor úmido da Amazônia não me incomoda tanto, Laísa está ansiosa pra viver na aldeia, a enfermeira do posto da Funai disse que nos últimos anos vários nambiquaras morreram de malária e sarampo, ela fala a língua dos indígenas e já nos ensinou umas palavras, mas é uma língua difícil, Laísa já fala um pouco, anota tudo, a tradução e a pronúncia. Ela escreveu muita coisa sobre o tempo que passou na clínica, mas eu não li nem uma linha, tenho medo. Mesmo assim, quando me lembro de São Paulo, não penso num manicômio. Sinto saudades de vocês, mas quero ficar por aqui. Quem sabe Mariela não nos visita?

Podem enviar para este endereço de Vilhena os livros, o diploma da Laísa e o calendário do Nuvem Cigana? Um último favor: entreguem pro Ox o envelope anexo com uma carta, mandem um beijão pro nosso amigo poeta e digam que eu e Laísa estamos salvas, mas não totalmente sãs.

Beijos pra todos da Fidalga,
Marcela

26.

Paris, outono, 1979

Sete dias na Bretanha com Les Oiseaux Fous. Em Rennes e Saint-Malo tudo correu bem, mas na estreia em Brest uma enxaqueca derrubou Anita depois de uma sequência de saltos-mortais. Foi medicada no atendimento de urgência de um hospital e quis voltar para o Lanvéoc, um hotelzinho perto do porto onde a gente se hospedava. Dormiu meio dopada; de manhã cedo, Julião me chamou para o quarto. Ele estava pálido, nervoso. Anita dizia que a cabeça se rachara, e só enxergava pontos vermelhos e amarelos em movimento, como se fossem girinos de fogo. "Acho que vou ficar cega, Julião. Onde a gente está?" "Em Brest, no Finistère, Anita." "Finistère? E o que a gente tá fazendo aqui?" Julião relembrou as apresentações em Rennes e Saint-Malo, e falou dos saltos-mortais em Brest, talvez ela tivesse batido a cabeça. Ela disse que não tinha tocado a cabeça no chão, e agora sentia a cabeça partida.

Passou o dia vomitando, e de noitinha, quando melhorou, Julião não queria fazer o show com os atores franceses, mas, quando Anita o encarou, ele entendeu e saiu. Fiquei no quarto, pedi batatas e peixe cozidos, ela comeu um pouco, e perguntou o significado dos girinos de fogo. "Não tenho a menor ideia", respondi. "Só agora eles estão sumindo da minha vista, Martim. Tem a ver com a morte?"

Ventava e fazia frio em Brest. Olhei pela janela o porto, os barcos iluminados no mar, e me lembrei de Santos, do canal do Macuco, da Ondina, do meu avô. Todos os portos se assemelham.

"Não sei, Anita. Tudo tem a ver com a vida e a morte."

Ela disse: "Quem falou isso? Você ou o Ox?".

Quando lhe dei o medicamento, reparei no rosto dela outro tipo de dor, que parecia transcender a enxaqueca. Murmurava, talvez para si mesma: "Não foi o salto-mortal. Finistère, como estou longe…".

Dormiu logo depois dessa última palavra.

Fui para o meu quarto, e voltamos para Paris no dia seguinte. Anita dormiu durante toda a viagem. Julião contou que eles já ensaiavam uma peça escrita por Damiano Acante, mas temia titubear na fala e falhar. "Falar outra língua no papel de uma personagem não é tão difícil como escrever em língua estrangeira. Mas significa representar duas vezes." Olhou o rosto da Anita e cochichou para mim: "Não é a primeira enxaqueca… E ela já viu outras vezes a porra desses girinos… Girinos e cavalos-marinhos. O que é isso?".

Quando os dois discutiram sobre a viagem a Paris na casa da Fidalga, Julião sofria só de pensar em viver como um expatriado e falar uma língua estrangeira, mas ele amava Anita, e com ela iria a Madagascar, à Islândia, à China. Ele sentia um apego quase doentio por alguns bairros paulistanos, li isso na caderneta que me deu no primeiro encontro em Paris, mas não anotou as batalhas com a Anita, na presença de todos da Fidalga: "Você quer mofar nessas quebradas de Pinheiros e Vila Madalena, Julião? Quer levar essa vidinha de trapezista de bairro, matando e vendendo pombos, bebendo com os amigos no Bar do Xará, no Sujinho? Você ganha uma mixaria pra voar no circo! Um dia cai, e o sonho do trapezista acaba".

Foi áspera com o caçador de pombos e ainda o acusou de roubar dólares para viajar para Paris; essa Anita meio carola, que rezava e se confessava na igreja do largo da Batata, fez Julião aceitar que o amor impõe desvios na vida, e pode ser cruel quando é excêntrico.

Ontem fui com os dois a mais uma festa no apartamento de Mirna, na Île Saint-Louis. Évelyne ia com as amigas, mas, depois de conversar com Céline, desistiu.

"Céline disse que Mirna não gosta de nenhuma das minhas amigas, Martim. Ela não suporta ver Gabriela e Adriana, muito menos Marie-Thérèse e Maryvonne. É uma invenção da Céline. Os amigos franceses da Mirna estão fora de Paris, ela pediu que eu levasse minhas amigas, porque uma festa só com brasileiros podia terminar mal. Eu disse que elas iriam comigo porque estavam com saudades de ti, mas mudei de ideia, ninguém vai."

A anfitriã, a única fantasiada, usava calça de napa vermelha e camiseta preta de mangas compridas; uma máscara de Zorro e os lábios pintados de roxo davam ao rosto uma expressão sinistra. Oferecia bebida e haxixe aos convidados, parecia agitada e nem parava para conversar; pôs um disco do Jorge Ben, queria que todos dançassem, mas os convidados bebiam e fumavam, atentos a uma conversa de dois brasileiros. Quando Jorge Ben parou de cantar, ela pediu a Julião e Anita que fizessem malabarismos, acrobacias, qualquer cena circense. Recusaram.

Mirna pegou três capas de disco e deu um giro na sala: Gil, Lupicínio ou Luiz Melodia?

"Agora você pode voltar pro Brasil", disse em voz alta um dos brasileiros.

"Posso voltar", concordou uma mulher, "mas não engulo essa anistia geral."

"Não é melhor do que viver no exílio?"

Ela olhou o rosto do conterrâneo deitado no tapete: "Prefiro viver e morrer no exílio. É mais digno que a rendição e a farsa".

Os lábios roxos da anfitriã se contraíram, os olhos na máscara de Zorro cresceram com apreensão, a conversa cessou. A vitrola, sem disco, acentuava o silêncio fúnebre. Dei um giro pelo apartamento, entrei num quarto espaçoso, todo branco, parecia um pequeno museu particular. As estantes exibiam fotos emolduradas de Fela Kuti e Mandela, e estatuetas do Benin e da Nigéria. Na parede do fundo, duas máscaras: a maior era um rosto de mulher com dois pássaros na cabeça; a outra, um rosto também feminino, com uma serpente enrolada sobre a cabeça, evocava magia e poder; no rosto redondo e escareado, os olhos eram buracos. Me aproximei desse rosto e, quando os olhos ocos me encararam, escutei uma voz forte: "Anistia para torturadores e assassinos?".

Saí devagar do quarto das artes africanas e, quando voltei à sala brasileira, a mesma mulher gritava: "É essa a

240

reconciliação nacional? Você quer saber o que os tortura-dores fizeram comigo e com os meus amigos?".

Mirna tentava acalmar os dois conterrâneos, insistia para que dançassem, mostrava discos dos Mutantes, Rita Lee, Tom Zé, Milton Nascimento. Dançava sem som, resig-nada com o fracasso da festa, ouvindo opiniões divergentes sobre uma questão sem fim, que perturbava os brasileiros, quase todos exaltados, falando ao mesmo tempo da anistia política no Brasil.

À meia-noite, saí com Julião e Anita da Île Saint-Louis, eles me acompanharam até a Bastille, e no caminho Anita lamentou o tumulto da festa. Tinham conhecido Mirna quando faziam um show circense na Place des Vosges.

"Foi a nossa primeira amizade em Paris", disse Anita. "Mirna sempre dá festas, e às vezes paga pra gente fazer um showzinho. É animada, viaja muito pra África… Hoje, o papo da anistia melou a festa."

"Quem é aquela mulher?"

"A que gritava? Uma exilada carioca", respondeu Ani-ta. "Saiu quase surda da prisão. Damiano é amigo dela…"

"A Mirna sacou que a barra ia pesar", disse Julião, "mas nenhum número circense podia apagar o fogo."

Desceram para pegar o último metrô. Segui pela Rue du Faubourg Saint-Antoine, contornei uma praça, pensan-do nas palavras da exilada quase surda, no obscuro Inimigo que rói nosso coração. Vi um vulto na Rue Charles Baude-laire: o velho clochard, caído na calçada, bebia e falava.

"Eu estava lá, em Dijon, na Resistência… Estrangulei um traidor, um colaborador filho da puta. Uma moeda, jo-vem! Merci."

27.

Rua Pará, Higienópolis, São Paulo, março, 1977

"Há anos não vou à Fidalga, Martim. Sei que o Sergio San ainda faz projetos de reformas e quer trabalhar no Departamento de Patrimônio Histórico. Não sei nada do teu amigo do Amazonas nem do casal circense."

"O Nortista é um ator sem palco, Ox. Anita quer morar na França. Julião, não sei..."

"Então a casa vai sofrer mais uma ou duas baixas. Sergio San, samurai da régua-tê e da prancheta, pensava que a nossa república era forte e estável. Quando a edícula entrava em ebulição, eu vinha pra cá e passava a noite lendo. Já levei quase todos os livros para a casa do Butantã. Mariela conhece meu novo lar. Eu ainda ajudo a fotógrafa. Você sabe, os pobres artistas! Quando a gente se encontra, ela sempre fala da nossa separação, talvez por culpa. Ou por uma mania de pôr tudo em pratos limpos, tudo certinho, cada erro, pecado e falha moral em seu devido lugar.

Mas isso é inútil. Limpar a sujeira da alma é totalmente inútil. Morremos com a alma manchada, com o coração cansado e rasgado, com a consciência dilacerada. Numa separação não tem vítima nem algoz. Não sei se foi por uma questão ideológica, por um desajuste de ritmo, do dia a dia de cada um. Ou foi por tudo isso e mais alguma coisa. Se eu ainda gostava dela? Acho que sim, mas sem separar o sim do não. Mariela não aceitava meus outros desejos. Percebi que estava sendo traído, mas não sou fraco pra me separar de alguém por ciúme ou traição. Bom, nunca se sabe, não é? Vai ver que sou fraquíssimo e só descobri isso depois da separação. Naquela noite... Lembra da nossa conversa sobre Matisse e a arte abstrata? Eles tinham voltado do litoral excitados com a visão dos atores numa praia de Ubatuba. Naquela noite eu e Mariela discutimos e transamos até o amanhecer. Você estava empoleirado no andar de cima, não ouviu lhufas. Foi o começo de uma separação bruta. A gente começou a namorar no cursinho, Mariela estudava no Equipe, e eu no Anglo-Latino. Mas só eu era virgem... Quando nós entramos na USP, decidimos morar na Fidalga. Éramos muito jovens, inflados de sonhos, fascinados pelo curso de arquitetura, essa salada de arte, tecnologia e humanidades. Bem ou mal, todos estudavam e trabalhavam, só Marcela não pôde estudar numa universidade. Eu era um ruído na nossa república, uma espécie de herdeiro balzaquiano. Ou machadiano, para ser mais justo com a literatura brasileira e com o horror do nosso passado escravagista. E também com a loucura, tout court. Tocava minha vida ociosa, tentava encontrar alguma coisa que fizesse sentido, nossa eterna busca. A revista de literatura e desenho, a poesia que deserdou de mim, mas não para sempre. No terceiro mês na Fidalga, quis contratar uma cozinheira, mas Mariela disse que era um absurdo manter uma escrava na casa. Não seria uma escrava, eu pagaria um salário razoável, com carteira assinada. Disse que a gente ia dar emprego a uma mulher humilde, das nove da manhã às três da tarde. E como tudo era votado, perdi feio, meu. Depois comecei a perder a paciência... Mariela me repreendia quase todos os dias: minha roupa extravagante, meus anéis, minhas propriedades, meus ancestrais... Minha recusa a acampar nas praias paradisíacas do Litoral Norte, meu medo de participar da militância, o desprezo pela imensa maioria dos políticos brasileiros, mas não pela política. Talvez eu seja um velho precoce. Ou um liberal autêntico, num país que nem sequer passou por uma verdadeira revolução burguesa. Aqui, os falsos liberais imitam Brás Cubas, apenas trocaram a Universidade de Coimbra pela Escola de Chicago. Repetem os vícios da personagem do Machado, apoiam a ditadura, a tortura, a censura, e fazem negociatas com empresas do governo, políticos e militares. Liberalismo com terror de Estado, a receita chilena do criminoso Pinochet e sua gangue. Bom, você leu meu diário e sabe o que eu penso. Leu, sim. Por que negar? Leu quando eu tinha um escritório na Fidalga. Mesmo depois, quando eu escrevia neste apartamento, você xeretava meu diário na edícula. Sabia o exato lugar onde eu guardava meu bloco de anotações. Encontrei na tua sacola fotocópias de várias páginas. Ladrão de memórias alheias. Mas eu também xeretei teus cadernos de Brasília. Pegava aqueles horríveis cadernos escolares e lia. Você estava no Brás, no Gasômetro, ou andava por aí, nos teatros e botecos, nas casas de samba ouvindo a Cantora, mas sempre pensando na Dinah. Por que somos atraídos por pessoas tão diferentes da gente? Percebi isso no começo do nosso namoro... Mesmo assim, nossa história durou muito tempo. Mariela sofre com a humilhação e a matança dos indígenas, com o roubo das terras deles e com essas rodovias vergonhosas e delirantes, a Transamazônica, a Perimetral Norte... Sofre, mas não age. Nem é obrigada a agir, ninguém é. Mas quando o sofrimento dos outros vira uma questão moral, o que se deve fazer? Claro, as fotografias da Amazônia, a sensibilidade do olhar... Mas até hoje ela me diz que essas imagens belíssimas não bastam. Então é preciso mergulhar com paixão na política e na arte, como faz a atriz da tua vida. Aliás, como sempre fez, se for verdade o que li nos teus cadernos com capa patriótica. A paixão pela política e pela subjetividade, pela forma que nasce da simbiose da experiência com a linguagem, a energia transformadora, de dentro para fora, de fora para dentro. Nada disso falta a Dinah. Quando ela estava em Londres, você recebia cartinhas com comentários sobre livros de Raymond Williams, encontros com intelectuais e artistas, peças incríveis com atores do povo, encenadas em lugares improváveis. É que as viagens não pertencem só a Ulisses, e as penélopes não esperam mais... São viajantes há muito tempo. Viajam com o espírito inquieto, mas sem a ferocidade da conquista, a avidez da posse e a vaidade do triunfo. Enquanto você se exasperava, esperando uma carta da viajante, o que fazia? O que faz? Fica congelado, tecendo com amargura o ciúme, a frustração, a derrota. Aceitar a derrota é também um ato de coragem. Você falou de uma briga num restaurante chinês, a porrada na cara de um ator, namorado ou amante da Dinah. Qual o significado desse ato violento, mais infantil que corajoso? O que há por trás dessa catarse? Vou devolver o que você me disse durante uma discussão com a Mariela na edícula. Você empunhava uma tesoura e falava coisas absurdas, mas verdadeiras. Quando eu caí fora da Fidalga, você recusou minha ajuda pra pagar um psicanalista. Não foi pelo dinheiro. Você tem medo de confrontar o lado obscuro da vida. Monstros e fantasmas. O poder do teu pai. Os estragos na nossa alma. O destino da tua mãe, o mistério dessa vida errante ou clandestina. Acho que não deveria desistir dessa busca. O luto começa quando a gente tem certeza da perda. Ninguém sabe se ela passou pela experiência infernal de tantos brasileiros. Alex foi um deles. Infelizmente o tempo de heroísmo trágico, suicida, ainda não acabou. A catástrofe não dá trégua, Martim. Nós seguimos por outro caminho e estamos vivos, diante de um impasse. Mas por que capitular? A bebedeira e a solidão mórbida são formas de capitulação. Pode ser uma sentença moralista, mas serve para você. Eu, um moralista privilegiado? Concordo. Você foi muito mais sutil que a Mariela. Quantas vezes fui acusado de burguês, latifundiário e moralista de merda!"

Ox foi até a janela da sala, olhou para baixo e acenou para alguém.

"Por falar em latifúndio, vou arrendar minha fazenda. A geada do ano retrasado devastou os cafezais de São Paulo, do Paraná, de todo o Sul. Foi pior que a de 1965. No ano que vem, vou estudar nos Estados Unidos. Nova York ou New Haven. Columbia, NYU ou Yale, ainda não decidi. Mas sofro por antecipação, meu. Deixar tudo pra trás, a agregada da família, meus mortos e meus amigos. Esta cidade feia... edifícios horrorosos, império do estilo kitsch, perda da aura... Mas sempre encontro beleza e prazer na feiura paulistana. Você nunca pensou em sair do Brasil? Não sou mago nem conselheiro, mas talvez você consiga encontrar tua mãe longe daqui. Encontrar é uma metáfora... Às vezes, o que a gente busca só aparece na literatura, na fábula de uma verdade. Vamos descer? Quero que você conheça minha família. Ali na esquina minha ex-babá espera o cachorro fazer cocô e conversa com mamãe sobre o passado, a morte prematura do meu pai, minha infância, a fazenda de café. Não se assuste com a manta que ela ganhou da patroa. Pele, garras e focinho de raposa. É assustadora, mas a gente já viu coisas muito mais horríveis. E você passou três dias... Bom, é melhor mudar de assunto. Vem dar uma olhada."

Lá embaixo vi um cachorro enorme ao lado de uma mulher, e perguntei pela outra.

"Minha mãe dorme na cidade dos mortos, Martim. Ela está ali, no Cemitério da Consolação. Mas passeia comigo nos sonhos, no meu diário, na memória."

Bar Sujinho, Vila Madalena, 30 de março, 1977

"Parece que minha filha se extraviou em São Paulo, Martim. De vez em quando ela dorme aqui."

Finjo que eu e Dinah estamos juntos, e que a vejo com alguma frequência.

"É verdade? Onde você viu minha filha?"

Na praça da República, no viaduto do Chá, no teatro da PUC, no campus da USP e nos lugares mais policiados da cidade. No ano passado, na FAU, ela discursou no I Encontro Nacional de Estudantes. Não reconheceu meu rosto barbudo? Será um fingimento mútuo, nossa incapacidade de amar? Ou minha incapacidade de esquecer Dinah? Tento seguir seus rastros pela cidade, e ver nesses rastros lampejos da nossa vida em Brasília, quando o amor ainda ardia no calor seco do cerrado, na escuridão quente do laboratório da escola, no Poço Azul, nas margens do Paranoá, no santuário erótico perto da Igrejinha.

Na manhã de um domingo, quando Dinah passou na casa da W3 e me convidou para um passeio. Antes de eu perguntar para onde, ela disse: "Longe do Plano Piloto. Vim no carro do meu pai".

Saímos de Brasília pela Asa Norte, passamos por Sobradinho e Planaltina, e seguimos numa estrada que atravessou o leste do Distrito Federal e entrou em Goiás. O Opala parou na beira da estrada, a uns vinte minutos de Formosa. Naquele domingo de agosto, andamos pelo cerrado goiano, admirando ipês floridos, e passarinhos atraídos pelos frutos carnosos dos pequizeiros; Dinah catou canelas-de-ema, fez um buquê e o ofereceu para mim. Ela já conhecia aquele lugar deserto, conhecia o riacho de águas esverdeadas, perto de uma casa destelhada. Uma palmeira retorcida crescia na sala, calangos corriam entre as pernas de duas cadeiras velhas e no tampo de uma mesa emborcada. Num cartaz pregado num tabique, ainda era possível ler "Brasil: Ame-o ou Deixe-o" acima da fotografia colorida e meio apagada do busto do general Médici; as cores da bandeira brasileira na faixa presidencial haviam sumido, e no rosto militar apenas a boca entortada e as sobrancelhas espessas apareciam no papel sujo. Perto da casa, uma rocha escurecida de musgo lembrava um sapo-gigante; mais longe, na direção de Formosa, dois morros pareciam cabeças sem corpo emergindo do cerrado.

Comemos azeitonas doces, pequis, e jambos-amarelos

com gosto de flor do mato. "Você foi o meu primeiro namorado virgem, mal sabia dar um beijo, Martim. No dia da nossa separação vou me lembrar dessa manhã."

Quando ela percebeu o sofrimento no meu olhar, disse que eu não devia procurar a tristeza. Ninguém deveria.

"'A tristeza, mesmo contínua, tem cura...' Por que não acredita nesses versos que traduziu para mim?"

Seguia com o olhar o vulto do corpo imerso no riacho, perdia e encontrava uma sombra que se movia debaixo de folhas, o corpo nu emergia e agitava a água, o vento soprava palavras inaudíveis, talvez palavras de amor.

E agora esse "amor parece tão distante de mim, e tão estranho, como se quase pudesse ouvi-lo: um zumbido ou choro, longe, bem longe, um triste som perdido, e eu não sei dizer se esse amor está se aproximando ou se afastando...".

Anotações da Anita
Vila Madalena, São Paulo, junho, 1977

Um surto de coragem me assustou uns meses atrás. Coragem parece susto do coração, uma bondade inesperada.

Julião e uns amigos da Pérola Negra saíram da padaria Nova Era e foram a uma manifestação no largo da Batata. A rainha da Pérola me chamou para irmos juntas. Fiquei na dúvida. Quando me dei conta, estava no largo, na tarde de 30 de março. Colegas da ECA se surpreenderam quando me viram fazer acrobacias; Sergio San erguia um cartaz: Alexandre Vannucchi Leme, assassinado em 1973. Os sinos tocavam, ensurdecidos por gritos de protesto. Tanta gente, um povo enorme, e o cerco da polícia. Senti medo, meus dentes batiam, o corpo todo tenso. Mesmo assim, cavava espaço, soltava meu corpo e protestava com acrobacias e saltos-mortais. De repente, senti mais alegria do que medo. Depois, um surto de coragem. Pensava no circo e na minha avó italiana, a bordadeira de São Pedro; pensava no meu saudoso avô, alfaiate, também italiano. Eu ia até o largo da Batata pra rezar e me confessar na Nossa Senhora do Monte Serrate, depois bebia no Cu do Padre. Naquela tarde de março, o padre, na calçada da igreja, sorria para a multidão. O que o meu confessor pensava? Aquele era um sorriso sincero? "A sinceridade é uma comédia, Anita. Ninguém se abandona a seus instintos. Só os místicos são sinceros, só eles não usam máscaras." Ah, o Ox! E quando os estudantes se dispersaram na noite, tive sede de cerveja, mas o Cu do Padre estava fechado. Saí do largo com o Julião, e passamos no Bar Sujinho. Martim, debruçado no balcão, escrevia, bebendo vodca. Dei uma olhada no caderno aberto: "Fingimento mútuo, incapacidade de amar, escuridão quente...". Não quis papo comigo. Antipático, rude, egoísta. Ou ele só queria estar sozinho? Mas solidão, na barulheira bêbada do bar? Martim abstraía a algazarra, bastavam a caneta e o papel. Não voltou com a gente pra Fidalga. Deve ter chegado tarde, amanheceu no tatame da sala, o caderno, enrolado feito um canudo, enfiado no bolso da calça. Era 31 de março. Ele ficou o dia todo ali, sem comer. Estava adoentado ou era derrota do amor?

Só o Sergio San foi às passeatas na primeira semana de maio. O pau comeu em manifestações na PUC e no viaduto do Chá. Sergio viu Dinah em São Bernardo do Campo no Primeiro de Maio, quando vários operários e estudantes foram presos. "Mas a Dinah conseguiu escapar", disse Sergio.

Anotações da Anita
Agosto, 1977

Vasculhei o quarto, fucei o fundo das gavetas do guarda-roupa, enfim encontrei na minha bolsa um pedaço de papel dobrado:

"Um filho culpado por alguma tragédia, ou pela decisão da mãe dele. Por um motivo misterioso, ela teve que se afastar do Martim. Nosso amigo não tem nada a ver com isso, Anita. Mas ele é filho dessa tragédia ou decisão. Ou de ambas. É um quase enlutado, à beira da melancolia. Não sabe se perdeu quem ele mais ama, e talvez não saiba se essa mãe desaparecida ama tanto seu filho. Por isso ele dá saltos de vida e morte, como numa guerra. A alma na gangorra."

Quando anotei essas frases do Ox? Uns dois anos atrás? Três?

Anotações da Anita
Setembro, 1977

Não perguntei quem tinha rasgado as cartas. Martim pediu pra gente ler as folhas remendadas, com palavras mutiladas. Julião hesitou; eu, curiosa, li três ou quatro cartas em voz alta. Uma terminava mais ou menos assim:

"Viver longe de você, não conseguir vê-lo, é o meu maior sofrimento, filho. É difícil sobreviver em circunstâncias tão adversas. Espero um dia poder falar sobre essas adversidades e contar para você tudo o que eu sinto."

*

Martim já me contara que ele odiava o "sujeito" que vivia com sua mãe, e eu quis saber o motivo. "Esse homem não ama tua mãe? Não estão juntos há muito tempo?"

Me olhou como se eu fosse uma criança: "Você pode enganar uma pessoa durante toda uma vida, Anita, até na hora da morte".

Ele se perguntava se alguma frase daquelas cartas ameaçava a segurança do Estado.

Julião soltou um palavrão contra o Estado. Com a minha desconfiança calada, pensava nessa frase: "É difícil sobreviver em circunstâncias tão adversas".

Quais circunstâncias? Que tipo de adversidade?

Martim negava que a mãe fosse uma militante clandestina. Isso era uma alucinação de uma tal Baronesa. E o pior é que Dinah concordava. Enquanto ele arrumava as cartas numa pasta de papelão preto, dei uma olhada ao redor: um livro grosso de arquitetura (*Modulor*), um violão azul, uma pequena escultura, uma bússola prateada, manuais de construção civil, livros de poesia e teatro espalhados no chão; roupa pendurada numa arara de ferro, uma cadeira de espaldar alto e assento de veludo verde, puído e manchado, comprada na estofaria do italiano Rafael, na rua Purpurina. Na mesa, uma maquininha de escrever e uma régua paralela de plástico com o nome do Sergio San; na parede, cartazes das peças *Um grito parado no ar* e *Ponto de partida*, e três fotografias alfinetadas num pedaço de papelão: duas coloridas (Dinah e Lina) e uma preto e branco do Martim em Brasília.

"Você não vai voltar pra capital? Nem pra ver teu pai?"

"Um dia, Anita. Daqui a uns trinta anos. Mas se eu estivesse lá..."

Abriu a pasta preta e me deu uma carta de uma amiga de Brasília e uma foto colorida: uma mulher de uns vinte e cinco anos agachada entre arbustos; o indicador da mão esquerda apontava o céu, como uma lança; na outra mão, as pétalas de uma flor estranha brilhavam com o reflexo do sol. A carta, recente, era longa e confusa. A caligrafia retorcida e as frases em desalinho pareciam ter sido escritas no escuro ou na escuridão da cegueira.

Li um carnaval de assuntos: dois sonhos, caminhadas pelo cerrado, uma festa numa mansão na Península dos Ministros, onde a amiga do Martim morava com o pai, um ministro. No fim da festa, ela e os amigos protestaram contra o governo. "Um protesto cantado, pacífico e lindo, Martim, mas meu pai chamou os seguranças pra reprimir a 'orgia subversiva', meus amigos foram expulsos e eu saí com eles."

Ela havia rompido com o pai e com "todos os amigos da *Tribo*". Agora sua vida era movida pelo prazer e pela emoção: "Emoção de ler os poetas persas Hafiz e Rumi; o prazer de tocar flauta e de conviver com um francês que viajou pela Amazônia, viveu dois anos em Belém e decidiu morar em Brasília. Jean-Marc conversou contigo numa festa em São Paulo. Toco flauta para ele e sinto saudades de você, Martim".

Meu riso intrigou Julião, mas o que li em seguida nada tinha a ver com Jean-Marc nem com as lembranças sensuais das festas de 1973. A amiga do Martim dizia que a Baronesa, uma proxeneta, aliciava meninas virgens do Norte e as "oferecia" a políticos e empresários da capital. Rodolfo, pai do Martim, grilava terrenos públicos no Plano Piloto e no Distrito Federal e construía casas e edifícios. "Ele também distribui lotes pros pobres, é uma raposa quase pronta pra entrar na política. O teu pai e o meu ocupam as cabeceiras de um banquete de criminosos, Martim. A mesa desse banquete é do tamanho do Brasil, tem lugar pra todas as ratazanas da República, e ainda sobra pra muitos camundongos."

Minhas mãos, frias de tanta repulsa, soltaram as folhas que traziam o timbre de um ministério. Será que o Sergio San tinha lido aquela carta maluca? Andanças pelo cerrado, sonhos, banquete de criminosos, poetas persas e um poema de amor.

Naquela noite de primavera, Julião perguntou pro Martim se ele ia quinta-feira à manifestação na PUC. Ele segurava a foto da moça de olhos grandes e fiéis, encantado com o sorriso solar, de oferecimento amoroso. Ou com a flor de fogo na mão aberta. Em vez de responder, disse que seria menos infeliz se tivesse ficado em Brasília, com a Ângela.

Anotações da Anita
São Paulo, 23 de setembro, 1977

"Vi na entrada da PUC dois corpos queimados por bombas", disse Sergio San. "Duas estudantes. Quis ir até lá, mas os soldados já tinham cercado os corpos. O prédio estava bloqueado. Desci uma rampa, e lá embaixo, numa sala, a tropa de choque caçava alunos e professores no forro do telhado. Voltei pra entrada principal, os cassetetes golpeavam até as estátuas dos santos, na confusão ouvi alguém dizer 'na sala do coral', corri atrás dessa voz e me juntei aos cantores. O regente perguntava se eles queriam cantar 'Magnificat' ou 'Bésame mucho'. Não chegaram a um acordo, nem na hora do pega pra capar esses putos se entendem. Aí o regente gritou: 'O bolero, todo mundo conhece a letra e a melodia'. O coral começou a cantar 'Bésame mucho', parecia uma canção de amor da nossa última noite. Os policiais invadiram a sala, ninguém reagiu, a gente andou em fila indiana para o curral dos detidos. O comandante da repressão ameaçou dar porrada em todo mundo, mas o coro de vozes nos dava coragem e emoção, nosso canto era mais forte que os berros do coronel e dos soldados, só paramos de cantar no estacionamento em frente ao campus. Todos encurralados, esperando a ordem para entrar nos ônibus. Vi o coronel apontar uma árvore e ordenar: 'Aqueles dois barbudos vão numa viatura'. Um dos barbudos era o Martim, os soldados cercaram os dois, não vi mais nada. Por que só eles iam numa viatura? Iam ser conduzidos pra outro lugar? Pensava nisso. Mais de uma hora no estacionamento. Depois todos os detidos entraram nos ônibus e o comboio seguiu até o quartel da Polícia Militar, na avenida Tiradentes. Às duas da manhã fui interrogado. 'Onde você trabalha? Por que um arquiteto estava na bagunça de subversivos?' Raiva por não ter conseguido escapar... Respondi com calma, informei um endereço falso, um soldado me levou pra uma cabine escura. Um policial-fotógrafo disse: 'Fique sério, japonês, olha pra câmera sem piscar'. Sério, sem piscar, com a plaqueta número 1911 espetada na camisa. Esse número era familiar, em 1911 meus avós japoneses desembarcaram no porto de Santos. O flash espocou no meu rosto, na cegueira momentânea vi meus avós de Hokkaido trabalhando nas plantações de café e chá no Vale do Ribeira, vi meu professor na escola japonesa em Iguape e os professores de projeto nos ateliês da FAU e o olhar inteligente dos professores Flávio Motta e Flávio Império. Vi os seios da minha ex-namorada... Visões e lembranças surgiam em diferentes momentos do passado, como se a memória fosse um saltimbanco doido, desgovernado, mas não infeliz, um saltimbanco que ria dele mesmo, como eu comecei a rir, até que uma voz sufocou o riso e deteve o saltimbanco. O policial-fotógrafo ordenou: 'Sai logo da cabine, japonês'. Olhei pra fuça dele e disse: 'Sou brasileiro, meu'. O escroto me deu um empurrão, e o mesmo soldado me levou pro pátio do quartel. Dormir? Não podia pregar as pestanas, Anita. De vez em quando pequenos grupos gritavam palavras de protesto ou o nome de uma pessoa desaparecida. Uns oitocentos detentos no pátio, nos corredores, salas e celas. Os soldados corriam pra lá e pra cá que nem perus tontos, as vozes ressurgiam em vários lugares ao mesmo tempo, como se sentissem a presença de um regente invisível. Pensava nos dois barbudos, eu e o Martim éramos os únicos da Fidalga que tínhamos ido à PUC, você e a Mariela intuíram que a coisa ia pegar fogo, aí o Nortista e o Julião também desistiram. Saí do quartel às nove da manhã, vi o rosto aflito dos pais que tinham passado a noite por ali, esperando notícias. Andei pela avenida Tiradentes, passei pela Estação da Luz e fiquei de olho no edifício do Dops, quem sabe o Martim não sairia de lá. Às dez e meia peguei o ônibus pra Consolação, no trajeto me lembrava dos dois corpos caídos na entrada do campus. Saltei na esquina com a Paulista, e antes de visitar a reforma de um apartamento na Bela Vista, telefonei pra cá e disse pro Nortista que centenas de pessoas tinham sido detidas, o coronel e a tropa de choque estavam enlouquecidos. O Nortista perguntou pelo Martim, eu disse que ele ia chegar mais tarde, talvez de noite. Não acreditava nisso, mas não queria assustar vocês."

28.

Paris, outono, 1979

Telefonema de Évelyne Santier:

"O que aconteceu com Céline? Você sabe se ela viajou? Às vezes vai visitar o túmulo de seu pai em Grenoble,
mas não demora muito lá. O pior é que deixou uma mensagem estranha na secretária eletrônica: 'Me encontro contigo no inferno, nosso destino'."

Paris, outono, 1979

Carta da Laísa, postada em Vilhena (Rondônia)

Aldeia alantesu, território indígena nambiquara, 9 de
novembro de 1979.

Querido Martim,

Há uns dois anos a Mariela me contou numa carta o que tinha acontecido com vocês. Os indígenas perguntavam por que eu e Marcela estávamos tão tristes, foi difícil falar sobre o assunto, e eu nem consegui escrever pra você. Agora de madrugada, escutando o chuvisco na palha do teto, a coragem de escrever surgiu com a saudade.

Mariela, em São Paulo, e Ox, entre New Haven e Nova York, escrevem para mim. Sei que você não falou da tua mãe nas poucas cartas pro Nortista. Nossa amizade na Fidalga começou com uma conversa no tatame do teu quarto: a presença sufocante da minha mãe, a ausência misteriosa da tua. Agora, você em Paris, e eu na mata amazônica, sofremos.

Saio pouco daqui, Martim. De vez em quando vou a outra aldeia nambiquara, raramente dou um pulo até Vilhena e Porto Velho. Eu e Marcela dormimos numa das sete casas pequenas e redondas. Uma cabana sem porta, com um jirau onde a gente deixa nossas coisas. A primeira atividade do dia é buscar água fresca no igarapé, nessas manhãs com neblina vejo alguns indígenas deitados no chão, eles conversam até tarde e dormem perto da fogueira, o corpo coberto por uma fina camada de cinzas; depois vão com suas famílias até o igarapé, tomam vários banhos por dia, todos brincam e mergulham.

Bem cedinho, a gente visita os doentes e acompanha as mulheres e crianças até o roçado na coivara, as mães carregam os filhos pequenos e voltam com os balaios cheios de lenha e macaxeira; no meio da manhã, a gente come peixe ou carne moqueada com macaxeira, assada no borralho. De tarde as mulheres brincam com as crianças, trançam cestos,

258

ralam milho pra fazer chicha, enterram mandioca na beira do igarapé e depois preparam puba; os homens consertam instrumentos de caça e pesca, descansam, visitam os vizinhos. Os poucos objetos (cestos de vários tamanhos, arcos e flechas, brincos e colares) são trocados por panelas e roupa. É comum dois homens viverem com uma mulher, e duas mulheres com um homem, relações ligadas à sobrevivência. Quando um indígena diz: "Aquele fulano está muito sozinho e eu estou muito cansado", eles passam a morar com a mesma mulher e dividem as atividades cotidianas.

No fim do inverno passado, o chefe da aldeia disse que um jovem, o Ôyo, queria casar comigo, ele ia fazer muito xixiri na nossa rede. Falou em nambiquara, Marcela boiou, uma língua desconhecida deixa a pessoa ausente, com ar indagador. A enfermeira do posto me tirou da enrascada e nos mandou pra uma aldeia wasusu, onde havia uma epidemia de malária. Um indigenista do posto nos acompanhou na caminhada de quase três dias na floresta, parávamos para acampar quando víamos as primeiras estrelas, comíamos bolo de carne socada e frutas. Ficamos dois meses nessa aldeia, contraí malária pela quinta vez, um indígena morreu de sarampo. Assisti a um ritual pra curar um doente. O pajé e outros homens foram até o igarapé e imitaram com um timbre forte o pio das corujas, para que elas escutassem os sons e conduzissem os espíritos às cavernas sagradas; os homens voltaram em transe, emitindo um silvo trêmulo, Marcela sentiu medo daqueles seres que já eram espíritos, eles bebiam uma infusão, fumavam e cantavam ao redor do doente, mas só o pajé agia diretamente no corpo do enfermo, é esse espírito ancestral que cura a doença. O ritual durou a noite toda, o enfermo sobreviveu. Quando a gente voltou pra cá, Ôyo estava casado com uma moça que tinha sido prometida para ele.

Meu convívio com os indígenas faz mais sentido se eu falar a língua deles, com a ajuda da enfermeira meu dicionário nambiquara-português cresce dia a dia. O estranhamento nos convida à compreensão, tentei afastar o medo ao que é diferente, o medo e a rejeição surgem quando a gente menos espera. Pouco tempo depois da nossa chegada, fomos coletar cacau, coco de babaçu, larvas de besouro em troncos podres. Uma moça nos ofereceu corós vivos: umas lagartas gordas, brancas, que os nambiquaras comem com gosto. Elas se divertiam com nossas caretas ao mastigar as lagartas. Um manjar de coco de babaçu. Nesse primeiro inverno na aldeia, acordei com um cheiro esquisito; vi no pátio de terra corpos suspensos na neblina e na fumaceira. Cena de sonho estranho: sete corpos deitados em jiraus, sobre a fumaça das fogueiras. Eram macacos coatás, caça noturna dos índios, uma caçada coletiva, ritual de comilança e fartura. O cérebro de um símio é oferecido primeiro aos mais velhos, o miolo moqueado em varas de assa-peixe é um moquém dos deuses, mas uma caçada tão farta não é comum, os índios saem em dupla para caçar e voltam abraçados, com suas presas às costas e alegria no rosto.

Não é só o respeito, Martim. Aprendi a admirar os nambiquaras. As crianças não são castigadas pelos pais. Nunca. Na Fidalga você falava das lembranças da infância, "trancadas num cofre". Tua avó tinha o segredo desse cofre, a chave da memória. E quando ela o destrancava, as lembranças vinham de longe, "animais pequenos e ferozes, que cresciam e adquiriam forma numa tempestade de areia". Você sentia pena do teu pai nos primeiros meses em Brasília. Ainda me lembro das tuas palavras: "Eu sentia pena de um fanático, Laísa, meu pai não suportava a indiferença da minha mãe pela religião dele ou por qualquer religião. Era apenas indiferença, mas o fanático não admitia isso, nem suportava os livros e as leituras da Lina. Em Brasília ele trocou o catolicismo por uma seita estranha. Igreja do Sacrário de Cristo. Só contei isso para a Ondina…".

Você falava essas coisas e eu me lembrava da minha mãe, Martim. Meu pai é religioso, mas não me enchia o saco. Mas minha mãe, o que ela me disse na "clínica de repouso"… Meu estado mórbido me deixava muda. Os indígenas devem ter escutado palavras semelhantes dos missionários. O cativeiro moral, a posse espiritual. Mas os nambiquaras não foram totalmente possuídos. As flautas tocadas pelos homens são uma cerimônia sagrada, um ritual ancestral. Mulheres e crianças não podem ver essas flautas. O chefe da aldeia disse o que eu havia lido num livro: quando um homem morre, sua alma é encarnada por uma onça, mas a alma de uma mulher ou criança morta fica solta no espaço e se dissipa.

No passado eles sacrificavam crianças que viam as flautas sagradas.

Há uns meses, quando escutei os primeiros sopros melódicos, todos se recolheram. Os sons vinham da Casa das Flautas, depois os flautistas tocaram e dançaram no pátio até o amanhecer. Passei a noite escutando sons, as notas e variações de ritmo me tocaram profundamente. Seriam as mesmas escutadas há meio século por L.-Strauss, que as comparou com uma passagem da *Sagração da primavera*, de Stravinsky? Um verdadeiro contato espiritual com o sagrado transcende o tempo, sinto tristeza e revolta em pensar que esse e outros rituais tão antigos podem ser banidos pela loucura dos "civilizadores". Em várias aldeias já não se vê a Casa das Flautas, será que num futuro próximo os nambiquaras vão sobreviver à catástrofe? Ou seremos nós, os brancos, as vítimas da "missão civilizadora"?

As leituras com o Ox e os estudos na universidade me ajudaram, mesmo assim é difícil entender espiritualmente o Povo da Flauta. A compreensão plena, se é que existe, me escapa. Essas frases de L.-Strauss me vêm à mente: "Tão perto de mim quanto uma imagem no espelho, eu podia tocar neles, mas não podia compreendê-los".

Ox me alertava para os limites da compreensão, dava exemplos de poemas difíceis, abstratos, palavras num labirinto mental. Dizia: "Às vezes a poesia tem alguma razão para não ser entendida, Laísa. É preciso sentir, imaginar, saber escutar. Com os nambiquaras não vai ser diferente. O estudo e a pesquisa não bastam. Quando você conviver com eles, vai perceber que são muito mais complexos do que pensa. Nossa ignorância arrogante simplifica e rebaixa a cultura dos outros".

A malária, o sarampo e a gripe ameaçam e matam os nambiquaras. Fazendeiros e madeireiros cercam e invadem terras indígenas, eles jogam desfolhante químico na floresta, várias crianças de uma aldeia do Sararé nasceram com lábio leporino, há casos de cegueira e distúrbios neurológicos, a enfermeira do posto foi para lá, ela trabalha há sete anos nas aldeias da mata e do cerrado.

Ainda chuvisca, escrevo deitada, os indígenas dormem no chão, os mortos estão enterrados no pátio circular de terra, o lugar onde se enterra um morto será sempre uma aldeia. Sihiensu: verdadeira aldeia. Não há estrelas nem lua no céu opaco, o lampião ilumina minha caligrafia no papel úmido. No inverno os alantesus acordam mais cedo, os homens passam uns oito ou dez dias na mata e trazem capivaras, pacas, queixadas.

Sou a única branca na aldeia, Marcela está em Porto Velho. Um funcionário de Vilhena me deu o telegrama na tarde de terça-feira. "Tua querida mãe faleceu hoje. Saudades do teu pai." Esse "hoje" foi domingo passado. É estranho ler com atraso a notícia da morte de alguém que quase me destruiu.

Enterrei nesta aldeia as cartas que não enviei para minha mãe e o diário escritos na Fidalga. As palavras mortas estão livres da vingança dos espíritos maléficos da floresta. Mas ninguém se livra dos sonhos. Na noite da notícia da morte da minha mãe sonhei com a cerimônia de um enterro, o corpo do defunto coberto por cascas de árvore pintadas com tinta de urucum e amarrado com fios de tucum; os objetos do morto foram enterrados na cova, e a casa onde ele morava foi queimada. Lembrava um ritual fúnebre na aldeia wasusu, eu conhecia o indígena vitimado por sarampo, mas no sonho o rosto do morto era o rosto da minha mãe. "Só enxergamos com clareza nos sonhos, quando a razão nos abandona", dizia Ox. Será verdade?

Fiquei aqui, com as lembranças da infância, quando eu e minha mãe convivíamos em lugares inesquecíveis: nossa casa em Santana, uma igreja também nesse bairro e quatro padarias na Zona Norte de São Paulo. Depois, na juventude, uma desarmonia sem serenidade cresceu entre nós, um desacordo de ideias e questões morais virou confronto e, por fim, rompimento. Na clínica, eu entendi... Minha mãe não suportou o que viu e ouviu na última visita à Fidalga e decidiu agir com violência. A loucura moral.

Agora mãe é memória, sem palavra escrita, apenas a imagem de um rosto assombrado, fotografado pela Mariela na última visita à casa da Fidalga.

No meu diário de etnóloga e auxiliar de enfermagem anoto a situação dos doentes e a dosagem dos medicamentos; observo o dia a dia na aldeia: quem casa com quem (é comum um homem casar com sua enteada), como os índios se relacionam entre si e com os visitantes. De noite, no pátio de terra, ouço o mais velho da aldeia falar sobre as cavernas sagradas, um dos lugares da cosmologia dos povos indígenas do Guaporé. Um deus está presente em tudo; outro deus, espírito sábio e poderoso, diz o que é certo e errado, as regras que devem ser respeitadas para dar harmonia ao grupo. Enraivecido, ele se transforma no demônio atasu, espírito perigoso que muda de aparência, confunde as pessoas e aparece entre vivos e mortos.

Ouço a voz do ancião e tento traduzir mitos, histórias de deuses e espíritos, nomes de aves mágicas que trazem o bem e o mal, versões sobre o mundo natural e o sobrenatural. Mundos inseparáveis: a Natureza, as pessoas, os espíritos. As histórias dos alantesus, wasusus e outros nambiquaras diferem umas das outras, dependem da voz, da memória e da imaginação de cada um. Dependem também da minha tradução. Meu diário é apenas uma aprendizagem, Martim. E apesar dos meus erros e vícios, é uma tentativa de traduzir uma cultura, outra forma de existência. Escrevo para aprender o que sou, diante dos outros e na visão deles. E se aprendi alguma coisa, é que esses outros, com suas visões, podem fazer parte de mim e enriquecer minha vida.

Ox me viu numa foto recente com os nambiquaras e disse que "a filha do padeiro luso-brasileiro agora é indígena e branca, mestiça de muitos olhos".

Parou de chuviscar, nem sei que horas são. Escuto vozes e risos, mães e crianças vão se banhar no igarapé, depois a gente vai ao roçado, o milho amadureceu.

Terminei de traduzir um capítulo do *Tristes Tropiques*, esse livro me animou a viajar para esta aldeia e viver outra vida. Mando apenas o último parágrafo, com a esperança de receber uma carta de Paris.

"O visitante que, pela primeira vez, acampa com os índios na vegetação rasteira, sente-se possuído de angústia e piedade diante do espetáculo de uma humanidade desprovida de tudo; uma humanidade que parece esmagada contra o solo de uma terra hostil, atingida por algum cataclismo implacável; nua, tiritando perto das fogueiras vacilantes. O visitante circula tateando em meio à quiçaça, evitando esbarrar num braço, mão, torso, cujos reflexos quentes são percebidos pelo clarão das fogueiras. Mas essa miséria é animada por sussurros e risos. Os casais se abraçam com força, como na nostalgia de uma unidade perdida; os carinhos não são interrompidos pela passagem do estrangeiro. Percebe-se em todos eles uma imensa gentileza, uma profunda leveza espiritual, uma ingênua e encantadora satisfação animal, e, reunindo esses sentimentos diversos, alguma coisa como a expressão mais emocionante e verdadeira da afeição humana."

Um beijo da tua amiga brasileira e nambiquara.
Laísa

Paris, outono, 1979

Céline está internada no La Salpêtrière, talvez seja operada hoje. Évelyne ficou de me dar mais detalhes sobre o acidente e a cirurgia.

Cancelei uma aula particular em Neuilly-sur-Seine e um café com Damiano Acante. Como terá sido o acidente? Na semana passada, numa das raras noites que dormi na Chevreuse, Céline disse que a viagem a Grenoble tinha sido boa: "Fui e voltei em paz, *cher métèque*. Levei o retrato do jovem argentino... Queria deixar o cartaz sobre o túmulo do meu pai, mas o tempo ia destruí-lo... É melhor deixar a moldura nesta sala. Chorei muito em Grenoble, e isso me fez bem".

O vazio e a penitência do quase inverno: a tarde parece noite prematura, a janela é um retângulo branco, a neve cobriu a calçada e a rua, das seis ao meio-dia trabalhei na barraca do feirante de Caiena.

Numa das fotos que Céline me deu, ela está de pé na porta de um açougue e encara a lente da câmera; atrás do corpo, peças de carne penduradas em ganchos de ferro, desfocadas. Usa um chapéu preto de veludo, uma echarpe vermelha enlaça o pescoço fino. No olhar, o fogo pálido da melancolia.

"Formação de coágulos no cérebro", dissera Évelyne. "É uma cirurgia complicada, muito demorada. Céline está entre a vida e a morte."

"Estou sempre mais perto da morte", Céline me dizia, rindo.

29.

Anotações da Anita
São Paulo, 25 de setembro, 1977

Martim está em Santos. Vai passar uns dias no chalé da avó. Não falou da prisão. "O mar amanheceu furioso, Anita. Maré e vento fortes, e lá em cima lâminas brancas se agitam no céu escuro. As rosas querem mesmo florescer? Se eu pudesse contar para você…"

A última frase é o título do poema declamado tantas vezes por Martim na minha terceira noite de insônia nesta casa. A voz também era a mesma: terna, grave, meio embriagada. Ele não queria receber ligações e pediu pra falar com o Nortista, que chupava manga e lia debaixo da mangueira. Deixou o livro e a fruta, e correu para a sala. Com uma voz ansiosa, fez pergunta atrás de pergunta: "Tu estás bem? Onde ficaste detido? O interrogatório demorou muito? O que os putos queriam saber?".

Perto do aparelho, escutava a voz do Martim, sem entender. Falou pouco, uns dois minutos, ou menos. O Nortista se inquietou com o silêncio do amigo, largou o telefone e saiu de casa. Fui até o quintal e peguei o livro: *The Empty Space*.

Anotações da Anita
26 de setembro (noite), 1977

Das nove às dez: exercícios circenses no quintal; depois, uma caminhada pelas ruas da Vila Madalena, Vila Beatriz e Vila Ida. Um sobe e desce de montanha-russa. Meio-dia: fim da caminhada na Rodésia; lá embaixo, na área plana da rua sem saída, dois meninos jogavam capoeira de Angola. O mais magro e miudinho me desafiou; mesmo cansada, topei. O outro menino cantava e batia palmas, dando ritmo à luta. Levei um banho, o moleque gingava, plantava bananeira, rodopiava, saltava e caía agachado. Flexível feito serpente, e uma agilidade de corça. Fiquei zonza. Ele fez um cumprimento e beijou minha mão. É filho do mestre Bira, da comunidade do Mangue. Subi a Rodésia e, enquanto contemplava a cidade, pensei no Martim e na Dinah. Às vezes ex-amantes se iludem quando reatam. Nostalgia, compaixão. Culpa? Medo de solidão?

Almocei e li o livro do Nortista (*The Empty Space*) até as cinco da tarde, quando tocou a campainha. Era Dinah: só ia deixar dois discos pro Martim; depois passaria na redação do jornal *Nós Mulheres*, aqui mesmo na Fidalga. Sentou no tatame e ficou olhando a escada. Não veio só pra deixar os discos. Queria bater um papo.

"Você e o Martim estão separados desde a briga no restaurante chinês?"

"Depois dessa briga, ele apareceu na sede da Associação de Moradores da Freguesia do Ó e no Sindicato dos Bancários. Viu as encenações de quinze minutos, fingiu que estava ali por acaso e se mandou. Mas o acaso leva alguém à Freguesia do Ó ou à sede de um sindicato? Não sei se o Nortista disse pro Martim que eu ia atuar naqueles lugares. Na manhã do dia 22, participei do Encontro Nacional de Estudantes na PUC. A manifestação seria no fim da tarde, lá mesmo. Vi o Martim num canto do Salão Beta, segurando uma folha de cartolina. As pessoas liam a frase na folha e não entendiam. Os outros cartazes eram contra a repressão e o Estado policial. Ou pelo fim da ditadura, pela reconstrução da UNE, pela liberdade. No cartaz do Martim estava escrito com letras grandes: 'O rosto da mãe enche a sala'. Ele circulou pelo Salão Beta com o cartaz pendurado no pescoço e sumiu. No começo da noite, viaturas da polícia já cercavam a PUC. Minha intuição falhou, não pensava que a repressão ia ser tão feroz. Me refugiei no apartamento de uma amiga, vi pela janela a invasão. Não sabia se o Martim estava lá embaixo. Ontem o Nortista me disse que ele ficou três dias na prisão e agora está em Santos. Não contou onde ficou preso nem o que aconteceu... Isso me preocupa, porque ele foi detido e fichado em Brasília. E é filho da Lina. O sobrenome da mãe na carteira de identidade... A polícia checa tudo."

Eu tinha lido umas quatro cartas da Lina. Parece que ela enfrenta dificuldades para viver e lamenta a hostilidade do Martim com o padrasto. Não percebi mais nada. Por que ela parou de escrever?

"Em Brasília li toda a correspondência dela. Cartas muito amorosas, mas com desabafos e advertências. As palavras eram calculadas, pensadas. Ela se preocupava com drogas, e com os textos alucinados, publicados na *Tribo*. Só não li a última carta, enviada de Minas. Depois o Martim perdeu o contato com a mãe. Não é um mistério, não tem nada de mágico nem de religioso. Pode ser a história da Lina com o artista. E alguma atividade radical. Amor e política, duas paixões... O pai do Martim soube que ela ia ver o filho em Goiânia. Rodolfo deve ter lido o nome dele numa carta, o nome ligado à ameaça. Lina intuiu que o Rodolfo mandou invadir a casa onde Martim e o Nortista moravam, mas ela não contou isso pro filho. Acho que o maior enigma é a carta que ela escreveu pro Rodolfo. Martim nem abriu o envelope... Não foi por pudor, Anita. Cumplicidade. A autoconfiança da mãe, a fraqueza do filho. Talvez essa carta esclareça muita coisa. Lina deve ter criticado a atitude do Rodolfo ou revelado coisas que o Martim não sabe. O próprio Rodolfo contou pra Lina que o Martim tinha sido preso em Brasília, quando remava no Paranoá. Revelou isso pra culpar a mãe. Culpar e martirizar. Lina não podia mais viver com o Martim, na aventura dela não cabia o filho. E o Rodolfo já estava envolvido em tramoias, ele encontrou a jazida de ouro e agiu com rapidez e avidez. Esse ouro é a própria terra, os terrenos públicos da capital e do DF. A outra mina é a construtora, a sociedade com um grileiro conhecido por ali. Mas Rodolfo queria que o filho morasse em Brasília, perto dele. Soube disso quando o Martim estava em Goiânia, antes de viajar pra cá. Esse telefonema me deixou confusa. A voz do Rodolfo não era agressiva, nem sequer severa. Ele estava preocupado. Disse assim mesmo: 'Meu filho não sente que eu gosto dele, não entende que a mãe nunca mais vai voltar'. Rodolfo não estava preparado pra conviver com o filho adolescente, sem a presença da mãe. E o Martim também não sabia como se relacionar com o pai. Os dois padeceram em Brasília o trauma da separação da Lina. Não conheci o Rodolfo, uma voz não basta para conhecer uma pessoa. É possível que ele tenha planejado a viagem do Martim a Goiânia. Acho que ele pagou essa viagem e ainda deu o dinheiro que o Martim recebeu do motorista da Baronesa. É um pai trapaceiro nos negócios e na religião, mas fez o que pôde pelo filho. Uma família pode ficar perturbada quando a política se mistura com religião e trapaça. Eu mesma me afastei do meu pai, um bajulador de ministros e militares. Mas minha mãe está do meu lado, sempre esteve… Quando eu disse pro Martim que o Rodolfo gostava muito dele, reagiu como alguém que se sente ferido por escutar uma verdade. Para o Martim, a ausência da mãe é incompreensível, mas não insolúvel."

Dinah pegou uma caneta e um pedaço de papel. Escreveu: "Martim, meu querido, mães não se calam…". E largou a caneta e o papel. Quando o olhar dela encontrou meu rosto, me pareceu mais comovente; o que a Dinah queria escrever no bilhete, revelou pra mim, tocando com delicadeza meus braços e depois apertando minhas mãos, num gesto de amor e amizade. Ficou de pé, parou na porta:

"Uma pessoa que não dá notícias há mais de cinco anos, Anita… Mães não se calam por tanto tempo. Só as mortas não escrevem. O amor do Martim pela mãe não é só o sentimento de um filho. O sofrimento dele é de órfão e viúvo."

A voz e o olhar da Dinah não escondiam um pensamento que a inquietava, mas ela não parecia imobilizada pelo medo. Essa atriz talentosa parece ter objetivos claros na vida. Mas ela duvida de todas essas qualidades que eu invejo.

Dinah e Ox não acreditam em mérito algum. Guardei a folha de papel com as sete palavras.

Anotações da Anita
Outubro, 1977

No dia 28 vou visitar minha família em São Pedro. Disse pro Julião que meu pai ia comprar as passagens e me dar dinheiro. Não queria viver no sufoco nos primeiros meses na França.

Julião pegou um envelope no tampo do guarda-roupa. Um maço de novecentos dólares. Como conseguiu esse dinheiro? Com o circo e os pombos? Impossível. Vai ter que explicar.

Martim chegou de Santos. A barba cresceu, agora usa óculos, uma lente mais grossa que a outra. Dei o recado do dono da editora e entreguei os discos de Keith Jarrett e Elis Regina. Não se comoveu com o presente da Dinah. A indiferença à pessoa amada é fingimento, disfarce imperfeito.

Julião não quis revelar como arranjou os dólares. Diz que esse dinheiro faz parte do passado. Sei que ele detesta falar disso. Mas eu detesto mentira. Enchi o saco dele. Era grana de trapaça? Ficou chateado, mas não dei o braço a torcer. Contou que o dinheiro vinha da magia da música, das mãos e do trabalho da arte. Quando eu disse que ele não era músico, me olhou com um ar de lembrança. Quase chorou. Não senti pena, mas Julião deve ter um motivo forte, muito íntimo, pra não dizer certas coisas.

Anotações da Anita
São Pedro, 29 de outubro, 1977

Confirmei aos meus pais minha decisão de morar em Paris: viajaria logo depois do Natal. Minha mãe — filha de uma bordadeira e de um alfaiate italianos — sabe que eu vou fazer o percurso inverso ao dos pais dela: o caminho de volta à Europa. Meu pai fechou a cara e o corpo, parecia um homem de mármore. Depois do jantar perguntou se Julião ia comigo.

"Sim, mas se ele desistir, vou sozinha."

Anotações da Anita
São Pedro, 3 de novembro, 1977

Dei adeus à família, às praças, serras, cachoeiras e fazendas de São Pedro, aos gestos meticulosos das mãos que bordam lenços, toalhas de mesa, lençóis. Mãos italianas da minha avó.

Ontem deixamos flores brancas no túmulo do meu avô. Dez anos! Morreu cercado por essas serras. Quantos corpos brasileiros ele cobriu com mãos de alfaiate! E nunca mais pôs os pés no Piemonte.

Eu queria voltar pra São Paulo amanhã de manhã, mas Julião foi incisivo: eu deveria ficar mais uns dias aqui e antecipar a data da nossa viagem a Paris. Uma voz tão mórbida no telefone que eu perguntei: "O trapezista está se sentindo mal?".

"Parece que estou voando no trapézio de um circo de

horror. Um voo cego, sem rede de proteção, e um abismo lá embaixo."

Insisti pra que ele contasse alguma coisa. A voz lamentável sussurrou:

"O circo verde-amarelo está em chamas. Os poderosos continuam surtados. Loucos, dos mais furiosos, Anita."

Diário do Julião
Casa da Fidalga, noite de quarta-feira, 2 de novembro, 1977

Dinah elogiou tanto a Escola de Teatro em Paris, que Anita decidiu viver na França. Me sinto engessado só de pensar em deixar o circo, meus amigos das feiras e da Pérola Negra, os botecos de Pinheiros e da Vila Madalena, não é muito mais que isso meu país, aqui eu curto até a alegria dos outros. Ninguém devia ser forçado a sair do seu lugar, nem mesmo do seu quarto, Martim é um exemplo disso, ele não desceu a serra neste feriado.

Hoje de manhã me disse que a avó materna era a sobrevivente dos laços familiares. Nas semanas que passou em Santos, Ondina dizia pra ele: "Sou a mãe deserdada pelos filhos". Conversava em francês com os mortos, e durante um pé-d'água falava que o demônio ia afogar os moradores do chalé, e que o Martim tinha perdido em Brasília a língua francesa, a inteligência, o pai...

Perguntei o que aconteceu com ele nos dias de detenção.

"Ninguém dorme na cela, Julião. Os presos desmaiam, se apagam. É a pausa da desgraça."

Interrogatório policial é uma escrotidão, a violência das palavras, dos ferros e choques. Fui detido duas vezes, só porque sou o que sou, um brasileiro qualquer, sem a porra de um diploma, sem pinta de bacana. Não tem cicatriz nem marcas de ferimentos no rosto e nos braços do Martim, em outras partes do corpo não dá pra saber. O olho direito dele cresceu com a lente dos óculos, mas o que aumentou mesmo foi a tristeza no rosto. Copiei da caderneta da Anita uns versos alemães traduzidos pelo Ox: "a aparência de um rosto decresce e some, e o mundo interior se agita no caos...".

Ia dizer pro Martim que era vantagem ter avó e mãe bilíngues, mas preferi ficar na minha, falar da mãe ia embrulhar a cabeça e o coração dele, de coração confuso já basta o meu.

De repente, perguntou: "E o circo, Julião?". Eu disse: "Circo e shows em aniversários, agora só em Paris, cara".

Nem ciscou o rango do almoço, fez uma careta de nojo, a boca retorcida ia saltar do rosto. Aí falou uma doideira: "Isso aí parece espaguete enlatado, ração de cachorro...". Ah, meu senhorio de Brasília! As iguarias dos baianos, e tanta fartura.

Enlatado? Ração de cachorro? Tá certo, o aspecto da massa com molho de tomate era horrível, mas só sei fazer essa babugem. Martim bebeu conhaque numa garrafinha e olhou de banda as garfadas da minha fome.

Lá pelas quatro, convidei ele pra dar um giro pelo bairro, e perguntei se a aula de francês estava de pé. Disse: "Nem passeio nem aula. Tenho que revisar uma tradução e escrever um artigo sobre uma peça de teatro".

O maluco fica horas e horas sentado, bebendo, lendo e escrevendo. Saí pra molhar o gogó. O Bar do Xará, o Morango e o Sujinho tavam fechados, vi duas portas abertas de um boteco na rua Colonização, pedi uma cervejinha e sentei do lado de um cara descalço, bigodão grisalho, cabeça rapada. Verdugo, condenado ou só mais um fodido dessas quebradas? Parou de batucar numa caixa de fósforos, molhou a língua no copinho de cachaça e acendeu um palito, os olhos vidrados na chama. Dois caras tomavam uma cachacinha no balcão, levavam um papo sobre o presidente Geisel. "Esse general é um democrata, vai devolver o poder pros civis." Tomei um gole de cerveja, ri das palavras do otimista. O outro cara bateu no balcão: "Democrata o caralho, larga de ser ingênuo, meu. Em abril esse general fechou o Congresso. E no fim do ano passado vários comunistas foram executados numa casa lá na Lapa. Desde abril de 64 estão prendendo e matando tudo que é opositor, até índios e militares. Agora o pau tá comendo entre dois bandos de milicos da pesada… Tem muito coronel e general que não querem entregar a rapadura".

Ia dizer que dois sambistas da Pérola Negra tinham sido presos, mas uma gargalhada papocou na calçada, alguém gritou: "Corno!".

O dono do boteco deu um esporro: "Deixem meu amigo em paz, ele acabou de sair da prisão".

O homem de cabeça rapada olhou com raiva a rua Colonização; acendeu mais um palito de fósforo, esperou a chama queimar a pele dos dedos, resmungou: "Sofre, filho duma égua". Aí soltou um gemido seco, lambeu os dedos queimados, virou o copinho de cachaça e acendeu outro palito. Diversão no Finados?

Andei em zigue-zague pela Sagarana até a pracinha da Jubiabá; na subida da Isabel de Castela entrei num porão e abracei o Badu borracheiro; mais pra cima o Zé do Gás assobiava um samba na janela de um sobradinho, o velho sapateiro Zequiel pregava solas e acenou lá do fundo da oficina, ele consertava os sapatos da minha tia e, de quebra, os meus. Na praça do Pôr do Sol uma molecada batia bola, uns namorados se lambiam deitados, uma moça solitária olhava o horizonte. Pombos no gramado. Fui chegando de mansinho, um azulão quase preto subiu, deu um giro sobre a praça, e voou veloz até sumir lá pras bandas da USP. Os outros ficaram quietos. Arrulhei. Nenhum faminto. O menorzinho, ferido na asa direita, era branquelo e cego de um olho: olhinho leitoso, maligno e cruel; o outro, cor de púrpura, faiscava de tanta coragem. Caolhinho bravo, enxerga a metade do mundo sem medo de ser fisgado. Pegaria na moleza uns quatro ou seis com a rede, as asas se agitariam feito uma torrente de água suja, daria farelos de pão pro caolho, o olho purpúreo me agradeceria, antes da degola.

Mas isso acabou.

Bateu um baixo-astral neste feriado. Tristeza oca, sem razão, parece mais amarga. Martim sabe de onde vem isso, em cada canto do coração e da mente. Procura a mãe em tantos lugares e só colhe amargura. Alguma coisa tá acabando, um pião meio bambo gira no fundo da minha cabeça, vai perder o equilíbrio e cair. Que porra de fim é esse? A viagem pra Europa se aproxima, o coração cortado me angustia: desejo viajar com Anita e não quero sair do Brasil, esses desejos grandes se atropelam. Minha tia, professora de piano, me ensinou a ler e escrever antes de eu ir pra escola. Me deixou de herança um piano alemão, um violão azul, berloques de ouro branco, uma gargantilha com escamas de prata, um anel de ouro com uma pedrinha de esmeralda; vendi o piano pra escola Nova Euterpe, fiz uma troca com o Martim (o violão azul por aulas de francês), vendi as joias pra nossa vizinha, mas isso só depois de muita sedução e trabalho: dezenas de pastéis de palmito, papos malucos na sala mofada, cheirando a mijo de gato, mil beijinhos nas veias azuladas das mãos magras, serviços de benfeitoria no sobrado. Tirei maçarocas de cabelo branco de ralos e sifões, troquei telhas quebradas, lixei e pintei o quarto da madame, troquei bocais enferrujados e lâmpadas queimadas no corredor mais escuro do mundo, onde a patroa e a empregada se cruzam sem se ver, parecem dois fantasmas desorientados num beco sem saída. Muito trampo na casa vizinha, e uma oferta semanal de pombos gordos, com pinta de galetos. Todos os moradores esculhambam essa senhora. Velhota avarenta, racista, pancada, o escambau. Racista? Só se for com outros. Ou dá uma de cega na minha frente? Espichou uma boa grana pelas joias, isso sim. As joias de meio século de teclado e partitura da minha tia: aulas particulares nas casas da rua dos Morás, da praça do Pôr do Sol, do Alto de Pinheiros e do Jardim Europa, aulas no Conservatório Mário de Andrade, e ainda cozinhava, me dava livros, ajudava a fazer lições e me levava pra festas de aniversário e bailes, onde bandinhas tocavam lundus, e músicos de rodas de choro tocavam flauta, violão, cavaquinho. Nas sextas-feiras, eu saía do colégio Brasílio Machado e ia filar bolo de maracujá no casarão da professora Mercedes, ali mesmo, na Morás. Ganhava a metade do bolo e oferecia um pedaço pro sapateiro Zequiel e pro homem que vivia com umas cabras lá num morrinho perto da Natingui, o pequeno rebanho bebia água no córrego das Corujas, as cabras eram vendidas no Mercado de Pinheiros, no largo da Batata e nas casas dos bairros vizinhos.

Num dia de setembro, ele me deu um cabrito, minha tia ficou encantada com os balidos e saltos do animal, o bichinho viveu livre no jardim durante o tempo de engorda, aí degolei o pequeno pra nossa ceia natalina. Na hora senti pena do olhar dele e dos balidos de dor. Mas foi uma festa na Purpurina. Um ano depois, em 68, numa noite terrível de dezembro, escutava os acordes em legato e, de repente, uma suspensão, o silêncio. Minha tia tava debruçada sobre o teclado, carreguei o corpo pra cama dela e chorei, beijando as mãos caladas da pianista.

Quando fui despejado da casa da Purpurina, descolei um trampo num circo e fiz o primeiro show de malabarismo numa festança na rua dos Tamanás. Dormia na pensão do velho jóquei, filava canja em velórios da vizinhança humilde, ou rondava as casas do Alto de Pinheiros, depois esticava pra mais longe, até a Lapa e Pompeia. Quase todos defuntos desconhecidos. Entrava na casa do morto, dizia: "Meus sentimentos", mirava desolado o caixão, às vezes chorava de verdade, depois tomava três pratos de canja, comia uns salgadinhos, e bebia. Quantas caminhadas pra encontrar um morto, um caldo quente! Fui detido duas vezes pela polícia. Tem tarado racista até em velório. Dá pra perceber pelo olhar. Medo e ódio. Nas duas detenções, eu matava minha fome na maior paz, os filhos do morto me olharam com desconfiança e chamaram a polícia. E aqueles defuntos eram os únicos que eu tinha conhecido, dois apaixonados pela Pérola Negra. Foliões bacanas, mas pais de uma prole medonha.

Guardava pro futuro as joias herdadas da pianista, e agora a angústia de viajante indeciso, a fossa com a ideia de deixar meu bairro, de falar e sonhar em outra língua, logo eu, uma nulidade pra aprender um idioma, Martim até tentou me ensinar francês, mas a porra do *passé composé* me confunde, e não levo jeito pra fazer biquinho de pássaro e pronunciar *unique*, *foutu*, e em vez de me ajudar nos tempos verbais e na pronúncia, o Martim se distrai, pega o violão e toca de rasgado, sem dedilhar, ou abre um livro de poesia e lê: "no meu coração nasce uma descrença fria...".

Que diabo de professor é esse, com o cérebro inclinado, a mente no além? Meu violão azul por nada! Mas ele curte o instrumento, vive dizendo: "*The Blue Guitar* é uma obra-prima, Julião, uma beleza para sempre...". Por que diz em inglês "o violão azul"? Orra, que doideira, meu.

Voltei pela estrada das Boiadas, na Macunis cruzei com a rainha da Pérola Negra, ela queria fazer um show de capoeira e samba, com técnicas circenses. Eu ia viajar pra Paris em dezembro, não daria tempo. Me olhou, como se fosse dizer: você tem sorte de pular o muro, cara. Mas falou outra coisa: "Em Paris você vai penar que nem vira-lata magro, meu".

De noitinha, vi o quarto do Martim iluminado, subi pra dar um alô. Ninguém. Na máquina de escrever, um texto sobre a peça *O último carro*. No tatame, um dicionário catalão-espanhol, e um livro fino, fechado: *La Croisade des enfants*. Não conheço o livrinho nem o autor. Fotos da Dinah e da mãe do Martim cravadas numa folha de cartolina. Rostos mais ou menos parecidos, mas o olhar e a expressão não batem. Melancolia da mãe, brilho e ambição da outra. Li um poema de Arnaut Daniel, não saquei muita coisa. Que língua é essa? Li frases escritas com letras miúdas, achei bacana e copiei: "Quando tudo estiver perdido, e todas as ilusões estiverem enterradas, vou acreditar em ti, nos teus olhos...". Do lado dessas frases, um texto de duas páginas, título grande: "Os desertos do amor".

Apaguei a luz; lá embaixo, no banheiro, vi uma tesoura prateada na pia e cachos de cabelo no bidê. Martim tosou a juba. Por que o puto não limpou o banheiro? Juntei os cachos. Tudo no lixo.

Estranhei o silêncio na casa, como se todos da república tivessem ido embora. Pra sempre.

Diário do Julião
Casa do Ox, Butantã, 3 de novembro, 1977

Ontem de noite, dei meu recado pro pessoal da Fidalga: "Depois do Natal eu e Anita vamos voar pra França". Sergio San, cada vez mais exigente e autoritário, tinha recusado os inquilinos interessados no quarto da Laísa e da Marcela. O japonês age como se existisse entre os moradores um secreto pacto de sangue, mas até hoje não engoli o voto dele, contrário ao meu ingresso na casa. Com Anita o sansei é manso e manhoso, se abre pra ela em papinhos confidenciais. E se comprometeu a pagar nossa parte do aluguel e a do quartinho das duas amigas, assim a casa teria "fôlego pra sobreviver mais uns meses". Fôlego pra sobreviver? Que porra de hipocrisia era aquela? Os pais dele são os proprietários do sobrado, San embolsa a grana do aluguel, todos sabem disso.

Ele e o Nortista tavam azedos, o japonês reclamou dos projetos de reformas de casas e apartamentos, disse que virou um "arquiteto menor". O que significa "um arquiteto menor"? Se o Ox ouvisse aquela babaquice... O Nortista não consegue encenar, ajuda Mariela a ampliar e vender fotos, escreve roteiros que não são filmados, batalha por um emprego na tv Cultura, mas até agora, picas. Sentaram nas almofadas, Sergio San desenhou os rostos ausentes.

Isso ele manja, é de dar inveja, o japa faz o diabo com um lápis, desenhou com poucos traços a expressão altiva do poeta Ox, a tristeza tensa da Laísa, a cara de sátira sacana da Marcela. Mariela pôs um disco do Caymmi, estiquei o corpo no tatame e fechei os olhos: como seria minha vida com Anita em Paris? A voz que cantava "Sargaço mar" foi se apagando, senti uma sonolência pesada, parecia anestesia pra cavalo. Uma confusão de imagens veio a galope: o impulso no trapézio volante, o sumiço dos braços do trapezista aparador, cinco ou seis segundos no espaço, meu corpo bateu na rede de proteção e quando subiu, vi no horizonte a praça dos Três Poderes ocupada por um monte de pessoas de pedra sob um céu de enxofre, parecia uma poeira atômica cobrindo Brasília.

Mariela e o Nortista agarravam meus braços, ainda agitados no espaço sonhado. Quando ia falar do salto do trapezista na capital, Martim apareceu na sala e contou uma história.

Ontem, no fim da tarde, a mãe da Dinah ligou e pediu pra ele ir imediatamente pro apartamento na Lapa. Raspou a barba e cortou o cabelo às pressas, não sabe dizer por que fez isso. O pai da Dinah passava o Dia dos Mortos em São Paulo, ele falava no telefone e a mulher dele disse pro Martim que Dinah e um amigo tinham sido detidos entre as dez e onze da manhã perto da PUC, e o pai tentava descobrir onde eles estavam. Quando o homem desligou, disse que a filha era forte, moralmente forte. Aí interrogou o Martim. "Qual crime minha filha cometeu? O teatro é um crime? A construção de casas populares é um crime? Você sabe se ela fazia outras coisas? Você tem boas relações com o teu pai?" Martim quis saber o que Rodolfo tinha a ver com a prisão da Dinah. Aí a mãe dela disse que o marido tava abalado e não sabia o que fazer. Martim saiu da Lapa, passou numa pensão da Liberdade e falou das detenções pro Damiano.

Martim não parecia de porre, o efeito da bebedeira tinha passado. É a hora do cão. A ressaca, a garrafinha vazia, o tremor das mãos e dos lábios, um sofrimento infernal. Todos olhavam pro rosto sem barba, diminuído, nem mesmo perplexo ou assustado, apenas derrotado. Ou culpado. Mas o que ele teria feito pra se sentir culpado? O cabelo tosado por mãos bêbadas mostrava uma cabeça cheia de falhas. O Nortista perguntou quem era o amigo da Dinah. Martim recuou com passos lentos e se encostou na parede. "Você conhece o cara, Nortista. Você, Dinah e ele naquela peça... Tua pior noite no palco. Damiano já deve ter saído da pensão. Avisou que a gente tem que mudar de endereço hoje mesmo, no máximo amanhã cedo."

O Nortista fez uma porrada de perguntas e entrou em parafuso. Martim olhava pra baixo, como se o chão fosse um poço sem fundo, ou como se ele estivesse no topo de uma montanha branca, encarando com olhos de vidro um rio congelado. Disse que a vida dele tinha sido um acúmulo de erros, e era tarde demais pra reparar esses erros. Sofria com o sofrimento da Dinah. E perguntou: "Até onde vai a coragem?".

Sergio San veio com um papo de reunião, pra depois decidir alguma coisa, aí o Nortista engrossou: "Não vai ter reunião nem discussão nenhuma, todos devem se mandar da Fidalga". E esticou o braço pra mim: "Tu também".

Em que merda de república me meti! Vivia aporrinhado com dívidas na casa do ex-jóquei, mas lá só ouvia histórias de cavalos e briga de casal, e de madrugada eu e os pombos ouvíamos a barulheira do martelo, cinzel e formão do escultor de anjos.

Mariela e o Nortista foram os primeiros a se picar, eu e o Martim nos mudamos pra este bangalô do Ox numa rua bacana do Butantã, perto do Morumbi. Sergio San, guardião do sobrado amarelo, dormiu sozinho lá, acho que hoje vai chispar no Fusquinha pro Vale do Ribeira.

Liguei pra Anita e disse que tava na casa do poeta Ox, a gente devia antecipar nossa viagem, antes que fosse tarde demais.

Diário do Julião
Casa do Ox, Butantã, 7 de novembro, 1977

Martim trouxe os livros, a papelada, o violão azul e uns objetos. Diz que não vai mais pra editora. Hoje me perguntou o que eu escrevia na caderneta.

"Meus últimos dias no Brasil."

Toma o café da manhã na Estrela do Butantã e telefona de um orelhão pra mãe da Dinah; o pai dela voltou pra Brasília, diz que ouviu de um ministro e de um juiz uma "promessa vaga" pra libertar a filha. Promessa vaga é safadeza ou sacanagem, o inferno tá cheio disso. Parece que a Dinah se ferrou por causa de uma carta que tinha enviado de Londres pro amigo, também preso. O cara é ator e trabalhava com a Dinah numa cooperativa habitacional, mas ela não sabia que esse ator mantinha contatos com uma organização clandestina. Tá presa numa delegacia da Tutoia. Eu disse pro Martim que não conhecia essa rua do Paraíso.

"A rua da minha infância, Julião. Eu e minha mãe passamos centenas de vezes pela calçada desse centro de tortura."

Diário do Julião
Casa do Ox/Aeroporto do Galeão, RJ, 9 de novembro, 1977

Anita chegou de São Pedro hoje de manhã; trouxe uma caixinha de goiabada, um pote com doce de leite e dois lençóis bordados pela avó. Contei pra ela o que tinha acontecido com a Dinah. Sergio San tava na casa de parentes, em Iguape ou Cananeia. Martim sabe onde o Nortista e a Mariela se esconderam.

Eu e Anita ajudamos a preparar o rango e esperamos o Martim, que tinha saído cedo. Parecíamos três enlutados pensando na Dinah; Ox mostrou pra gente uma fotografia da Laísa na aldeia.

"Nossa amiga nambiquara", ele disse, com o dedo no rosto sorridente da Laísa. "Às vezes o destino é uma mistura do acaso com um desejo. Parece uma bússola meio louca, a agulha é atraída por uma onda magnética, ignora o Norte, aponta para o campo da desgraça e fica tremendo por ali, traindo nosso coração."

Ox fala umas coisas complicadas e ri, mas dessa vez nem sorriu. Falei um pouco da nossa vida no sobrado amarelo da Fidalga, como se o passado recente e o presente fossem indistintos. Apesar das desgraças — a internação da Laísa numa clínica, as prisões, a separação dos amantes —, o tempo que vivi na república tinha sido importante pra mim, e muito mais pra Anita.

O olhar agudo do Ox parecia atravessar meu rosto, o Butantã, o Morumbi, o Brooklin e Diadema, até se perder na Serra do Mar. Disse que a separação dos amantes não era desgraça porra nenhuma, e sim uma revelação, um sopro de liberdade neste mundo irreparável. Aí perguntou: "Você leu o poema 'A lua'? Deixei o pedaço de papel na soleira da porta, quando você e Anita ocuparam minha torre".

"Colei o papel na primeira página da minha caderneta. Foi você que escreveu o poema?"

"O autor é um poeta argentino, a tradução é minha, e o malefício é de todos."

Ele quis ouvir o *Concerto de Colônia*. Durante o almoço ouvimos, calados, o piano. Pensava na minha tia e na Frau Friede, professoras de piano: as lembranças da morta e da viva se juntavam no concerto maravilhoso de Keith Jarrett. Só comi arroz com feijão e farofa, não suporto carne quase crua, banhada em sangue. Nas últimas garfadas Martim deu as caras. Foi direto ao aparelho de som e pediu pra pôr um disco. Depois, na mesa, disse que ele, a mãe da Dinah e um advogado tinham ido pra delegacia da rua Tutoia, mas foram proibidos de entrar. Ox perguntou quem era o advogado da Dinah, Martim pronunciou um sobrenome alemão, que eu esqueci. "Ele trabalha na Comissão de Justiça e Paz", disse Ox. "Marcela me pediu ajuda pra tirar a Laísa da 'clínica de repouso'. Falei com esse advogado na época e contratei um detetive particular."

A gente não sabia disso, e o Ox não quis dar detalhes. Martim não comeu nada, olhava pra toalha branca e repetia baixinho a letra da canção "Pra dizer adeus". Aí uma voz de morto-vivo disse: "Dinah me deu esse disco, e eu nem agradeci...".

Anita desabou num choro demorado, Martim puxou com violência a toalha da mesa, a quebradeira da louça assustou um cachorrão peludo, os latidos e rosnados do diabo encheram a casa, Ox levou o raivoso pro quintal e voltou pra conversar com o Martim. Ficaram num canto da sala, o poeta sussurrava pro amigo, sufocado de tanta angústia. Eu também fiquei entalado, minha visão embaçada por lágrimas. Sentia ardor no peito, o coração queimado por uma mistura de tensão, tristeza, impotência. A viagem pra França era um adeus antes da hora. Hora de incertezas. O entusiasmo da Anita pela viagem tinha murchado, ela ficou sentada, soluçando, olhando no chão o sangue, pedaços de carne e cacos de vidro.

Mariela e Anita sentem um apego maluco por Dinah. Amizade pegajosa, de poucos encontros. Xodó entre três mulheres. Algumas pessoas são assim: se encantam entre si, nem é preciso muita convivência. Nunca senti esse encantamento.

Tentei pensar em outras coisas, mas volta e meia pensava na Dinah, nos dois sambistas da Pérola Negra, nas mulheres e homens presos e torturados. Eu e tantos brasileiros podíamos ter nascido em outro tempo, mas os pais são capazes de prever o futuro de um país? Não podem prever nada. E eu nem conheci meus pais.

Melhor não ter nascido?

Às duas da tarde telefonei pro Nortista, eu e Anita nos despedimos dele e da Mariela; queriam saber da Dinah, falavam ao mesmo tempo, mas o desespero impotente vinha da voz do Nortista. Mariela não parecia abalada com a vida clandestina, deu pra Anita o endereço do esconderijo, depois o Nortista mandou um recado estranho pro Martim: "Prometeu vai enviar uma mensagem".

"Prometeu?"

"Sim. Boa viagem, cara."

Anita não conseguiu falar com o Sergio San.

Diário do Julião
Le Café du Boulevard, Boulevard Arago, Paris, 7 de dezembro, 1977

Meu breve diário dos últimos dias no Brasil termina nesta manhã. O amarelo-fosco das árvores escureceu, as folhas, cor de terracota, parecem mortas. Tremor de frio e de saudades, essas duas pestes.

No dia 15 de novembro, Anita telefonou pro Ox, deu pra ele nosso endereço da Rue Daguerre, e ouviu palavras cifradas do Martim: "A atriz ainda está hospitalizada... O casal da edícula não vai sair do subsolo de um sobrado nos Jardins... San ainda está no Litoral Sul. Ox e Prometeu vão me ajudar a sair do Brasil".

Prometeu ainda é um mistério.

Hoje cedo, antes de começar a trabalhar neste café, li uma carta enviada pelo Martim. "A atriz recebeu 'alta do hospital'." Ele soube que a Dinah não sai do apê da Lapa, tem medo das esquinas, agora o medo brasileiro não a abandonava. Ela não contou o que tinha acontecido no centro de tortura da rua Tutoia, apenas disse pra mãe essas palavras, que o Martim transcreveu: "Sentia a morte dentro de mim, e em vários momentos preferi a morte. Estou destruída".

No fim, Martim escreveu que Lina e Dinah eram as grandes ausências da vida dele: mulheres que não se conheciam e talvez nunca viessem a se conhecer: "Só posso vê-las refletidas num espelho, imagens de duas pessoas amadas, na memória, na imaginação, no sonho...".

30.

Paris, inverno, 1979

Ontem me perdi mais uma vez nos corredores do hospital La Salpêtrière; quando encontrei o quarto da Céline, parei do lado de fora e escutei uma voz apagada: impossível saber se masculina ou feminina. Abri com cautela a porta, Céline dormia. De onde vinha a voz? De um sonho da convalescente, talvez. Observei a cabeça enfaixada, os lábios secos e pálidos, os braços brancos com manchas roxas, as mãos delicadas, inertes. Esperei uns dois minutos. Não acordou. Saí do quarto e, enquanto atravessava corredores compridos, recordei a primeira visita, quando Céline se comunicou apenas com dois dedos da mão esquerda. Sofria com essa mímica miserável; sofria muito mais com a mudez, e fechava os olhos e a alma. A falta da palavra e do álcool: uma maldição para Céline, incansável na bebida e no monólogo. Sem os gestos e a eloquência, parecia um dínamo em repouso.

Ox e Céline, vidas e culturas tão diferentes, têm em comum uma dívida com o pai.

Céline se perturba com o fantasma paterno, Ox escreveu um poema em prosa sobre o pai. Não tenho nenhuma fotografia do Rodolfo, esse homem distante inculpou minha mãe e tentou me seduzir com palavras de afeto e promessas de uma vida luxuosa. O afeto é duvidoso, o luxo veio do crime.

Quando o remorso me ameaça, o pensamento e a memória o enfraquecem.

*

Manaus, novembro de 1979.

Querido Martim,

Um longo tempo sem te escrever, talvez mais longo do que na época da minha viagem pro Chile e pro Peru. Há sempre um motivo para silenciar, o silêncio sem razão é a morte da amizade.

Mariela foi visitar Laísa e Marcela no Vale do Guaporé, e eu vim pro enterro do meu pai, embarquei num voo noturno e fui do aeroporto à funerária, na mesma avenida da casa da infância.

Amigos e parentes já tinham ido embora, só minha mãe velava o morto. Depois de tantos anos separados, o abraço do reencontro durou até o amanhecer, um abraço sem palavras, sem voz diante da morte.

No cemitério, me olhavam como se eu fosse um estranho, uma ausência de quase treze anos nos faz estranhos uns aos outros. Na casa da Vila Joaquim Nabuco conto pra minha mãe o que posso revelar, observo os objetos deixados pelo meu pai: folhas de papel de seda, armações com talas de palmeira najá, rabiolas também coloridas, esses papagaios não serão vendidos nem empinados, não há mais vento nem céu para os esqueletos sem figuras. Meu pai era um barnabé da prefeitura, ele fazia esses bonitões de papel de seda por prazer, e ganhava uma graninha com papagaios e maçarocas de linha com cerol.

Penso no sofrimento dos pais que desconhecem o paradeiro de um filho, na angústia dos filhos que não sabem o destino da mãe ou do pai. Essa é a tua história, e a de tantos pais e filhos. Agora, no quarto da infância, penso também em coisas que atormentam minha consciência: um episódio revelado numa noite a Damiano Acante e Dinah, depois daquela peça com o ator que tu confundiste com o Lázaro. Um sósia quarentão, sem a fibra moral do nosso amigo de Ceilândia.

Quando esse ator e Dinah foram presos, ele entregou várias pessoas aos agentes do Dops e militares. Vai ser anistiado, e agora tá se lixando pro teatro, pra política... Contou isso na calçada do Riviera, parecia o filho do embaixador Faisão me dizendo: "Não quero mais saber de porra nenhuma, Lélio". Ao contrário do Fabius, ele tinha talento para o teatro, mas desistiu. Quem se rende aos atropelos da vida não pode ser ator. Na nossa conversa, falou que Dinah tinha sido presa por ter enviado de Londres uma carta pra ele; nessa carta, sobre teatro e política, havia uma questão pessoal, íntima, que eu traduzi como sentimental ou passional, e isso também deve ter enfezado os agentes da repressão, vá saber.

Dinah ainda não sai de casa, só se comunica com a

mãe, que se separou do marido, o entusiasta do "milagre econômico" brasileiro. Nesses dois anos, foi impossível falar com a Dinah, e é difícil aceitar isso, Martim, ouvir uma voz materna dizer que os algozes imobilizaram o corpo e tentaram matar a alma da filha. É assombroso e revoltante o que aconteceu com a nossa amiga, a única verdadeira atriz do nosso grupo, como disse Damiano Acante na presença dela, numa conversa na pensão da Liberdade, depois da encenação daquela peça.

Vou rememorar essa conversa que tivemos, é menos penoso escrever do que falar, não sei se tu ainda moras na rua da feira, nem mesmo se estás em Paris, há meses me enviaste fotos de Barcelona: a Plaça del Diamant e o Teatre Lliure no bairro de Gràcia, e isso foi tudo.

Contei a Damiano e Dinah sobre os dois meses de prisão em Brasília, os primeiros dias sozinho na cela, o silêncio só rompido pelo barulho de motores de avião e pelo carcereiro que levava comida. Quando a solidão absoluta não é escolha, parece tortura. Um militar abria a porta da cela e me encarava, sem dar um pio. Não sei se era capitão ou coronel, o carcereiro se referia ao Comandante: "Hoje o Comandante tá calado e de mãos limpas, amanhã ninguém sabe". E uma tarde — não lembro o dia nem o mês — esse Comandante e o carcereiro levaram pra cela minha biblioteca da Super Comfort, atiraram no chão livros de história e literatura, com o meu nome legível na página de rosto. Tudo estava lá, até os dicionários e a fotocópia do livro de Giulio Carlo Argan, com anotações e palavras traduzidas do italiano. O militar pegou o volume da tradução francesa de peças de Brecht e começou a arrancar e rasgar lentamente as páginas. Aí cuspiu com ódio o nome do Jorge Alegre. "O dono da livraria", ele disse. "Esse comuna católico faz sermões perigosos em reuniões subversivas. A qual aparelho ele pertence?" Depois pegou *A gaivota* e *O jardim das cerejeiras* e fez a mesma coisa. Rasgou textos de outros escritores russos: peças de teatro, romances, contos, poesia. Quando abriu um romance de Górki, minha amargura virou pavor, ele arrancava as páginas do volume *A mãe* e eu pensava: deve ser uma mensagem, alguma coisa vai acontecer com minha mãe. Porradas na minha cara, na cabeça. E perguntas: "Quem esse livreiro de merda conhece? Onde mora o cubano que estava na livraria na noite do filme? Quando eu acabar de arrancar as páginas dessa porcaria, eu e esse cara aqui vamos arrancar tuas unhas". Me espancava, rasgava páginas do livro de Górki, gozando com riso de carrasco, o olhar frio, brilhante do ódio. O carcereiro não ria, era uma sentinela séria na porta de ferro. Não enxerguei nem ouvi mais nada. Meu rosto era sangue, escuridão.

Uma pessoa pode suportar a dor física até o extremo, um extremo que se dilata até o fim de tudo, quando não se pensa em mais nada, nem mesmo na morte. Disse que Jorge Alegre tinha um sítio em Águas Claras mas não morava lá. Eu conhecia o endereço do Damiano, amigo do Jorge Alegre. Revelei o endereço da Colina; por sorte o Damiano já tinha saído dali.

Damiano ouviu tudo com aquela expressão serena, sem contrair o rosto, como se estivesse possuído por uma imobilidade estoica, uma atitude totalmente diferente das do Damiano diretor de teatro, que se envolvia com os atores, exigia tudo deles, opinava na iluminação, no cenário, no figurino, em cada detalhe da peça.

Ele disse: "Eu entendo, Lélio. A gente pensava que havia dois dedos-duros no auditório na noite do filme cubano, ninguém sabia quem eles eram. O Jairo, gerente da Encontro, fechou a livraria na noite de uma sexta-feira e levou todos os livros para a casa de um amigo do Jorge, em Sobradinho. Jorge já estava morando num apartamento na Asa Norte. Fingi telefonar pra ele quando o Fabius passou na Colina pra dizer que a Encontro estava trancada e vazia. Eu sabia que o Jorge ia sair de Brasília e se esconder em Sobradinho, na casa do amigo. Ele se escondeu na casa do delator. Mais que um delator, era um militante arrependido, infiltrado nas reuniões da Pastoral da Terra. Ele tinha trabalhado numa fazenda em Goiás, perto de Uruaçu. Ninguém desconfiava dele. O confidente do Jorge era um ator, porque ele parecia ser o que não era. Espiões, dedos-duros e informantes são também atores. Atuam com cautela e convicção, sabem falar, calar e gesticular no momento certo, representam uma personagem no palco da vida, nesse teatro do mundo, e não sabemos nada dessa persona non grata, que falseia o que ela realmente é. Não dá pra desconfiar de todos e de tudo, até da nossa sombra. Esse cachorro enganou o padre alemão e os líderes mais velhos da Pastoral. Jorge tinha confidenciado só pra mim e pro cachorro a palestra do Jaime Dobles. Na noite do filme cubano, Jaime não apareceu no auditório. Eu já tinha saído da livraria com ele e com a namorada do Jorge para um apartamento na Asa Norte, onde você ficou naquele dia de abril. O cachorro foi abraçar o Jorge e quis saber onde estava o cubano. Conversei com o Jorge sobre esse assunto e a delação do cachorro. Ninguém falsificou um ingresso nem levou um amigo na noite do filme. Não tinha um intruso no auditório, o próprio Jorge contou vinte e oito pessoas e reconheceu todas. Foi um engano da Celeste, o Martim estava certo. Na casa de Sobradinho, o cachorro perguntou com insistência sobre Jaime Dobles, queria saber detalhes da vida do cubano, e aí Jorge ficou desconfiado e fugiu. Pegaram ele na casa de uma pequena fazenda, perto do córrego Dois Irmãos, nos campos gerais. Noroeste de Brasília. Jorge Alegre gostava daquele lugar. Uma fazendola antiga, da época dos primeiros garimpeiros e predadores do cerrado. Ouro e matança de indígenas. Jorge reformou a casa, refúgio dele e da namorada, o lugar idílico do livreiro, com um belo buritizal nas margens do córrego. Ele me contou tudo isso antes de viajar pra Lisboa. Não imaginava que o amigo podia ser um informante. O homem, aquele cachorro, tinha cursado só o ginasial. Não parou de ler, gostava de literatura e até escrevia poesia. Era o poeta da Pastoral. Mas era também o pastor das delações. Jorge dava livros pra várias comunidades de base nas cidades-satélites, comentava esses livros e depois debatia com as pessoas. Eu não ia a essas reuniões, Lázaro participou de várias, Dinah não sei...".

Não saquei nada do olhar da Dinah pro Damiano, Martim. Havia um código, um diálogo oculto dos dois. Naquela madrugada, quando eu e Dinah saímos da rua Tamandaré e fomos à Fidalga, ela te disse à queima-roupa que ia viajar pra Londres. Tu me olhaste com desconfiança, mas eu também não sabia nada daquela viagem.

Quantas vidas escondidas pode ter uma pessoa, até mesmo um amigo ou alguém que nós amamos? Jorge Alegre, Damiano Acante, Vana, Fabius, Dinah, Lázaro... O que se esconde numa pessoa é o que ela é, em essência? Durante algum tempo matutei sobre os motivos da minha prisão. A rápida conversa com o Geólogo na noite do filme cubano? Vingança do coronel Zanda? Minha amizade com Jorge Alegre? Os artigos da *Tribo*? Nos interrogatórios só escutei os nomes do livreiro e do cubano. Jorge foi caçado e preso quando eu estava em cana. O Geólogo... Até agora, nenhum vestígio dele. Nem do Lázaro. A morte sem corpo, sem o ritual da despedida é a magia macabra e perversa dos assassinos. Mas os desaparecidos sempre procuram a Terra.

Morte também dos espaços públicos e da arquitetura da minha cidade, Martim. Me afasto dos objetos do meu pai e ando pela cidade ensolarada, quentura sem sombra. Quando o coronel Zanda foi prefeito-interventor, arruinou a memória de Manaus em nome de uma falsa, terrível modernidade. Parece que só o cemitério com seus mortos e velhas mangueiras não será destruído. Penso na infância com meu pai, ao lado dele; penso na minha ida a Brasília, a primeira de tantas viagens: São Paulo, Rio, Santiago, o deserto do Norte Grande chileno, Nazca, Lima. Nenhum céu nos abriga. Sempre partir, sem encontrar o que mais se busca. Partir e voltar ao lar, "como quem ainda é amado na aldeia antiga,/ Como quem roça pela infância morta em cada pedra de muro...".

Passagem das horas, Martim. Infância e vida errante. Os que partem da aldeia vão muito longe, e muitos morrem na estrada...

Ontem mesmo li essas frases numa carta de Tchékhov a Górki:

"A vida errante é uma coisa boa e atraente, mas, com os anos, a gente se torna pesada e gruda ao lugar [...] No meio de fracassos e desenganos, o tempo passa rapidamente, não se percebe a vida presente, e o passado, quando eu era tão livre, parece que já não é meu, mas de um estranho."

Um abraço do amigo
Nortista

Rue d'Aligre, Paris, 30 de dezembro, 1979

Lá de baixo, Damiano Acante olhou para a janela do estúdio.

Pensava na resposta que não me dera? Por que ficara calado?

Só hoje ele disse que morava na Résidence Les Bois du Temple. "Não é tão longe daqui, mas não tem nada que ver com Paris. Na Résidence moram franceses, imigrantes, muitos aposentados. Os apartamentos são baratos, mas muitos proprietários não podem pagar a prestação do imóvel e as taxas. Ficam endividados, e a dívida causa desespero, revolta. Escrevi uma peça sobre essa questão, formei um grupo de teatro com franceses e imigrantes africanos, a gente encenou num parque infantil. Mas a dívida só cresce, um dia a Résidence vai explodir."

"Já passei por Clichy-sous-Bois. O pessoal do Círculo se reúne no teu apartamento? Gervasio, Huerta e Agustín...?"

"Sei que você andou por lá, Martim. Depois de uma conversa no Café de la Gare você nos seguiu até a estação Bobigny e esperou a gente pegar um ônibus para Clichy-sous-Bois. A gente se reunia em outros lugares, e raramente na Résidence. Você não se interessava por essas reuniões, não conheceu os membros de outros comitês... Brasileiros, hispano-americanos e franceses que trabalham na Associação France-Amérique Latine. O Círculo cuidava apenas da edição e divulgação do material impresso..."

"E dos exilados que passavam por Paris", eu disse.

"Sim... Esse estúdio era um dos abrigos temporários. Vários exilados e refugiados de El Salvador dormiram no meu apartamento. Justina Anaya mora comigo... Ela também é exilada. Gervasio não gosta da minha companheira salvadorenha, só porque ela é católica, uma militante religiosa. O Agustín também ficou isolado e se sentiu humilhado... O preconceito foi um dos motivos que me afastaram do Círculo."

Damiano deu alguns passos na calçada da Aligre, o corpo esguio imerso na luz embaçada pela neblina. Não ia voltar para responder minha pergunta.

Ele rompera com o Círculo no último encontro do outono. "No começo dessa reunião, Gervasio e Huerta confirmaram que Camilo, um amigo de Córdoba, havia sido assassinado. O Nortista conviveu com eles em Santiago", disse Damiano. "Os três fugiram do Chile em setembro de 73, viveram dois anos e meio em Buenos Aires. Gervasio e Huerta fugiram de novo quando a junta militar argentina deu o golpe... Camilo quis continuar os estudos de medicina em Buenos Aires. Ele não participava ativamente da resistência", prosseguiu Damiano, sentado no canto da cozinha. "Mas basta acordar de mau humor para ser perseguido. A morte do Camilo agravou ainda mais o ambiente da reunião. Jaime Dobles, Gervasio e Huerta ignoravam reflexões e análises, o diálogo com eles não era mais possível... Aliás, nem entre eles. Usavam argumentos irracionais, crenças ideológicas quase sagradas. As verdades absolutas... Gravam essas verdades em pedra, e desprezam valores da vida, da arte... Lutam pela liberdade, mas às vezes são censores. Jaime Dobles não se entendia com ninguém, e nem respeitou a tristeza do Gervasio e do Huerta. Conheço há muito tempo esses dois. O sonho e a miséria... A questão é o Dobles... O diplomata não se deixa conhecer. Ele pensa muito no futuro, o futuro dele... Mas nossas divergências estão no

298

presente. Vetou teu poema e um artigo da Justina no tabloide... Fez um comentário preconceituoso do texto do Agustín sobre um jovem poeta uruguaio, executado em Montevidéu. Julga os outros, mas recusa qualquer crítica. Essa reunião foi um pouco teatral, com cenas de um julgamento", disse Damiano, agora de pé no canto da cozinha. "Jaime quer cancelar a publicação do boletim e do tabloide, a cabeça do diplomata saiu do prumo, talvez esteja perturbado com algum problema. E ainda sobrou pra você..."

"Por quê?"

"Tua viagem pra Lisboa e Barcelona... Você emprestou o estúdio para um brasileiro que ninguém conhecia. Esse cara jogou no lixo os jornais e boletins e nem pagou o aluguel. Ele é teu amigo?"

"Não, mas confiei nele. Vou viajar com Anita, Julião e o grupo Les Oiseaux Fous. Posso entregar as chaves do estúdio pro zelador? Quando voltar, procuro outro lugar."

"A gente está sempre procurando outro lugar."

Damiano aproximou-se da mesinha, pegou uma folha manuscrita e leu o começo de mais uma carta que eu escrevia para Lina. Tentou reagir com naturalidade, mas logo me lançou um olhar de júbilo e fervor, como se dissesse: tua mãe está viva. Viu as outras folhas escritas com a minha caligrafia e percebeu que as cartas imaginárias para Lina eram o único recurso para mantê-la dentro de mim, viva.

Lembrei a Damiano uma frase do Nortista, que podia ser um dos destinos da minha mãe: "Não tem nada de sublime na solidão do cárcere".

"Nem na solidão do exílio", afirmou Damiano. "São quase dez e meia. É uma pequena viagem até a Résidence

Les Bois du Temple. Você pode deixar as chaves do estúdio com o zelador. Quantos dias vai ficar fora?"

"Até o fim do inverno. Depois, não sei o que vou fazer. E você?"

"É tempo de revoada. Justina topou morar no Brasil. Ela sonha com um país que não conhece."

Pôs a folha sobre a pilha de cartas para Lina. Depois do abraço calado, falei da peça encenada em São Paulo: "Dinah escreveu o texto, Damiano. Li isso nas anotações da Anita. Por que você mentiu para mim?".

Recuou um passo; não se incomodou com a minha pergunta. Um leve sorriso sorrateiro surgiu em seu rosto.

"Foi um pedido da Dinah, Martim. A única peça que ela escreveu. O texto era mais longo, citava todos os poemas que você escreveu e traduziu. Fui um censor por uma causa justa... Cortei algumas frases, Dinah só soube disso depois, e ficou chateada. Eram frases mais explícitas sobre a perda de uma pessoa amada. Um monólogo demorado sobre a morte da tua mãe. Você não ia concordar, nem memorizar o texto. Dinah foi conversar comigo quando te soltaram. Você estava em Santos, cuidando dos ferimentos no rosto, nos olhos... Ela pediu que eu te convencesse a viver em Paris, disse que só longe do Brasil você podia fabular tuas memórias. E ela estava certa. Você podia fazer outra coisa para não naufragar na depressão e na bebedeira? A prisão da Dinah precipitou nossa viagem para cá. Mas quando ela afirmava que tua mãe estava morta, eu discordava. Não acreditava nisso. Até hoje não acredito."

"Você tem certeza? Por que não acredita?"

Na calçada da Aligre as mãos do Damiano moviam-se em xis, talvez o último adeus, mais longe na noite de inverno.

*

Dois anos neste estúdio, acordando com vozes de anti-lhanos, franceses, africanos e asiáticos, qual língua os feirantes expatriados falam em família, não sei, lá embaixo todos falam francês, duas ou três vezes por semana ajudo a armar a barraca de M. Bernetel, depois grito os preços e os nomes de frutas para atrair fregueses, *cinq francs, madame, rien que cinq francs, mademoiselle*, quatro, três francos, por fim devoro mangas e graviolas amassadas ou meio passadas, arrumo as frutas boas em caixas de madeira e carrego-as até o pequeno caminhão estacionado na Place d'Aligre, isso me dá mais prazer que traduzir textos técnicos com Évelyne Santier.

Neuilly-sur-Seine/Bois de Boulogne, Paris, 2 de janeiro, 1980

Na despedida ao único aluno que restara, conversamos um pouco em português, ele já lê com alguma fluência poemas na minha língua, no verão talvez viaje para Portugal, do Algarve ao Minho. Lembrou a primeira aula, no inverno de 77: "Você estava angustiado, de mau humor... O desastre político do Brasil, a inflação nas alturas. Mas você sabe, Martim, a angústia vem da alma, e não dos desastres de um país. Depois das aulas você ia ao Bois de Boulogne e ficava um tempo por lá. E eu me perguntava o que um jovem expatriado e mal agasalhado pensava naqueles passeios solitários, sofrendo com o vento frio num bosque gelado".

As árvores desfolhadas do Bois de Boulogne, a camada de gelo que crepitava sob meus pés, o canto de pássaros invisíveis, a visão do rosto dilacerado de duas mulheres: essa imagem estranha aparecia subitamente na paisagem branca e no céu cinza, na travessia de uma ponte sobre o Sena, nos parques, museus e salas de cinema de Paris. "Mataram a alma da minha filha", dissera a mãe da Dinah ao Nortista. Ela sobrevivera, mas nada impedia a visão dos dois rostos femininos, pareciam máscaras mortuárias pesando na minha consciência. E, enquanto meu aluno foi pegar mais uma garrafa de bordeaux, me lembrei do embaixador Faisão. Talvez tenha saído da clínica em Belo Horizonte. Ainda filosofa sobre as virtudes do ostracismo e da solidão?

"Mais um pouco de vinho? Safra excelente, o vinhedo é propriedade da família."

Uma voz (fora de mim) alertava: em Paris você não bebe muito, três taças é o limite, a sétima vence a sobriedade. Você censura a bebedeira da Céline com as mesmas palavras da Dinah: "Você se entregou ao veneno, Martim, desistiu de amar a vida".

Dane-se o limite: é o último encontro com meu aluno, ele sabe disso e encheu minha taça. Tem vários apartamentos alugados em Paris. A Andaluzia, o haxixe, os amigos artistas, o Marrocos, as festas em Marrakesh... *La belle vie*. A biblioteca na sala espaçosa é maior que a da Céline. Livros por toda parte, até no banheiro. Objetos antigos, raros, guardados num armário com tampa de vidro bisotado, o santuário do colecionador. O bordeaux me deu coragem: tirei da sacola as moedas romanas do tempo de César. "Você tem uma coleção de moedas antigas", eu disse. Entendeu que eu precisava vendê-las, examinou com uma lupa cada moeda, e com o olhar indagou a origem das relíquias romanas. "Peguei na casa de um amigo embaixador quando morava em Brasília", eu disse, sem esforço. "Não sou colecionador", acrescentei. Ele apontou os móveis e objetos na sala: "Mas eu sou. Não consigo viver sem a ânsia da plenitude".

Escolheu sete moedas, pagou um valor arbitrário, alto: o preço de uma simpatia.

Me levantei devagar, um pouco desequilibrado por uma tontura febril: o calor do vinho misturado com uma aflição. Queria caminhar no Bois de Boulogne antes de anoitecer.

"Então... a gente se vê depois da sua viagem com o grupo de teatro? Em todo caso, você sabe que tem um amigo em Neuilly-sur-Seine."

Um abraço com o sorriso diamantino. As árvores do bosque oscilavam, os pássaros pareciam transparentes, o céu tão azul quanto irreal, eu dava passos curtos e trançados, seria longa demais a caminhada até o Lago Interior, imenso e crispado como um espelho com manchas; o chão se ergueu lentamente até acomodar meu corpo. Onde estariam os hóspedes do meu estúdio? Ana Clara... Os dois pernambucanos, deitados juntos, no canto da cozinha; um ex-ator de Brasília, o rosto e as mãos tão deformados que assustaram Évelyne Santier. O velho gaúcho Galindo. O habitué nos almoços de domingo na sala da Baronesa: após a comilança e o uísque, ele criticava os generais, os tecnocratas, os políticos cooptados... Em dezembro de 74, pressentiu que ia ser detido e se escondeu. Não podia fugir pelo Sul: a carnificina no Uruguai, a Argentina em chamas, com a repressão solta no governo de Isabelita... Fugiu pelo Norte: Venezuela, depois México, até conseguir asilo político na Dinamarca. "Paris é o centro geográfico e afetivo do exílio", dissera Galindo. Os expatriados brasileiros em Copenhague, Aarhus e Odense mantinham contato com Damiano Acante. O Comitê de Apoio aos Exilados. Galindo e os outros hóspedes teriam voltado para o Brasil? A folhagem dos olmos, bordos e carvalhos filtrava os raios de sol, mas nenhuma luz podia aliviar o peso da consciência. E o Lago Interior, fora do meu alcance, escurecia.

Vendi as demais moedas romanas a um antiquário da Rue Bonaparte, guardei a estatueta nigeriana, a peça de arte africana viajará comigo pela França, por toda parte.

É o meu amuleto.

Rue de la Goutte-d'Or, Paris, primavera, 1980

Dormimos num trailer perto de Lyon, onde Les Oiseaux Fous fizeram o primeiro espetáculo; depois, Valence, Orange, Avignon, e Nîmes, sob o céu azul e liso do fim de inverno. Dirigi um furgão branco, trabalhei na montagem do circo ambulante, em Arles deixei a trupe, que ainda seguiria para Aix-en-Provence e Marseille. À noite, me despedi do Julião e da Anita num café da Place du Forum: queria viajar sozinho, depois voltaria para Paris, pegaria meus livros na Rue d'Aligre e decidiria se ia ficar na França.

"Damiano decidiu voltar", disse Anita. "A gente perguntou sobre tua mãe. Quer dizer, eu perguntei, mas ele deixou a pergunta no ar. O silêncio pode dizer tudo, sem responder coisa nenhuma. Quando a gente vive muito longe de casa, pensa em desgraças. As enxaquecas... Nunca tive isso... Quando a crise é aguda, parece que vou morrer. Pensava que ia me acostumar a viver longe do Brasil, mas me enganei. Não é só a família. Dinah, os amigos da Fidalga... Escrevo pra todos eles. O Julião manda beijos pra todo mundo, mas não escreve uma linha. Às vezes manda um postal pros sambistas da Pérola Negra."

Ergueu o queixo para o namorado:

"Julião não quer sair daqui. O diabo é que de uns tempos pra cá penso na morte no outro lado do Atlântico. 'Cada pessoa com sua noite, cada pessoa com sua morte...'"

"Ox traduziu esses versos do alemão", eu disse.

"Onde você leu essa tradução?", perguntou Anita, desconfiada.

"Numa das folhas que o Ox me deu", menti.

"Mariela tirava sarro do Ox quando ele falava alemão. Mostrei pra Frau Friede as traduções, ela comparou com os originais e disse que o tradutor era um poeta. Agora o nosso amigo vive com um poeta mexicano em Nova York. Mas ainda traduz poemas sobre a morte."

Julião não falou da morte: o ator se divertia com Les Oiseaux Fous, estava feliz em Arles, queria fazer outro show na cidade, antes de ir para Aix-en-Provence.

"O inverno é o meu calvário, Martim. E dos pombos também. Ficam murchos, encolhidos com asas de gelo. Parecem bichos de pedra, polidos pelo frio. Ainda conversam comigo, não esqueci a língua deles. Ficava puto quando os franceses não entendiam o que eu falava, mas meu francês melhorou muito..."

Bateu com força no meu braço magro: "*The Blue Guitar*... Você se lembra das aulas? Eu me atrapalhava com o *passé composé* e você ficava elogiando o violão azul e lendo poemas... Mas já tiro de letra o *passé composé* e todos os tempos no passado. Outro dia saquei que pensava em francês. O pensamento em outra língua é uma doideira. Na peça dirigida pelo Damiano, venci na moleza as frases longas. Nos primeiros meses, batia uma puta saudade, mas eu nasci órfão, cara. Sou um malabarista na vida. Aqui, no Brasil, em qualquer país. Damiano diz que todo lugar é provisório. Não sei. Por enquanto a França é o meu lugar. Agora é a Anita que gagueja de saudade de São Paulo, São Pedro, de todas as cidades santas do Brasil. Tanta saudade assim é de matar. Mas eu aprendi também a matar a saudade. Só não quero esquecer minha língua".

Escrevo sob o teto inclinado do quarto em forma de trapézio, onde me hospedei nas primeiras semanas em Paris. Na noite de 2 de janeiro de 1978, quando Damiano Acante me visitou, deu uma olhada no texto da peça *Prometeu acorrentado* e perguntou se valia a pena colecionar fracassos. Flocos de neve passavam pela janelinha da mansarda, eu ainda me sentia angustiado pela lembrança de um sonho recente, versão noturna das visões escabrosas dos rostos da Lina e da Dinah no céu de Paris.

"O fracasso no palco e na vida não é uma condenação", dissera Damiano. "Condenação é dormir neste cubículo. Parece um barquinho troncho, adernado, com uma escotilha que dá para essa noite tenebrosa. Assim você vai acabar como um náufrago, e a ideia é sobreviver..."

Lembro de ter dito que ia procurar uma vaga no alojamento da Cidade Universitária, mas eu não era estudante.

"Morar na Cidade Universitária? O sni contrata agentes franceses, ex-colaboradores da ocupação nazista. E tem vários agentes na embaixada do Brasil, os delatores da Divisão de Segurança e Informações do Ministério das Relações Exteriores. O Itamaraty se empenha em exportar carne, produtos agrícolas e dedos-duros."

Falou do estúdio da Rue d'Aligre, onde eu estaria mais seguro e daria abrigo a alguns amigos. Ainda nevava quando ele saiu do "barquinho adernado".

Os dois angolanos se lembraram de mim, ele ainda trabalha num hotel do bairro, a mulher vende roupa no Marché aux Puces, em Saint-Ouen; duas vezes por semana, faz faxina em apartamentos de Paris e em casas dos subúrbios ricos. Conseguiram visto de permanência e pretendem estudar. De noite, escuto cochichos em quimbundo, a língua materna: cochicham sobre a guerra civil, a destruição de Angola, a morte? Ou será o banzo da saudade, o lamento da ausência de tudo?

Tudo isso me pesa de repente no entendimento estrangeiro/ E uma saudade do tamanho do espaço apavora-me a alma...

Talvez telefone para minha amiga bilíngue. Fiquei de passar o Ano-Novo com Évelyne no Marais, mas o último encontro com Damiano me deixara confuso, depois viajei às pressas com a trupe Les Oiseaux Fous.

Há quanto tempo não vejo Céline? Quando ela saiu do hospital, disse que não podia mais me ver, sentia-se presa por uma lei infernal. Repetiu várias vezes: "Uma lei infernal".

Dinah sofreu no corpo e na mente essa lei. Ela, e talvez minha mãe. Em qual lugar de Barcelona tirei essa foto da Céline: bairro Gótico, Gràcia? Em qual bar? El Parrigur? No Bar de la Señora Olvido, em Barceloneta? Céline abocanha a taça de tinto, ameaçando quebrá-la com uma dentada, o rosto perto da câmera: filamentos vermelhos no branco dos olhos verdes. Amor é possível nesse olhar? Lá no fundo, o que há além de sombras?

A angolana me perguntou em português quantas noites eu ia dormir no quarto. "Pelo menos sete", respondi.

"Noventa francos, senhor Martim."

Trouxe para cá a papelada, os livros, o violão e outros objetos guardados pelo zelador do edifício da Rue d'Aligre. Não me perguntou onde eu estava morando, e entregou um telegrama recente da Ondina e uma carta do Nortista: meus dois confidentes.

*

São Paulo, 12 de março de 1980.

Martim,

Recebeste minha carta de Manaus? Que diabo de amigo é esse, possuído por um silêncio astucioso e pela solidão? As tribos, da aldeia e da metrópole, esperam palavras de Paris. Sempre a espera, dias e noites. A paciência é a nossa sina, a nossa força. Por falar nisso, espero rever Dinah. A volta à vida. A mãe dela me disse que daqui a algum tempo posso dar um pulo no apê da Lapa. Depois falei com a Dinah. Mais de dois anos sem escutar a voz da amiga. Uma voz um pouco pausada, mas o timbre e a força são os mesmos. Enquanto escutava, tentava imaginar no rosto a franqueza do olhar. Recebeu tua correspondência e a dos amigos, que eu reenviava pra ela. Ox enviou de New Haven várias cartas pra Dinah e pra Mariela, e há poucos dias chegou um livro de poesia, editado em Nova York.

Ela já consegue ficar de pé e dar uns passos. Passou por duas cirurgias e respondeu a um inquérito policial. O pai é influente em Brasília, mas nem acompanhou o processo no Superior Tribunal Militar, preferiu permanecer no poder a defender a honra e a liberdade da filha.

Dinah quis saber se tu estavas bem, ela ficou emocionada quando perguntou pelo Lázaro e tua mãe, eu não soube o que dizer... Prometi que ia vê-la.

Terminei de escrever o argumento de um documentário, história dos meus antepassados indígenas, pelo lado materno: a linhagem das cabocas, amazonas guerreiras. Mariela ampliou as fotos das nossas amigas na aldeia nambiquara e disse que Laísa escreveu pra ti.

Damiano Acante voltou pro Brasil? Muitos exilados e expatriados já estão por aqui, os movimentos grevistas continuam, os trabalhadores foram reprimidos, vários líderes presos, demissões em massa. Eis a prometida abertura política do general-presidente, uma cavalgadura tosca, das mais vulgares. Os milicos e civis golpistas estão enfraquecidos, um dia vão cair fora, depois os saudosistas da infâmia vão dar outro bote, com a cumplicidade do Irmão Poderoso do Norte. A cada vinte ou trinta anos Moloch troca de máscara, mas mantém a cabeça de ganância e crueldade, e o mesmo ventre, que devora e imola crianças. Serão novos tempos de errância, pesadelos em plena vigília, desonra do corpo e da mente.

Ainda assim, há esperança, amargura e euforia, tudo misturado.

O eterno ditirambo do Brasil. Violência, sofrimento, risadas. Promessas, imposturas...

Um abraço do Nortista

*

Quando liguei para o chalé em Santos, Ondina repetiu de cara a mesma frase seca do telegrama: "Volte logo".

Na conversa telefônica, acrescentou: "Um homem me procurou, ouvi muita coisa...".

"O que ele contou?"

"Uma história de vida e mortes", disse a voz abafada da Ondina. "Ele não quis contar tudo, nem disse o nome dele. Mas eu escutei... Parece que tua mãe pode sair viva desse inferno. Minhas orações..."

"Orações? Sair viva desse inferno?"

...

"Tua vó tá zonza, Martim", disse a voz de Delinha. "Ela abre a boca e não consegue falar. Eu também estou engasgada. Você vem? Não vai voltar?"

"Minha mãe", eu disse, ansioso. "Que inferno é esse, Delinha?"

Escutei os soluços do outro hemisfério.

Rue de la Goutte-d'Or, Paris, primavera, 1980

Noites sem a lembrança de um único sonho com minha mãe. Talvez o esquecimento seja mesmo uma das formas da memória.

Rue de la Goutte-d'Or, Paris, primavera, 1980

A memória só faz sentido depois do esquecimento?

1ª EDIÇÃO [2019] 1 reimpressão

ESTA OBRA FOI COMPOSTA PELO ACQUA ESTÚDIO EM MERIDIEN E IMPRESSA PELA LIS GRÁFICA EM OFSETE SOBRE PAPEL PÓLEN SOFT DA SUZANO S.A. PARA A EDITORA SCHWARCZ EM JANEIRO DE 2020

A marca FSC® é a garantia de que a madeira utilizada na fabricação do papel deste livro provém de florestas que foram gerenciadas de maneira ambientalmente correta, socialmente justa e economicamente viável, além de outras fontes de origem controlada.